# गहरे पानी पैठ

अयोध्याप्रसाद गोयलीय

वाणी प्रकाशन ग्रुप

भारतीय ज्ञानपीठ

वाणी प्रकाशन : भारतीय ज्ञानपीठ की पुस्तकों के एकमात्र प्रकाशक एवं वितरक

लोकोदय ग्रन्थमाला : ग्रन्थांक 012

सजिल्द पहला संस्करण : 1951
सजिल्द चौथा संस्करण : 2011
सजिल्द पाँचवाँ संस्करण : 2015
सजिल्द छठा संस्करण : 2024
सजिल्द सातवाँ संस्करण : 2025

वाणी प्रकाशन : भारतीय ज्ञानपीठ की पुस्तकों के एकमात्र प्रकाशक एवं वितरक

**वाणी प्रकाशन**

4695, 21-ए, दरियागंज, नयी दिल्ली-110 002
दूरभाष : 011-23273167, 23275710
ईमेल : sales@vaniprakashan.in
www.vaniprakashan.com

**ISBN : 978-93-6287-920-2**

**मूल्य : ₹ 525**

**गहरे पानी पैठ**

*(कहानी-संग्रह)*

**अयोध्याप्रसाद गोयलीय**



GAHARE PANI PAITH
*(Short-Stories)*
by Ayodhya Prasad Goyaliya

मुद्रक : आर. टेक ऑफ़सेट प्रिंटर्स, दिल्ली-110 032

स्नेहमयी भाभी,

स्वप्न में भी किसी को पीड़ा नहीं पहुँचाई, फिर भी
आपदाओं के पहाड़ तुम पर टूट पड़े,
इसे भाग्य की विशेष अनुकम्पा ही
समझना चाहिए अन्यथा–

**"किसको होती हैं अता इस शान की बरबादियाँ"**

ये दुःख हम सबकी जागीर हैं भाभी,
तुम्हें किस मुँह से अपनी यह कृति भेंट करूँ–

**"मेरे आँसू सही अनमोल मोती।
तुम्हारे हार के क़ाबिल कहाँ है?"**

# एक डुबकी

**जिन खोजा तिन पाइयाँ, गहरे पानी पैठ।**
**मैं बौरी ढूँढ़न गयी, रही किनारे बैठ ॥**

महात्मा कबीर का यह दोहा बहुत प्रसिद्ध है। अर्थ भी सीधा है– विद्यार्थियों को केवल यह बताना पड़ता है कि 'बौरी' का अर्थ 'बावरी' या पगली है। इसके बाद विद्यार्थी बड़ी सरलता से अर्थ कर देता है–

"जिसने खोजा, उसने गहरे पानी में उतरकर ही पाया। मैं ऐसी पागल कि ढूँढ़ने गयी तो किनारे पर बैठकर ही रह गयी।"

इस तरह उक्त दोहे का अर्थ तो शब्दों के किनारे पर बैठकर झलक आता है, पर भाव समझने के लिए इस ज्ञान-वापी में गहरे उतरना पड़ता है। कबीर की जीवन-व्यापी सारी साधना का तत्त्व इस दोहे में निहित है। कबीर, तत्त्व के जिस स्पष्ट दर्शन और गूढ़ बात को सादगी से समझा देने के लिए विख्यात हैं, उसका उदाहरण भी इस दोहे में मिलता है। कबीर का 'कवि' भी अपनी समस्त भावुकता के साथ दोहे के भाव में व्याप्त है। कबीर की प्रणयाकुल आत्मा अपने प्रियतम, अपने भगवान की खोज में निकली तो दुनिया भर में भटक आयी–घाट-घाट पर झाँक आयी। पर प्रियतम की प्राप्ति नहीं हुई। भगवान तो घट के अन्दर व्याप्त हैं, हृदय की इस वापी में बिना उतरे, बिना चूड़ान्त डूबे वह कहाँ मिलेंगे? भगवान तो शेषनाग की शय्या पर क्षीरसागर में शयन करते हैं न! हाय, मैं कैसी बावली हूँ जो ऊपर ही ऊपर देखती रही, किनारे ही किनारे बैठी रही।

तात्पर्य यह, कि जितना सोचते जाइये, गहरे उतरते जाइये, उतना ही अर्थ और मर्म उजागर होता चला जाएगा। धर्म, कर्म, अध्ययन, भोग और योग सबकी सफलता की कुंजी और आदेश-वाक्य एक ही है–**"गहरे पानी पैठ।"**

जब महात्मा कबीर ने उक्त दोहे में दूसरा पद 'गहरे पानी पैठ' डाला था तो उन्हें रहस्यवादी होते हुए भी यह क्या पता था कि प्रायः ४०० वर्ष बाद गोयलीय नाम का एक लेखक उनकी साधना और सिद्ध-भूमि काशी से ऐसी पुस्तक प्रकाशित करेगा, जो उक्त पद के अमर तथ्य को पुस्तक-का शीर्षक बनाकर प्रचारित करेगा। भारतीय ज्ञानपीठ के मन्त्री श्री अयोध्याप्रासाद गोयलीय ने कबीर के इस सूत्र को जीवन का सूत्रधार बनाया है, जो उनके जीवन और प्रयास को सार्थक बनाता है। उनकी एक अत्यन्त सफल कृति 'शेर-ओ-शायरी' के दो संस्करण हम ज्ञानपीठ से प्रकाशित कर चुके हैं। जहाँ 'शेर-ओ-शायरी' में गोयलीय जी ने विशाल उर्दू-साहित्य के सागर में गहरे पैठकर गौहर निकाले थे, वहाँ 'गहरे पानी पैठ' में अनादि अनन्त जीवन की सागर-सरिताओं में डूबकर और ग्रन्थों को मथकर उन्होंने कुछ रत्न निकाले हैं। इसमें मन्थन के रत्न भी हैं और फेन भी हैं। फेन न होते तो रत्नों की चमक और उनका निखार उतना न उभर पाता।

'गहरे पानी पैठ' में कुल मिलाकर ११७ कहानियाँ, किंवदन्तियाँ, संस्मरण, आख्यान और चुटकुले हैं। यह सब तीन खंडों में विभक्त हैं–

१. गुरुजनों के चरणों में बैठकर जो सुना–(५५ शीर्षक)

२. इतिहास और धर्मग्रन्थों में जो पढ़ा (४७ शीर्षक)

३. हिये की आँखों से जो देखा (१५ शीर्षक)

इतिहास और धर्मग्रन्थों से ली गयी कथाएँ नीति और शिक्षा की दृष्टि से उपादेय हैं, पर नीति के साथ-साथ लेखक की कारीगरी जिन अंशों में चमत्कृत होती है, वह हैं 'बड़े जनों के आशीर्वाद से' के अन्तर्गत दी हुई दन्तकथाएँ और 'हिये की आँखों से' देखे गये संस्मरण। दन्तकथाएँ हों, चाहे संस्मरण, सबके मूल में होती हैं जीवन की कुछ ऐसी घटनाएँ जो युग-युग के अनुभव को और जीवन की चित्र-विचित्र परिस्थितियों को साररूप में रख देती हैं और जिन्हें भूलना कठिन होता है। इन घटनाओं के चित्रण का जहाँ एक उद्देश्य मनोरंजन है, वहाँ जीवन-कौशल की शिक्षा

और नीति का प्रसार भी है। जातक, हितोपदेश, पंचतन्त्र और Aesop's fables से लेकर 'अलिफ़ लैला' तक इस प्रकार की सभी पुस्तकें प्रायः मनोरंजन और नीति-शिक्षा दोनों उद्देश्यों को साधती हैं। प्रस्तुत संग्रह में दोनों उद्देश्यों का ध्यान रखा गया है। जहाँ दोनों का सन्तुलन है, वहीं आख्यान मन और हृदय को पूरी तरह से प्रभावित करता है।

इस प्रकार के आख्यानों और लोक-प्रचलित कथाओं में कथा-भाग तो प्रायः विदित और पुराना ही रहता है, पर लेखक अपनी शैली, भाषा और वर्णन के चमत्कार से उनमें नया आकर्षण उत्पन्न करता है। जिस प्रकार आषाढ़ के प्रथम दिवस का मेघ सब किसी को पुलकित करता है, पर उस श्यामल आर्द्रता को व्यक्त करने के लिए सभी कालिदास नहीं बन पाते। इसी तरह प्रचलित कथाओं को जाननेवाला प्रत्येक व्यक्ति न 'हितोपदेश' का विष्णु शर्मा बन सकता है न Fables का ईसप। गोयलीय जी की साहित्यिकता ही नहीं, उनके व्यक्तित्व की विशेषता भी उनकी आकर्षक वर्णनशैली और टकसाली, बामुहावरा भाषा में है।

जिन लोककथाओं को आप पहले सुन चुके हैं, उन्हें आप इस संग्रह में भी देखेंगे तो पाएँगे कि प्रायः प्रत्येक कहानी को सजीव बनाने का प्रयत्न किया गया है और पात्रों के सहज वातावरण के अनुसार स्वाभाविक भाषा का प्रयोग किया गया है। जहाँ भी सम्भव हुआ है, कहानी के निर्वैयक्तिक आकार को नाम और रूप के उपयुक्त रंगों से भरा गया है। यदि एक कुत्ते को मथुरा से दिल्ली जाना है तो रास्ते में चौमा, छटीकरा, छातई, कोसी, होडल, पलवल, बल्लभगढ़, फ़रीदाबाद, निज़ामुद्दीन और ओखला के बिरादरी भाइयों से उसकी मुलाक़ात और आवभगत का उल्लेख किया गया है ताकि यात्रा का भूगोल कहानी की वास्तविकता और प्रभाव को बढ़ा सके।

'मौलवी की दाढ़ी' का क़िस्सा घटना की वजह से दिलचस्प नहीं है, उसमें ज़बान की मिठास और मुहावरों की रवानी के कारण मुंशी प्रेमचन्द

की शैली का आनन्द आता है—

"ख़ुदा के वास्ते मुझे भी एक बाल अता फ़र्माइये, ताकि बतौर तवर्रक़ अपनी जान से भी ज़्यादा अज़ीज़ रख सकूँ और मन की मुरादें पूरी कर सकूँ"—

"मुल्लाजी ने तारीफ़ सुनी तो बाँछे खिल गयीं। आव देखा न ताव, चट एक बाल नोंचकर मौलवी लतीफ़ को मरहम्मत फ़रमा दिया। बाल का देना था कि गाँववाले भी इसरार करने लगे...सब एकबारगी टूट पड़े। और इस न्यामत से कोई महरूम न रह जाये, इसी आपाधापी में मुल्लाजी की दाढ़ी ठूँठ हो गयी।"

'बुढ़िया पुराण' में घटना नगण्य है, मगर मियाँ-बीवी की बातचीत का इतना पुरलुत्फ़ तूमार बाँधा है कि अज़ीमबेग़ चग़ताई की याद आ जाती है।

इस लिहाज़ से 'उचक्का' भी कम मज़ेदार नहीं। दिल्ली की फूलवालों की सैर में "यह हज़रत भी एड़ी से चोटी तक ऐनफैन बने हुए थे। पाँव में १६-१७ रु. का सलेमशाही जूता, ५ पीके लट्ठे का चूड़ीदार चुस्त पायजामा, शरीर में चुन्नटदार तनज़ेब का अँगरखा और पट्टेदार बालों पर दिल्ली की बँधी हुई गोलेदार पगड़ी। आँखों में सुरमा लगाये, मुँह में पान खाये, और हाथ में चाँदी की मूठ की बेत लिये दो क़दम में मुसाफ़िर के पीछे हो लिये।"

'रँगा स्यार' में वर्णन का दूसरा ही रंग नज़र आता है—

"सूर्य के संध्या से पाणिग्रहण करते ही रजनी काली चादर डालकर सुहागरात के प्रबन्ध में व्यस्त थी। जुगनू सरों पर हण्डे उठाये इधर-उधर भाग-रहे थे। दादुरों के आशीर्वादात्मक गीत समाप्त भी न हो पाये थे कि क़ुमरी ने सरु के वृक्ष से, कोयल ने अमुआ की डाल से, बुलबुल ने शाख़े गुल से बधाई के राग छेड़े। श्वानदेव और वैसाखनन्दन अपने मँजे हुए कण्ठ से श्यामकल्याण अलापकर इस शुभ संयोग का समर्थन कर रहे थे,

झींगुर देवता सितार बजा रहे थे। कट्टो गिलहरी नाचने को प्रस्तुत थी, पर रात्रि अधिक हो जाने से वह तैयार न हुई। फिर भी उलूकखां वल्द बूमखां अपना ख़ुरासानी और श्रीमती चमगीदढ़-किशोरी अपना ईरानी नृत्य दिखाकर अजीब समाँ बाँध रहे थे।"

पहले खण्ड की लोकप्रचलित कथाओं और किंवदन्तियों में प्रायः देहली की बोलचाल और सभ्यता का परिचय मिलता है। कहानियों का परिधान उसी क्षेत्र का है। दिल्ली के पास हैं गुड़गाँव, रोहतक, नारनौल और दूसरे देहाती ज़िले, जहाँ के जाटों की अक्खड़ सरलता अनेक परिहासपूर्ण किंवदन्तियों का प्राण है। 'जाट की कृतज्ञता' किस सरलता से प्रगट हुई है–

"अरे साव, तेरा चराग़अली नाम किस मूरख ने रखा है? तू तो मसालअली है।"

'ज़िद', 'नील का भैंसा' और 'टिकिट बाबू का फूफा' जट-विद्या और जट-बुद्धि के मनोरंजक उदाहरण हैं।

इन कहानियों के हास-परिहास और नीति-ज्ञान के पीछे जो जीवन की झाँकियाँ हैं; लेखक ने उन्हें अपने हृदय के शीशे में उतारा है–वह पात्रों के साथ हमजोली बनकर खेला है, हँसा है और रोया है–या तल्लीनता से उनका चित्रण किया है। पुस्तक का तीसरा खण्ड इस दृष्टि से बहुत महत्त्वपूर्ण है, क्योंकि मानवता के अनेक सजीव चित्र उसमें अंकित किये गये हैं। देहली के एक धनी सर्राफ़ के निर्धन सम्बन्धी, जिन्होंने अपनी इज़्ज़त बचाने के लिए गाँठ की गिन्नी सर्राफ़ की गिन्नी के ढेर में मिला दी थी; साधु-स्वभाव, निरक्षर बिहारीलाल जो जीवन के विष को इसलिए हँस-हँसकर पीता रहा कि दूसरों को सदा आदर और प्रेम का अमृत पिला सके; दो भाई जो एक दूसरे की रक्षा के लिए फाँसी के तख़्ते को चूमने को तैयार हो गये; सुन्दर नाम की वह बुढ़िया हलालख़ोरी जिसने लेखक के जेल से छूटने पर दामन फैलाकर दुआ दी

और जिसने गद्गद होकर कहा—"मुबारक आज का दिन जो अपने जुध्या के हाथ से मुझे यह लेहना नसीब हुआ," और वह मुंशी ऊधमसिंह, जिन्होंने २०० रु. की असह्य रक़म का "चुपचाप घाटा इसलिए उठा लिया कि किसी निरपराध मनुष्य पर उनके कारण कहीं कुछ अत्याचार न हो जाये"—यह सब ऐसे चित्र हैं, जिन्हें पढ़कर दिल भर आता है और मानवता के इन मूक, ग़रीब, स्वाभिमानी प्रतिनिधियों के प्रति मस्तक आदर से झुक जाता है। गोयलीय जी इन सफल रेखाचित्रों की कलाकारिता के लिए बधाई के पात्र हैं। काश, वह ऐसे रेखाचित्र हिन्दी संसार को लगातार देते रहें—जीवन का प्रवाह अनन्त और पारावार असीम है। गोयलीय जी जैसे साधक ही डुबकी लगाकर नये से नये आबदार मोती निकाल सकते हैं। भारतीय ज्ञानीपीठ लोकोदयकारी साहित्य की अभिवृद्धि के लिए इस प्रकार के प्रकाशन प्राप्त करने के लिए सदा प्रयत्नशील रहेगा।

**— लक्ष्मीचन्द्र जैन**

डालमियानगर
७ अप्रैल १९५१

# विषय-सूची

## गुरुजनों के चरणों में बैठकर जो सुना

## धर्म-ग्रन्थों और इतिहास से

## हिये की आँखों से

प्रस्तुत पुस्तक के जो अंश गोयलीय जी के नाम या उपनाम (रामसरनात्मज या सैलानी) से जिन पत्र-पत्रिकाओं में प्रकाशित होते रहे हैं, इस संस्करण में उनका नाम और लेखन-समय भी दे दिया गया है।

# गुरुजनों के चरणों में बैठ कर जो सुना

# जीवनकी सार्थकता

एक अत्तारकी दूकानमें गुलाबके फूल घोटे जा रहे थे। किसी सहृदयने पूछा—"आप लोग उद्यानमें फले-फूले, फिर आपने ऐसा कौन-सा अपराध किया, जिसके कारण आपको ऐसी असह्य वेदना उठानी पड़ रही है?"

कुछ फूलोंने उत्तर दिया—"शुभेच्छु, हमारा सबसे बड़ा अपराध यही है कि हम एकदम हँस पड़े, दुनियासे हमारा यह हँसना न देखा गया। वह दुखियोंको देखकर समवेदना प्रकट करती है, दयाका भाव रखती है; परन्तु सुखियोंको देख ईर्ष्या करती है, उन्हें मिटानेको तत्पर रहती है। यही दुनियाका स्वभाव है।"

बाक़ी फूलोंने उत्तर दिया—"किसीके लिए मर मिटना, यही तो जीवनकी सार्थकता है।"

फूल पिस रहे थे, पर परोपकारकी महक उनमें-से जीवित हो रही थी। सहृदय मनुष्य चुपचाप ईर्ष्यालु और स्वार्थी संसारकी ओर देख रहा था।

**अनेकान्त, जून १९३९ ई०**

# दिलमें खोट

एक मार्ग चलती हुई बुढ़िया जब काफ़ी थक चुकी तो पाससे जाते हुए एक घुड़सवारसे दीनतापूर्वक बोली--

"भैया, मेरी यह गठरी अपने घोड़ेपर रख ले और जो उस चौराहे पर प्याऊ मिले, वहाँ दे देना। तेरा बेटा जीता रहे, मैं बहुत थक गई हूँ, मुझसे अब यह उठाई नहीं जाती।"

घुड़सवार ऐंठकर बोला--"हम क्या तेरे बाबाके नौकर हैं, जो तेरा सामान लादते फिरें?" और यह कहकर वह घोड़ेको ले आगे बढ़ गया। बुढ़िया बेचारी धीरे-धीरे चलने लगी। आगे बढ़कर घुड़सवारको ध्यान आया कि गठरी छोड़कर बड़ी ग़लती की। गठरी उस बुढ़ियासे लेकर प्याऊवालेको न दे यदि मैं आगे चलता बनता, तो कौन क्या कर सकता था? यह ध्यान आते ही वह घोड़ा दौड़ाकर फिर बुढ़ियाके पास आया और बड़े मधुर वचनोंमें बोला---

"ला बुढ़िया माई, तेरी यह गठरी ले चलूँ, मेरा इसमें क्या बिगड़ता है, प्याऊपर देता जाऊँगा।"

बुढ़िया बोली--"नहीं बेटा, वह बात तो गई, जो तेरे दिलमें कह गया है वही मेरे कानमें कह गया है। जा अपना रास्ता नाप! मैं तो धीरे-धीरे पहुँच ही जाऊँगी।"

घुड़सवार मनोरथ पूरा न होता देख अपना-सा मुँह लेकर चलता बना।

अनेकान्त, फ़रवरी १९३९ ई०

# क्या सोचें ?

एक ध्यानाभ्यासी शिष्य ध्यान-मग्न थे कि सीकारेकी-सी आवाज़ करते हुए ध्यानसे विचलित हो गये। पास ही गुरुदेव बैठे थे, पूछा—"वत्स ! क्या हुआ ?"

शिष्यने कहा—"गुरुदेव ! आज ध्यानमें दाल-बाटी बनानेका उपक्रम किया था। आपके चरणकमलोंके प्रतापसे ध्यान ऐसा अच्छा जमा कि यह ध्यान ही न रहा कि यह सब मनकी कल्पनामात्र है। मैं अपने ध्यानमें मानो सचमुच ही दाल-बाटी बना रहा था कि मिर्चें कुछ तेज़ हो गईं और खाते ही सीकारा जो भरा तो ध्यान भंग हो गया। ऐसा उत्तम ध्यान आज-तक कभी न जमा था, गुरुदेव ! मुझे वरदान दें कि मैं इससे भी कहीं अधिक ध्यान-मग्न हो सकूँ।"

गुरुदेव मुसकराकर बोले—"वत्स ! प्रथम तो ध्यानमें—परमात्मा, मोक्ष, सम्यक्त्व, आत्म-हितका चिन्तन करना चाहिए था, जिससे अपना वास्तवमें कल्याण होता, ध्यानका मुख्य उद्देश्य प्राप्त होता और यदि पूर्व-संचित संस्कारोंके कारण सांसारिक मोह-मायाका लोभ संवरण नहीं हो पाया है तो ध्यानमें खीर, हलुवा, लड्डू, पेड़ा आदि बनाये होते, जिससे इस वेदनाके बजाय कुछ तो स्वाद प्राप्त हुआ होता। वत्स ! स्मरण रक्खो, हमारा जीवन, हमारा मस्तिष्क सब सीमित हैं। जीवनमें और मस्तिष्कमें ऐसे उत्तम पदार्थोंका संचय करो जो अपने लिए ज्ञान-वर्द्धक एवं लाभप्रद हों। व्यर्थकी वस्तुओंका संग्रह न करो, ताकि फिर हितकारी चीज़ोंके लिए स्थान ही न रहे।"

अनेकान्त, जून १९३९ ई०

# राणा प्रतापका भाट

जब वीर-केसरी राणा प्रताप जंगलों और पर्वत-कन्दराओंमें भटकते फिरते थे, तब उनका एक भाट पेटकी ज्वालासे तंग आकर शहंशाह अकबरके दरबारमें पहुँचा और सिरकी पगड़ी बगलमें छिपाकर फ़र्शी सलाम झुका लाया। अकबरने भाटकी यह उद्दण्डता देखी तो तमतमा उठा और रोष-भरे स्वरमें बोला—

"पगड़ी उतारकर मुजरा देना, जानता है कितना बड़ा अपराध है?"

भाट अत्यन्त दीनता-पूर्वक बोला—"अन्नदाता! जानता तो सब कुछ हूँ; मगर क्या करूँ, मजबूर हूँ। यह पगड़ी हिन्दूकुल-भूषण राणा प्रतापकी दी हुई है। जब वे आपके सामने न झुके, तब उनकी दी हुई यह पगड़ी कैसे झुका सकता था? मेरा क्या है, मैं ठहरा पेटका कुत्ता, जहाँ भी पेट भरनेकी आशा देखी, वहीं मान-अपमानकी चिन्ता न करके पहुँच गया। मगर जहाँ-पनाह..."

अकबरने सोचा—"वह प्रताप कितना महान् है, जिसके भाटतक शत्रुके शरणागत होनेपर भी उसके स्वाभिमान और मर्यादाको अक्षुण्ण रखते हैं।"

**अनेकान्त, मार्च १९३९ ई०**

# शत्रुपर विजय

किसी पुस्तकमें पढ़ा था, कि अमुक देशकी जेलमें एक क़ैदी, जेलरके प्रति विद्रोहकी भावना रखने लगा। वह जेलरके नाक-कान काटनेकी तजवीज़ सोच रहा था कि जेलरने उसे बुलाया और कमरा बन्द करके उससे अपनी हजामत बनवानी शुरू करदी। हजामत बनवा चुकनेपर जेलरने कहा—

"कमरा बन्द है, ऐसे मौक़ेपर तुम मेरे नाक-कान काटनेवाली अभिलाषा भी पूरी कर लो। मैं क़सम खाता हूँ कि यह बात किसीसे न कहूँगा।"

जेलर और भी कुछ शायद कहता मगर उसकी गर्दनपर टप-टप गिरनेवाले आँसुओंने उसे चौंका दिया। वह क़ैदीका हाथ अपने हाथोंमें लेकर अत्यन्त स्नेहभरे स्वरमें बोला—

"क्यों भाई! क्या मेरी बातसे तुम्हारे कोमल हृदयको आघात पहुँचा? मुझे माफ़ करो, मैंने ग़लतीसे तुम्हें तकलीफ़ पहुँचाई।"

अभागा क़ैदी सुबक-सुबक कर जेलरके पाँवोंमें पड़ा रो रहा था, जेलरके प्रेम, विश्वास और क्षमाभावके आगे उसकी विद्रोहाग्नि बुझ चुकी थी। वह आँखोंकी राह अपने हृदयकी वेदना व्यक्त कर रहा था।

**अनेकान्त, जुलाई १९३९ ई०**

# त्यागी

साहूकारकी माताने कहा—"बेटा! तुम लाखों रुपयेका लेन-देन करते हो, पर मैंने आजतक एक लाख रुपया एक स्थानपर रक्खा हुआ नहीं देखा। एक लाख रुपया चुनकर रखनेसे कितना लम्बा-चौड़ा, ऊँचा चबूतरा बनता है यह मैं उस चबूतरेपर बैठकर देखना चाहती हूँ।"

एक लाख रुपयेका चबूतरा बना और उसपर वे बैठीं। माता जिस रुपयेपर बैठी है वह तो दान करना ही चाहिए यही सोचकर एक ब्राह्मण-को बुलाया गया। दान देते हुए सेठको तनिक अभिमान छू गया। बोला—"पण्डितजी, दातार तो बहुत मिले होंगे, लेकिन ऐसा दातार न मिला होगा।"

पण्डितजी दान लेने अवश्य गये थे, परन्तु भिक्षुक-मनोवृत्तिके नहीं थे। उनका स्वाभिमान जाग उठा और जेबसे एक रुपया निकालकर लाख रुपयेके चबूतरेपर डालकर बोले—

"तुम्हारे-जैसे दातार तो बहुत मिल जायेंगे, पर मेरे-जैसे त्यागी बिरले ही होंगे, जो एक लाखको ठोकर मारकर कुछ अपनी ओरसे मिलाकर चल देते हैं।"

**वीर, २७ जनवरी १९४० ई०**

# पर्देमें पाप

एक प्रेमी-प्रेमिका आजीवन ब्रह्मचर्य्यपूर्वक जीवन व्यतीत करनेकी अभिलाषा रखते थे। रोज़ाना एक साथ रहते, खाते-पीते, सोते-बैठते, हँसते-खेलते, पर क्या मजाल जो मनमें विकार आता। इसी तरह सानन्द निर्विकार प्रेममय जीवन व्यतीत हो रहा था कि एक रोज़ कामदेवके अन्धड़ने प्रेमीका चित्त चलायमान कर दिया। मनके किसी कोनेमें छिपा हुआ पाप मुँहपर आगया। प्रेमिकाने प्रेमीको भूल सुझाई, पर वह न माना। रतिगृहमें जानेसे पूर्व मकानके नीचे बहती हुई नदीपर स्नान करने गया तो देखा एक मनुष्य ढोल लिये दीवारके सहारे खड़ा है। पूछने पर ढोलवालेने बतलाया—

"आज प्रसिद्ध शीलवान प्रेमियोंके सत डिगेंगे, इसलिए डोंडी पीटनेको खड़ा हुआ हूँ।"

प्रेमीने स्नान किया और मकानमें आकर सदैवकी भाँति चुपचाप सो गया। सुबह उठकर देखा तो ढोलवाला चला जा रहा था। दर्याफ़्त करने पर कहा—

"अब सत नहीं डिगेगा इसीलिए जा रहा हूँ।"

तब प्रेमिकाने मुसकराकर कहा—"देखा! सात पर्दोंमें सोचा हुआ पाप भी तालाबकी काईके समान जनताके समक्ष आ जाता है।"

जनवरी १९४० ई०

# फ़िक्र बुरी, फ़ाक़ा भला

सुनते हैं एक मस्त फ़क़ीरने किसी बादशाहके हाथीकी पूँछ इतने ज़ोरसे पकड़ ली कि वह एक क़दम भी आगे न रख सका। इस घटनाकी सूचना बादशाहको दी गई तो उसे भी ऐसा दिलेर आदमी देखनेकी अभिलाषा हुई। फ़क़ीरको देखनेपर बादशाह उसकी ताक़तका सबब समझ गया। उसने किसी तरह अपनी मस्जिदमें बिना नाग़ा रोज़ाना चिराग़ जलानेके लिए उस अलमस्त फ़क़ीरको राज़ी कर लिया। चिराग़ जलानेके उपलक्षमें शाही भोजनालयसे तर-ब-तर सुस्वादु भोजन फ़क़ीरको मिलने लगा।

एक माहके बाद हाथी रोकनेका अवसर दिया गया तो वह पूँछके साथ घिसटता चला गया। बादशाहने फ़क़ीरका यह हाल देखा तो मुसकरा कर पूछा—"साईं! जब रूखा-सूखा खाते थे और फ़ाक़े करते थे, तब तो हाथी रोक सके और अब शाही बावर्चीख़ानेसे बेशक़ीमती ताक़तवर ग़िज़ा खानेपर भी न रोक सके, बड़े ताज्जुबकी बात है!"

"शाहे-आलम! इसमें ताज्जुबकी क्या बात है? जब अक्सर फ़ाक़े होते थे, लेकिन फ़िक्र पास भी न फटकती थी। अब तर निवाले मिलते हैं, मगर रोज़ाना चिराग़ जलानेकी पाबन्दीकी चिन्ताने मेरे शरीरमें घुन लगा दिया है।"

जनवरी १९५० ई०

# करनीका फल

एक-एक करके आठ पुत्र-वधुओंके भरी जवानीमें विधवा हो जानेपर भी वृद्धकी आँखोंमें आँसू न आये। साम्यभावसे सब कुछ सहन करता रहा। गाँवके कुछ लोग उसके धैर्यकी प्रशंसा करते। कुछ लोग बज्र-हृदय कहकर उसका उपहास करते। श्मशानमें जिन्हें शीघ्र वैराग्य घेर लेता है और फिर घर आकर सांसारिक कार्योंमें लिप्त हो जाते हैं—ऐसे लोग उसे जीवन्मुक्त और विदेह कहनेसे न चूकते और छिद्रान्वेषी उसे मनुष्य न मानकर पशु समझते।

बात कुछ भी हो, एक-एक करके व्याहे-त्याहे आठ लड़के दो वर्षमें उठ गये। उनकी स्त्रियोंके करुण-क्रन्दनसे पड़ोसियोंको रुलाई आजाती, पर वृद्ध खटोलेपर चुपचाप बैठा रहता।

कुछ दिनों बाद गाँवमें प्लेगकी आँधी आई तो उसमें उसका एकमात्र पौत्र भी लुढ़क गया। वृद्धके धैर्यका बाँध टूट गया; उसने अपना सिर दीवारसे दे मारा। नारदमुनि अकस्मात् उधरसे निकले तो वृद्धको डकराते हुए देखकर खड़े हो गये।

विपद्-ग्रस्तको देखकर सूखी सहानुभूति प्रकट करनेमें लोगोंका बिगड़ता ही क्या है? जो कल दहाड़ मारकर रोते देखे गये हैं, वे भी उपदेश देनेके इस सुनहरी अवसरसे नहीं चूकते। फिर नारदमुनि तो आखिर नारदमुनि ठहरे! कर्त्तव्यभारके नाते कण्ठमें मिसरी घोलते हुए नारदमुनि बोले—

"बाबा! धैर्य रखो, रोनेसे क्या लाभ?"

वृद्धने अजनबी-सी आवाज़ सुननेपर अचकचाकर देखा तो पीताम्बर पहने और हाथमें वीणा लिये नारद दिखाई दिये। वृद्ध उन्हें साधारण भिक्षु समझकर भरे हुए कण्ठसे बोला—"स्वामिन्! धैर्यकी भी कोई सीमा है। एक-एक करके आठ बेटोंको आगमें धर आया। ले-देकरके

घरमें एक टिमटिमाता दीपक बचा था, सो आज उसे भी क्रूरकालकी आँधीने बुझा दिया। फिर भी धैर्य रखनेको कहते हो! बाबा, धैर्य मेरे पास अब है ही कहाँ जो उसे रखूँ? उसे तो कालने पहले ही छीन लिया। मुझे अब बुढ़ापेमें रोनेके सिवाय और काम भी क्या रह गया है, स्वामिन्!"

सहनशक्तिसे अधिक आपत्ति आनेपर आस्तिक भी नास्तिक बन जाते हैं। जो पर्वत सीना ताने हुए करारी बूँदोंके वार हँसते हुए सहते हैं, वे भी आग पड़नेपर पिघल उठते हैं—ज्वालामुखीसे सिहर उठते हैं। नारदको भय हुआ कि वृद्ध नास्तिक न हो जाय। अतः बोले—

"तो क्या तुम अपने पौत्रकी मृत्युसे सचमुच दुखी हो? वह तुम्हें पुनः दिखाई दे जाय तो क्या सुखी हो सकोगे?"

वृद्धने निर्निमेष नेत्रोंसे नारदकी ओर देखकर अपने हृदयकी वेदनाको आँखोंमें व्यक्त करके अपनी अभिलाषाको मौन भाषामें प्रकट कर दिया।

नारदकी मायासे क्षितिजपर पौत्र दिखाई दिया तो वृद्ध विह्वल होकर लपका।

"अरे मेरे लाल, तू कहाँ चला गया था?"

"अरे दुष्ट, तू मेरे शरीरको छूकर अपवित्र न कर। पूर्व जन्ममें तूने और तेरे आठ पुत्रोंने जिन लोगोंको यन्त्रणाएँ पहुँचाई थीं, ऐश्वर्य और अधिकारके मदमें जिन्हें तूने मिट्टीमें मिला दिया था, वे ही निरीह प्राणी तेरे पुत्र और पौत्र रूपमें जन्मे थे। ये रुदन करती हुई तेरी आठों पुत्र-वधुएँ तेरे पूर्व जन्मके पुत्र हैं, जिन्होंने न जाने कितनी विधवाओंका सतीत्व हरण किया था।"

स्वर्गीय आत्मा विलीन हो गई। वृद्धके चेहरेपर, स्याही-सी पुत गई। नारदबाबा वीणापर गुनगुनाते चले गये—

**"अवश्यमेव भोक्तव्यं कृतं कर्म शुभाऽशुभम्।"**

**अनेकान्त, फ़रवरी १९४८ ई०**

गहरे पानी पैठ

# सेवा-धर्म

एक बार एक परोपकारी बन्धुके पास रात्रिके समय एक देव आया और नोटबुक दिखाकर बोला—"मैं इसमें उन महानुभावोंके नाम लिख रहा हूँ जो शुद्ध हृदयसे ईश्वरकी सेवा करते हैं। कहिये इसमें आपका नाम लिखूँ या नहीं।" परोपकारी बन्धुने नम्रतापूर्वक कहा—क्षमा कीजिये महाशय, मेरा नाम इस डायरीमें न लिखें। मैं तो ईश्वरके बन्दोंकी सेवा करता हूँ, यदि मनुष्य-सेवकोंकी कोई डायरी आपके पास हो, तब सहर्ष उसमें मेरा नाम लिख सकते हैं, क्योंकि—

**ख़ुदाके बन्दे तो हैं हज़ारों बनोंमें फिरते हैं मारे-मारे।**
**मैं उनका बन्दा बनूँगा जिनको ख़ुदाके बन्दोंसे प्यार होगा ॥**

**—इक़बाल**

सुबह उठकर देखा तो सर्वप्रथम स्वर्णाक्षरोंमें उसीका नाम डायरीमें अंकित था।

**फ़रवरी १९३९ ई०**

# सन्तोषी

नव वर्षकी खुशीमें समस्त क्लर्कोंको वेतन बढ़ाये जानेकी बात कहकर और उनसे बदलेमें खूब धन्यवाद प्राप्त करके साहबने यह मंगल-सूचना जब एक साधारण कर्मचारीको दी, तब वह अत्यन्त नम्र और वीतराग भावसे बोला—

"श्रीमान्की मुझपर अत्यन्त कृपा है, पर वेतन न बढ़ायें तो बड़ी दया होगी। वेतन बढ़ते ही खर्च भी बढ़ जायगा। जैसे-तैसे निराकुलता-पूर्वक जो जीवन व्यतीत हो रहा है, उसमें एक भूचाल आजायगा।"

धन्यवादका इच्छुक आफ़िसर जो हज़ारों रुपया पानेपर भी तृष्णाकी वैतरणी नदीमें बहा जा रहा था, तिनकेका सहारा पाकर सजग हो उठा।

फ़रवरी १९४० ई०

# उल्लुओंकी नसीहत

मानसरोवरसे एक हंस और हंसनी उड़कर आकाशकी सैरको निकले तो मार्ग भूल गये। इधर-उधर भटकते हुए वे एक ऐसे प्रदेशमें जा निकले जहाँ मनुष्य नहीं, मनुष्याभास रहते थे। सारा प्रदेश उजाड़ और भयावह बना हुआ था। न वहाँ कोई शीतल सरोवर था, न हरा-भरा वृक्ष। लाचार थके-माँदे हंस-हंसनीने शुष्क वृक्षपर ही बसेरा लिया। उसी ठूँठपर कुछ उल्लू भी बैठे हुए थे। उन्हींकी ओर संकेत करके हंस बोला—"प्रिये! अब मुझे इस प्रदेशके उजाड़ होनेका कारण मालूम हुआ। यह प्रदेश इन उल्लुओंकी कृपासे ही इस दशाको पहुँचा है। जहाँ उल्लू रहते हैं, वह देश वीरान हो जाता है।"

पतिकी बात सुनकर हंसनीने सम्मतिसूचक सिर हिलाया और उल्लुओंकी ओर तनिक भ्रू-निक्षेप करके मुसकरा दी।

उल्लुओंने यह सब सुना और वे चुपचाप दिल थामकर रह गये। सुबह होनेपर युगल जोड़ी उड़नेको उद्यत हुई तो उल्लुओंने हंसनीको पकड़ लिया, और हंससे बोले—"इसे कहाँ लिये जाता है, यह तो हमारी पत्नी है।"

हंसनी चीख़ मारकर रह गयी, हंसने अपना सिर पीट लिया।

उल्लू बोले—"रोने-धोनेसे कोई लाभ नहीं। चाहो तो इस प्रदेशके मनुष्योंकी पंचायत बुलाये लेते हैं; उसीका निर्णय हम सबको मान्य होगा।"

अपनी ही वस्तुके स्वामित्वका निर्णय दूसरोंसे कराया जाय, हंस यह सुनकर सिहर उठा। फिर भी मरता क्या न करता, चुपचाप स्वीकृति दे दी।

उस ठूँठ वृक्षके नीचे प्रदेश भरके मनुष्य कहे जानेवाले पंचायतमें शरीक हुए। यह प्रश्न गम्भीर था। हंसनी, हंसकी बताई जाए या उल्लुओं की, यह ऐसी पेचीदा गुत्थी थी जो सुलझाये न सुलझती थी। पंचोंके चेहरे

पृथ्वीकी ओर गड़े हुए थे। सत्य कहते हैं तो अपने यहाँके उल्लू नाराज़ होते हैं, और इनको नाराज़ करना किसी भी हालतमें ठीक नहीं। असत्य निर्णय देते हैं तो धर्म आड़े आता है। इतनेमें एक वृद्ध बोले—"भाइयो! प्रश्न कितना गम्भीर और जटिल है यह आप जानते हैं, फिर भी यदि इसके निर्णय-का अधिकार मुझको दें तो मैं क्षणभरमें इस समस्याको सुलझा सकता हूँ।"

सब एक स्वरसे बोले—"बेशक चौधरी! आप ही हमारे सिरमौर हैं, जो कहोगे वही इस पंचायतका फ़ैसला समझा जायगा।"

तब चौधरी बोले—"देखो भाइयो! अगर हंसनी हंसकी कहता हूँ तो यह परदेशी लेकर उड़ जायगा, हमारा इससे कुछ भी लाभ न होगा। और उल्लुओंकी कहता हूँ तो हंसनी फिर यहीं रहेगी, इससे जो बाल-बच्चे होंगे वे हंस ही होंगे। इस तरह यह प्रदेश जो उल्लुओंका कहलाता है, धीरे-धीरे हंसोंका कहलाने लगेगा।"

हंसनी उल्लुओंकी सर्व-सम्मतिसे निश्चित हो गई। हंस व्याकुल प्राण लेकर उड़ने लगा तो उल्लुओंने उसे भी पकड़ लिया और बोले—"मूर्ख! तू जो कहता था कि यह प्रदेश इन उल्लुओंने उजाड़ किया है, सो अब बता यह प्रदेश हम उल्लुओंने वीरान किया है या इन ज्ञानके ठेकेदार स्वार्थी मनुष्योंने?"

हंसने अपनी भूल स्वीकार की, तब हंसनी उसे लौटाते हुए उल्लू बोले—"याद रख! उल्लुओंसे देशको इतनी हानि नहीं पहुँचती, जितनी कि स्वार्थी समझदारोंसे पहुँचती है। इन स्वार्थियोंके प्रत्येक श्वासमें ऐसे कीटाणु होते हैं जो सोनेके संसारको नरक बना देते हैं। संसारमें ऐसा कोई बीभत्स पाप नहीं जो स्वार्थी न कर सकें। संसारमें पापका उद्गम ही स्वार्थ है।"

उल्लुओंकी नसीहत हंस-हंसनीने नतमस्तक होकर सुनी और भूलके लिए क्षमा माँगकर मानसरोवरको चले गये।

नवयुग १९३४ ई०

# रँगा स्यार

मिस्टर स्यारनाथको भूखे मरते हुए जब कई रोज़ हो गये, तब श्रीमती शृगालकुमारीके बहुत कुछ लानत-मलामतके बाद बिचारे शान्त प्रकृति संतोषी जीव जानको हथेलीपर रखकर सिंह और चीतोंकी हृदय दहला देनेवाली दहाड़ सुनते हुए भी भोजनकी तलाशमें निकले और अपनी सनकमें अथवा किसी गीतके स्वर लगानेमें व्यस्त शहरकी ओर जा पहुँचे।

सूर्यके संध्यासे पाणिग्रहण करते ही रजनी काली चादर डालकर सुहागरातके प्रबन्धमें व्यस्त थी। जुगनू सरोंपर हण्डे उठाये इधर-उधर भाग रहे थे। दादुरोंके आशीर्वादात्मक गीत समाप्त भी न हो पाये थे कि क़ुमरीने सरुके वृक्षसे, कोयलने अमुआकी डालसे, बुलबुलने शाखे-गुलसे बधाईके राग छेड़े। श्वानदेव और बैसाखनन्दन अपने मँजे हुए कण्ठसे श्यामकल्याण अलापकर इस शुभ संयोगका समर्थन कर रहे थे, झींगुर देवता सितार बजा रहे थे। कट्टो गिलहरी नाचनेको प्रस्तुत थी, पर रात्रि अधिक हो जानेसे वह तैयार न हुई। फिर भी उलूकखाँ वल्द बूमखाँ अपना ख़ुरासानी और श्रीमती चमगीदड़किशोरी अपना ईरानी नृत्य दिखाकर अजीब समाँ बाँध रहे थे।

एक तो यों ही भूखके कारण पेटमें चूहे कबड्डी खेल रहे थे, इधर यह सब शोरो-गुल देखा तो मिस्टर स्यारनाथ मारे क्रोधके बौखलाकर एक रंग-रेज़की दूकानमें घुस गये। दूकानमें चरण-कमलोंका रखना था कि श्रीमानजी औंधे मुँह नीलके मटकेमें गिर पड़े। राम-राम करके रात काटी। मारे बू के दिमाग़ सड़ा जाता था। प्रातःकाल रंगरेज़ आया तो हज़रत दम साधके पड़ गये। रंगरेज़ने देखा कि रंगके मटकेमें गीदड़ फँसकर मर गया है, उसने टाँग पकड़कर बाहर निकालकर फेंक दिया। थोड़ी देर तो मि०

स्यारनाथ दम साधे पड़े रहे, फिर कनखियोंसे इधर-उधर देख विद्युत्-गतिसे अपने अरण्य-भवनको प्रस्थान कर दिया।

सूर्यकी प्रखर आभा और समीरकी थपकियाँ खाते ही मि० स्यारनाथ-का रंग जो सूखा तो एक विचित्र मन-मोहक आकृति बन गई। स्यारनाथ अपने रूपको देखकर फूले न समाये।

अरण्य-निवासी ठाकुर शेरसिंह, मौलाना बाघहुसैन, पं० भेड़िया-प्रसाद, चौबे भालूदत्त, मिस्टर शूकरनाथ, लाला गैण्डामल, चौधरी मृगलाल, सरदार चीतासिंह, सैयद ख़रगोशखाँ और श्रीमती लोमड़ीदेवीने मिस्टर स्यारनाथका यह जो रंग देखा तो भौंचक्के रह गये! हे परमात्मा! ये किस लोकके रहनेवाले विशेष जन्तु हैं। भूलोकमें तो इस शानका कभी देखा न सुना। मालूम होता है यह तो ऊर्ध्व लोकसे ही पधारे हैं।

मि० स्यारनाथ पहले तो अपने पुश्तैनी शत्रुओंको देखकर भयभीत हुए। पर उन्हें स्वयं हक्काबक्का देखकर वास्तविक बात ताड़ गये। इस स्वर्ण अवसरको खो देना उन्होंने मूर्खता समझा। अतः उन्होंने बड़ी संजीदगी-के साथ उन सबको इशारेसे बुलाया और इशारे ही इशारेमें समझा दिया कि ईश्वरने मुझे अरण्य-चक्रवर्ती बनाकर भेजा है। आजसे सबको मेरी आज्ञा शिरोधार्य करनी होगी और मेरे रहन-सहन, भोजन आदिका राज्यो-चित प्रबन्ध करना होगा!" सबने दुम दबाकर आधीनता स्वीकार की।

थोड़े दिन तो ख़ूब चैनकी बंसी बजी। बैठे-ब्रिठाये नित नये भोज्य पदार्थ आने लगे। मिस्टर स्यारनाथ भाग्यका ऐसा परिवर्त्तन देख मूर्ख पशुओं पर मन ही मन हँसते और अपने चातुर्य्य और साहसकी चिरंजीव जम्बुककुमार और श्रीमती शृगालकुमारीसे ख़ूब ही प्रशंसा करते।

पर, 'सब दिन होत न एक समान।' वर्षा ऋतु आई और स्यारनाथ-का बाह्य रूप धुल गया। अरण्य-वासियोंने देखा कि चक्रवर्तीकी आकृति

तो गीदड़ रूपमें होती जा रही है। उन्हें अपने चक्रवर्तीकी आकृतिके इस तरह परिवर्त्तन हो जानेसे आश्चर्य हो ही रहा था कि दूसरे गीदड़ोंके रोने की आवाज़ सुनकर संस्कारके वशीभूत स्यारनाथ भी मुँह ऊँचा करके हू-हू पुकारने लगे। मुँह खोलते ही सारा भेद खुल गया। नाहरखाँने जो तमाँचा मारा तो स्यारनाथके प्राण-पखेरू उड़ गये।

**मार्च १९४० ई०**

# अनधिकारी वक्ता

पण्डित गंगादीन पाण्डे पढ़े-लिखे वाजिबी ही वाजिबी थे, पर थे ज़हीन। जमुनाजीकी सीढ़ियोंपर बुहारी लगाते हुए उन्हें गंगालहरी, विष्णु-सहस्त्रनाम और हनुमानचालीसा कण्ठस्थ हो गये थे। कनागतोंमें न्योता जीमते-जीमते सत्यनारायणकी कथा कहना सीख ली थी और ब्याह-बारातोंमें निरन्तर जाते रहनेसे पाणिग्रहण-संस्कार भी कराने लगे थे।

इतनी उन्नति कर लेनेपर भी भाग्य उनके प्रतिकूल ही बना रहा। पण्डित गंगादीन-जैसे सरस्वती-उपासकके ऊपर उलूक-वाहिनी लक्ष्मीकी सदैव कोपदृष्टि रही। बारहमासी प्याऊपर पानी पिलाने, शिवालयमें और जमुनाकी सीढ़ियोंपर बुहारी लगाने और स्नान करनेवालोंको चन्दन घिसकर देने आदिमें कुल मिलाकर १२ रु० माहवारकी औसत पड़ती थी। घरमें कई प्राणी थे। इतने रुपयोंका तो सूखा अनाज ही चाहिए। उसपर तुर्रा यह कि पाण्डेजी दो आने रोज़ चिनिया बेगम (अफ़ीम) के लिए और दो आने रोज़ दूधके लिए ज़रूर रखना चाहते थे। ऐसी हालतमें सारे परिवारको महीनेमें अक्सर निर्जला एकादशीके व्रतका पुण्य अनायास ही प्राप्त हो जाता था।

इन आये दिनोंकी निर्जला एकादशीके व्रतोंसे ऊबकर पण्डित गंगादीन पाण्डेने अपनी आजीविका बढ़ानेके अनेक उपाय किये, परन्तु सब बेकार। उनके हृदयमें एक यही सन्ताप था कि संसारके भोले प्राणी गुणियोंको क्यों नहीं पहिचानते ? बहुत कुछ सोच-विचारके बाद पाण्डेजीने कथा बाँचकर आजीविका-उपार्जनका निश्चय किया।

पण्डित गंगादीन शुभ लग्न-मुहूर्त देखकर सरेआम पीपलके पेड़के नीचे कथा कहने बैठे। उनके कथानक और वक्तृत्व शक्तिमें कुछ ऐसी मोहकता थी कि श्रोता मारे आनन्दके ऊँघने लगे। यहाँ तक कि उनके दायें-बायें

बैठे हुए दो श्रोता तो इतने निमग्न हुए कि उनका शरीर ही शरीर कथा श्रवण करनेको रह गया और प्राण, सुख-स्वप्न देखने लगे। उन दोनोंमें एक कपड़े-का और दूसरा अनाजका व्यापारी था। कपड़ेके व्यापारीने स्वप्नमें देखा कि दूकानपर ग्राहक खड़ा हुआ लट्ठा देख रहा है। भाव पूछनेपर बजाज़ने दस आने गज बतलाया, पर ग्राहक छः आने गज़ माँगने लगा। आख़िर बहुत ही हुज्जतके बाद कपड़ेका व्यापारी बोला--

"अच्छा न तेरे छः आने और न मेरे दस आने। बस आठ आनेमें फ़ैसला हुआ", यह कहते हुए लट्ठेको फाड़नेके लिए कपड़ेके व्यापारी श्रोता-ने जो हाथ बढ़ाया तो पाण्डेजीकी कथा-पोथीके पन्ने हाथमें आगये और वे बीचमें-से चट दो कर दिये गये।

कपड़ेके व्यापारी इधर लट्ठा समभकर पाण्डेजीके पोथी-पत्रा फाड़ रहे थे, उधर उसी समय अनाजके व्यापारीने स्वप्नमें बिजारको अपनी दूकानका अनाज खाते देखा तो चट डण्डा उठाकर पाण्डेजीपर बिजारके भुलावेमें दनादन फटकारने लगा और शोर मचाने लगा--"क्या तेरे लिए ही यह अनाजकी ढेरी लगाई थी।"

पण्डित गंगादीन पाण्डेने अपनी और पोथी-पत्रेकी यह दुर्गति देखी तो जान बचाकर ताबड़तोड़ भागे और फिर उनकी नानी मरे जो कभी बग़ैर पढ़े-लिखे होते हुए कथा बाँचने या उपदेश देनेका दुस्साहस किया हो।

**वीर, २ मार्च १९४० ई०**

# लालची साधु

छज्जू जाट अपने खेतके मचानपर बैठा हुआ हुक्का पी रहा था कि उसके कानमें खन-खनकी आवाज़ आई। आवाज़की सीधपर छज्जूने जाकर देखा तो उसके मुँहमें पानी भर आया। एक गेरुआ वस्त्रधारी साधु बड़ी सावधानीसे सौ रुपये गिनकर अपने सरके साफ़ेमें बाँध रहा था। रुपयोंको देखकर छज्जू जाटका जी तो काफ़ी मचला, पर करता क्या? लाचार मुँह लटकाये, दबे पाँव अपने खेतमें लौट आया।

छज्जू जाट अपने मचानपर बैठा हुआ इस श्वेत वर्णधारी कलयुगी अवतारके ध्यानमें निमग्न था कि "जय बम भोले" की आवाज़ सुनकर चौंक पड़ा। देखा तो वही साधु याचनाके भावसे सन्मुख खड़ा हुआ था। छज्जू जाट साधुकी इस हरकतसे कुछ कुढ़-सा गया। उसने सोचा—"खड़ी फ़सलको टिड्डी चाट गई, महाजनने क़र्ज़में बैल खुलवा लिये, भरे हुए अन्नको लगानवाले उठा ले गये, फिर बहनको भात और लड़कीको छूचक देना है और पास फूटी कौड़ी नहीं है, फिर भी सब्र किये बठा हूँ। और एक यह सण्ड-मुसण्ड है कि किसी बातका फ़िक्र नहीं, सौ रुपये गाँठमें लिये फिरता है और फिर भी माँगनेकी हविस बनी हुई है। इसे कुछ नसीहत देनी ही चाहिए"—यह सोचते हुए उसे एक जट्ट-विद्या सूझ आई।

छज्जू जाट अपने मचानसे उतरकर बहुत दीनतापूर्वक नमस्कार करते हुए बोला—"महाराज! धन्नभाग जो तुम पधारे, मेरे ऐसे नसीब कहाँ? दो रोज़से जाटनी भूखी बैठी है, उसकी ज़िद है कि जबतक किसी पहुँचे हुए महात्माको न जिमा लूँगी भोजन न करूँगी। गाँवके इर्दगिर्द चार-चार पाँच-पाँच कोस तक खोज फिरे पर कोई महात्मा नहीं मिला, यूँ भुखमरे सैकड़ों। मेरे पूरबले पुन्न कर्मोंसे ही भगवान्‌ने तुम्हें भेजा है।"

साधु महाराजने अपनी अपूर्व आव-भगत देखी तो फूले न समाये।

शिकार फँसता हुआ देख छज्जू जाट बोला--"तो, महाराज ! आजका न्योता क़बूल करो, बड़ी किरपा होगी।"

साधु महाराजको भोजनकी इच्छा तो थी नहीं, भोजन तो वह पहले ही कहीं टाँक आये थे। वह तो नक़द नारायणके इच्छुक थे। बोले--"बेटा ! भोजन तो हफ़्तेमें हम एकाध बार ही करते हैं, अगर कुछ नशे-पानीका प्रबन्ध कर सको तो . . !"

छज्जू जाट साधुके मनोभाव ताड़ गया, बीच ही में बात काटकर बोला--"दीनबन्धु ! भोजनके साथ एक रुपया दच्छिना भी हाथ जोड़कर दूँगा। आप मुझे निराश न करें।"

साधु महाराजने दक्षिणाका नाम सुना तो बाँछें खिल गईं। बोले--"भैया ! आजतक तो हमने कभी किसीके यहाँ जीमना स्वीकार किया नहीं, पर आज तेरे कारन हम अपनी आन छोड़ते हैं, क्या करें लाचारी है, भगवान् भगतके बसमें होते आये।"

साधु महाराजने दूध, रबड़ी, खीर, हलुआ, उदर-मध्य रख लेनेके बाद जाट और जाटनीको अनेक आशीर्वाद दिये। भर पेट आशीर्वाद ले चुकनेके बाद छज्जू जाट अपनी स्त्रीसे बोला--"जा, रुपया-नारियल साधु महाराजके चरणोंमें चढ़ाकर अपने जनमको सार्थक करले।"

जाटनी खुशी-खुशी अन्दर गई और फिर बाहर आकर बोली--"अन्दर हाँडीमें तो रुपये नहीं हैं।"

छज्जू जाट आँखें तरेरकर बोला--"हैं, रुपये नहीं हैं, कहाँ गये, अभी-अभी तो १००) गिनकर मैंने हाँडीमें रक्खे थे।"

जाटनी सरल स्वभाव बोली--"तो मैं क्या जानूँ ? जहाँ तुमने रक्खे हों, वहाँ देख लो मुझे तो मिले नहीं।"

छज्जू जाट लपककर अन्दर गया और तनिक इधर-उधर देख-भालकर माथा पकड़े हुए बाहर आया और "हाय मैं लुट गया, बर्बाद हो गया"--

कह कर ज़ोर-ज़ोरसे रोने लगा। रोनेकी ग्रावाज़ सुनी तो ग्रड़ोसी-पड़ोसी इकट्ठे होकर रोनेका कारण पूछने लगे। ब-मुश्किल छज्जूने बतलाया कि महाजनसे ग्रपने बैल वापिस लानेके लिए थोड़ी देर पहले हाँडीमें १०० रु० गिनकर रक्खे थे। ग्रब जो महाराजको एक रुपया दक्षिणा देनेके लिए देखा तो उसमें फूटी कौड़ी भी नहीं।

पड़ोसी छज्जूकी ग़रीबीके कारण सहानुभूति रखते थे। सुना तो सन्न रह गये। सब-के-सब एक स्वरमें बोले—"क्या कोई बाहरका ग्रादमी घरमें ग्राया था।"

छज्जू जाट उसी तरह मुँह लटकाये बोला—"बाहरका ग्रादमी कौन ग्राता ? बाबाजी, जाटनी ग्रौर मेरे सिवाय ग्राज यहाँ सुबहसे चिड़िया तक नहीं फटकी।"

पड़ोसी बोले—"तो भैया ! घबराग्रो मत। तनिक इस साधुकी तलाशी तो लो। इस भेशमें सैकड़ों उठाईगीरे चोर-उचक्के फिरते हैं।"

छज्जू जाट गिड़गिड़ाकर बोला—"भाई, ऐसा मत कहो, पाप लगता है। ये साधु तो बड़े भारी महात्मा हैं। मेरे बहुत रिरयानेपर न्योता जीमनेको तैयार हुए थे।"

पड़ोसी तुनककर बोले—"ऐसे सैकड़ों महात्मा जूतियाँ चटखाते फिरते हैं। दिनमें ये लोग भीख माँगते हैं ग्रौर रातको चोरी करते हैं। ग्रच्छा, तू न ले तलाशी, हम लिये लेते हैं। पाप भी लगेगा तो कुछ चिन्ता नहीं। दो-चार रोज़ नरकमें रह ग्रावेंगे।"

इतना कहकर पड़ोसियोंने साधुकी जेब, ग्रण्टी ग्रादि सब देख डाली, पर रुपये न मिले। छज्जूने देखा कि सिरके साफ़ेको किसीने नहीं देखा। ग्रतः माथेपर हाथ मारकर बोला—"बस जी, जो होना था सो गया, ग्रब महाराजके साफ़ेको तो न उतारो।"

छज्जू बात पूरी कहने भी न पाया कि एक जल्दबाज़ने महाराजके साफ़ेमें जो झटका दिया तो रुपये खन-खन बिखर गये। पड़ोसियोंने जल्दी-जल्दी सब रुपये हाँडीमें भर दिये। लालची साधु अपना-सा मुँह लेकर जब जाने लगा तो छज्जू जाटने पाँवोंकी रज अपने मस्तकपर लगाते हुए कहा—"तो महाराज, अब कब दर्शन दीजियेगा।"

लालची साधु नीची नज़र किये हुए बोला—"जब १०० रु० इकट्ठे हो जायँगे।"

बच्चे पीछेसे तालियाँ बजाकर चिल्लाये—

**लोभ पापका बाप बखाना**

**वीर, १३ जनवरी १९४० ई०**

# पाँच रुपयेकी अक़्ल

जुम्मन नाईके फ़िज़ूलखर्च होनेके सबब उसकी बीबी अल्लारक्खी बड़ी परेशान थी। घरमें भुनी भाँग नहीं, पर जुम्मनके यहाँ एक-न-एक मेहमान बना ही रहता था। जुम्मन खुद इस मुसीबतसे नजात पाना चाहता था, पर करता क्या? आदतसे लाचार था। बी अल्लारक्खीकी रात-दिन जली-कटी बातें सुनते-सुनते जुम्मनके नाकों दम आ गया। तब कहीं खुदा-खुदा करके उसने पाँच रुपये जोड़कर अपनी बीबीको दिये। पाँच रुपये पाकर बी अल्लारक्खी फूली न समाई। मारे खुशीके उसके ज़मीनपर पाँव नहीं पड़ते थे। वह इस मुबारिक दिनके लिए अल्लाह-मियाँका लाख-लाख शुक्रिया अदा ही कर रही थी कि जुम्मन बाहरसे हाँफता हुआ आया और बोला—

"जल्दी कर, वह रुपये कहाँ हैं? जल्दी निकाल, मैं बाज़ारसे सौदा-सुलफ़ लाऊँ और तू..."

रुपयोंके देनेका हुक्म सुनते ही बी अल्लारक्खीके शरीरपर मानो चिनगारी गिर पड़ी। वह बीच ही में बात काटकर बोली—

"आखिर इस बौखलाहटकी कुछ वजह भी?"

"अरे वाह! यहाँ उस्ताद आये हैं और तुझे बौखलाहट दिखाई देती है।" जुम्मन ज़रा आँखें तरेरकर बोला।

"उस्ताद आये हैं तो क्या हुआ? कोई नई बात तो है नहीं। यहाँ तो रोज़ ही एक-न-एक भुखमरा पड़ा रहता है।" बी अल्लारक्खी फिर ज़रा आँखें मटकाकर बोली—"दुतकार क्यों नहीं देते? भूखों मरकर कब तक मेहमाँनवाज़ी करोगे! 'तनपै नहीं लत्ता पान खायें अलबत्ता।' कुछ गाँठकी अक़्ल भी है या उम्रभर चोंच ही बने रहोगे?"

जुम्मन ज़रा मुसकराकर बोला—"लो चुड़ैलकी बातें, हमें चोंच

समझती है! तीतर, कबूतर, बटेर लड़ाना हम जानें, पतंग उड़ाना हम जानें, मर्सिये गाना हम जानें, ग़रज़ हरफ़नमें उस्ताद हैं, फिर भी कहती है—क्या उम्र भर चोंच बनें रहोगे? अरे हमने तो वो-वो सुहबतें की हैं कि फ़रिश्ते भी आकर अक़्ल सीखें।"

बी अल्लारक्खी हँसीको ज़ब्त करते हुए बोली—"बेशक, मुझसे ग़लती हुई। आखिर मैं भी तो सुनूँ आज कौन साहब तशरीफ़ लाये हैं, जिनके लिए..."

मियाँ जुम्मन बीचमें ही बात काटकर बोले—"अरे, क्या तू आज भी ऐसा-वैसा मेहमान आया हुआ समझती है? आज मेरे उस्ताद आये हैं, उस्ताद! इन्हींकी बदौलत तीतरबाज़ी, पतंगबाज़ीका इल्म हासिल हुआ है। खुदा-क़सम, अपने फ़नमें यकताँ हैं। विलात, इंग्लैण्ड, बम्बई, हिन्दुस्तान, लाहौर, पंजाब, कलकत्ता, बंगाल, दूर-दूरमें सरनाम हैं। इनकी जूतियोंकी कोई हिरस तो कर ले।"

बी अल्लारक्खी जुम्मनकी इन शेख़चिल्ली वाली बातोंसे रही सही और भी जल-भुन गई। तनककर बोली—"तभी तो अम्मा कहा करती थीं "मेरे ललाके तीन यार, धोबी, तेली और मनिहार"। पतंगबाज़, तीतरबाज़ ही उस्ताद हुए, या कभी किसी गुणीके पास भी बैठे?"

जुम्मन और रोज़की तरह निखट्टू तो था नहीं, जो चुपचाप खड़े-खड़े सुना करता? आज ही तो उसने चमकते हुए पाँच रुपये बी अल्लारक्खीको लाकर दिये थे, फिर क्यों किसीकी जली-कटी सुनता। वह दाँत भींचकर बोला—

"रुपये निकालती है सीधी तरहसे, या जमाऊँ सुसरीके लात?"

बी अल्लारक्खी पिटनेकी आवश्यकतासे अधिक आदी बन चुकी थी, मगर न मालूम उसे क्या सूझ पड़ी। सिरको नचाती हुई बोली—"ऐ वाह! तुम तो ख़फ़ा हो गये जो ज़रा-सा मैंने हँसी-हँसीमें छेड़ दिया तो, लो यह

एक पैसा, इसका तम्बाक़ू लाकर उन्हें ज़रा हुक्का तो पिलाओ, इतनेमें खोदकर रुपये निकालती हूँ।"

जुम्मन इठलाता हुआ तम्बाकू लेने चला गया।

निर्धनतामें रही-सही गाँठकी अक़्ल भी चली जाती है, पर साहूकारीमें बुद्धू होते हुए भी अक़्ल हाथ बाँधे खड़ी रहती है। बी अल्लारक्खीके पास भी आज पाँच रुपयेकी तरावट थी, चट उसे भी पाँच रुपयेवाली अक़्ल सूझ गई। वह परदेकी आड़मेंसे जुम्मनके उस्तादसे रोनी आवाज़में बोली—"ख़ुदाके वास्ते तुम्हीं अपने शागिर्दको नेक राहपर लाओ, मुझ दुखिया पर करम होगा, अगर आपने उसे अल्लाहतालाके अज़ाबसे बचाया।"

"ऐसी क्या बात है? आख़िर कुछ माजरा भी तो सुनूँ।" उस्तादजी ज़रा बड़प्पनके साथ बोले।

बी अल्लारक्खी ज़रा गिड़गिड़ाकर बोली—"निगोड़ी कुछ बात भी हो। कहूँ तो घरकी साख जाय, न कहूँ तो बदनामी, मेरी सब तरहसे मुश्किल।"

उस्तादजी ज़रा अपनी कूचीदार दाढ़ीपर हाथ फेरते हुए बोले—"नहीं, बेटी! हमसे क्या छिपाव, हम तो घरके-से आदमी हैं। अपने ससुर और बापकी तरह हमको भी समझ।"

"ससुर और बाप तो समझाते-समझाते मर गये, पर इनके एक नहीं लगी। ख़ुदा जाने किस मरदूदसे यह कुलच्छन सीखे हैं।" बी अल्लारक्खी और ज़रा मचलकर बोली।

"बेटी, तू हमारे मरे हुएका ही मुँह देखे, जो हमसे न कहे।" उस्तादजीने ज़रा बुज़ुर्गाना लहजेमें कहा।

बी अल्लारक्खी निशाना ठीक लगते देख बोली—"लो, जब क़सम दिलादी तो मजबूरन कहना ही पड़ा कि ज़रा अपने शागिर्दसे चौकन्ने रहना। ये पहले तो आये-गयेकी ख़ूब ख़ातिर-तवाज़ा करते हैं और न मालूम फिर

क्यों चाहे जिसके नाक-कान कतर लेते हैं। ख़ुदाकी पनाह, न जाने यह रोग इन्हें क्योंकर लग गया? मैं तो सारी रिश्तेदारियोंमें बदनाम हो गई। अच्छे मियाँ, कोई ग्रासेब-वासेबका तो परछावाँ नहीं है। ज़रा देखना, मैं तुम्हारे पाँवों पड़ती हूँ।"

इतना कहकर बी ग्रल्लारक्खी तो परदेके पाससे खिसक ग्राई। उधर उस्तादजीके पेटमें चूहे कबड्डी खेलने लगे। ग्रजीब दुविधामें जान थी। "रहें या चलते बनें? चलते क्यों बनें? ग्राख़िर ग्रपना शागिर्द है, क्या हमींसे यह शरारत करेगा? कर भी दे तो क्या ताज्जुब? बावला कुत्ता कब ग्रपना-पराया देखता है, उसकी ज़रा-सी बात होगी ग्रौर यहाँ उम्र भरको नकटे-बूचे हो जायेंगे। सात शुबरातकी झाड़ू ग्रौर हुक़्क़ेका पानी ऐसी मेहमाँनवाज़ीपर।"

इसी तरह न मालूम क्या-क्या ऊँच-नीच सोचते हुए खूँटेसे बँधी ग्रपनी टटुवानी खोलकर चलते बने। जुम्मन नाई ख़ससे मढ़े हुए हुक्केको लखनवी तम्बाक़ूमें मुग्रत्तर करके लाया तो उस्तादजीको न पाकर बीवीसे पूछा--"उस्ताद कहाँ गये?"

बी ग्रल्लारक्खी मुँह बिचकाकर बोली--"ऐ वाह, ग्रच्छे उस्तादजी-को लाये, शर्म न लिहाज, निगोड़ा कहते भी न लजाया।"

जुम्मन घबराकर बोला--"ऐं! ग्राख़िर क्या हुग्रा?"

बी ग्रल्लारक्खीने मटककर कहा--"होता क्या? नासपीटा बोला, ज़रा पेटीमें-से उस्तरा निकाल दो। मैंने हाथके इशारेसे मना कर दिया। बस इतनी-सी बातपर मुझे ग्रौर तुम्हें गालियाँ बकता हुग्रा टटुवानीपर लदकर चलता बना।"

जुम्मन दाँत किचकिचाकर बोला--"ग्ररे तो बेवक़ूफ़की बच्ची! इसमें शर्म ग्रौर लिहाज़की क्या बात थी? दे क्यों नहीं दिया? एक उस्तरा क्या, उनके ऊपर सैकड़ों उस्तरे निछावर कर दूँ।"

इतना कहकर जुम्मन पेटीमें-से उस्तरा निकालकर और उसे खोलकर उस्तादजीको मनानेके लिए दौड़ा। उस्तादजीने मुड़कर देखा कि जुम्मन उस्तरा लिये हुए आ रहा है तो उन्हें बी अल्लारक्खीकी बातका पूरा यक़ीन हो गया। उन्होंने अपनी टट्टुवानीको और भी तेज़ कर दिया। उस्ताद-जीकी टट्टुवानी दौड़ते देख जुम्मन उस्तरा दिखाकर चिल्लाने लगा—"उस्ताद, ज़रा बात तो सुनो", पर उस्ताद किसकी सुनते थे? उन्हें अपने नाक-कानकी फ़िक्र लगी हुई थी! आख़िर जुम्मन लाचार मुँह लटकाये घर आ गया। जुम्मन उदास था और अल्लारक्खी खुश। आख़िर वह नाक-कान कतरने-वाली बातकी ऐसी शोहरत हुई कि फिर किसी आवारा मेहमानकी जुम्मनके यहाँ आनेकी हिम्मत न हुई।

**वीर, ६ अप्रैल १९४० ई०**

# गपोड़शंख

एक नवाबसाहबको झूठ बोलनेका रोग था। अपने पतिकी इस बीमारी-से बिचारी बेगम बड़ी परेशान थी। हर एक बातकी हद होती है, पर नवाबके गप्प उड़ानेकी कोई हद न थी। शहरभरमें वह गपोड़शंखके नामसे मशहूर थे, और सच बात तो यह है कि उन्होंने शायद ही कभी अपने जीवनमें सच बोला हो। नवाबसाहब रुपये-पैसेवाले आदमी थे, इसलिए उनके खुशामदियोंकी भी कमी न थी। वे लोग झूठे बढ़ावे दे-देकर उन्हें बाढ़पर चढ़ाये रखते थे।

एक रोज़ यारोंका मजमा लगा हुआ था। मुन्शी बदहवासराय, शेख़ चिराग़अली, मियाँ गुलखैरू क़रीनेसे बैठे हुए नवाबसाहबके सामने दूनकी हाँक रहे थे कि मियाँ गुलखैरू जम्हाई लेते हुए और चुटकी बजाते हुए नवाब साहबकी तरफ़ मुख़ातिब होकर बोले—"हुज़ूर आज तो कोई नई बात सुनाइये।"

फ़र्माइशकी देर थी कि गपोड़शंख बेकसीके स्वरमें बोले—"यार, क्या नई बात सुनायें! हम तो बदक़िस्मत हैं जो हिंदोस्तान-जैसे नाक़दरे देशमें पैदा हुए। अगर विलायतमें हुए होते तो इल्मक़सम किसी बादशाहके नज़-दीक क़ुर्सी मिली होती। बदहवासराय गपोड़शंखकी हाँ में हाँ मिलाते हुए बोला—"बेशक, इसमें क्या शक है? वहाँ तो कहते हैं, आप जैसे ज़हीन इन्सानका जीते जी दिमाग़ ख़रीदकर अजायब घरमें रख लेते हैं।"

---

**बहुत-से मनुष्य ऐसे हैं जो अकारण ही झूठ बोलते रहते हैं। वे जानते हैं कि हमें लोग झूठा समझते हैं, फिर भी वे झूठ बोलना नहीं छोड़ते। झूठकी बीमारीसे ग्रसित कुछ ऐसे ही मनुष्योंकी झाँकी इस कहानीमें मिलेगी।**

ग़पोड़शंख इस मीठे मज़ाकको न समझकर मारे आत्म-गौरवके शेख़ीमें आकर बोले—"यारो, कलकी बात तो सुनो—

"हम अपने मुश्की घोड़ेपर चढ़कर कल शिकारको गये, तो आँधीने वह ज़ोर पकड़ा कि हाथको हाथ दिखाई न देता था। हमने जो ग़लतीसे घोड़ेको हंटर लगा दिया, तो बस गरम हो गया। लगा हिरनकी तरह चौकड़ियाँ भरने। हम लाख उसके रोकनेकी कोशिश करते थे, मगर वह किसकी सुनता था?"

बदहवासराय—"तो हुज़ूर आपने भी तो ग़ज़ब कर दिया। मुश्कीको हंटरकी बर्दाश्त कहाँ? वह तो कुश्तएकालीन खाकर और शर्बतेशबनम पीकर इतना बड़ा हुआ है। उसने जो लाड़-प्यारकी ज़िन्दगी बसर की है, वह किसी नवाबको मयस्सर नहीं। बड़े हुज़ूरके छूचकमें हुज़ूरकी दादी साहबा उसे अपने मैकेसे लाई थीं। कुत्ते-जैसे क़दसे माशाअल्लाह वह इसी घरमें इतना बड़ा हुआ है।"

चिराग़अली—"मुश्की घोड़ेके क्या कहने! दूर-दूरमें अपना सानी नहीं रखता। नाज़ुक मिज़ाज इतना कि ख़ुदाकी पनाह! उस रोज़ घासका गट्ठर लिये हुए हज़रत झेरेमें गिर पड़े, तो दो रोज़ तक उठनेका नाम नहीं लिया। वह तो कहिये ख़ैरियत हुई, जो मनाने-पुचकारनेसे उठ आये, वरना ग़ज़ब ही हो जाता।"

गुलख़ैरू—"अमाँ, मुश्की घोड़ेकी हरएक चीज़ लाजवाब, उसकी सारी आदतोंमें बाँकपन! उसकी हिनहिनाहट कोयलकी बोलती बन्द करे, रूप उसका सब्जपरीको भी शरमाये, उसकी पसलीकी उभरी हुई हड्डियाँ चम्पेकी कलियोंको दूर बिठायें, अन्दरको घुसी हुई छोटी और गोल आँखें कबूतरको भी नीचा दिखायें और उसकी ख़िरामाँ-ख़िरामाँ चाल, लखनऊके नवाब, वाजिदअलीशाहसे भी शोख़ी भरी! अल्लाह झूठ न बुलाये, हुज़ूरके मुश्की घोड़ेकी हिर्स काबुली गधा तो कर ले?"

बदहवासराय--(बीच ही में बात काटकर)--"यार, हो तुम निरे चोंच ही। श्यामकल्यान गाते-गाते यह भैरवीकी तान क्यों छेड़ दी? मुश्की घोड़ेसे और काबुली गधेसे क्या निस्बत? सच कहते हैं मजलिसे-अदबमें ऐरे-गैरोंको नहीं बैठने देना चाहिए।"

गपोड़शंख--"भाई, इसपर क्यों खफ़ा होते हो। यह भी किसी हदतक ठीक ही कहता है। पहले काबुली गधे शाह ईरानकी सवारीमें रहते थे।"

गपोड़शंखका इतना कहना था कि चारों तरफ़से खूब! खूबकी बौछारें होने लगीं। वल्लाह! कैसा मीठा फ़िक़रा है? गुलामके क़ुसूरको वफ़ादारीमें शामिल करना, इसे कहते हैं--ग़रीबपरवरी! किसी शायरने खूब फ़रमाया है--

**"जो बात की ख़ुदाकी क़सम लाजवाब की"**

"हाँ, तो हुज़ूर! फिर क्या हुआ?"

गपोड़शंखको पलभर पहलेकी बात याद नहीं रहती। वह इस चक्करमें पड़े कि अब मैं क्या कहूँ, न मालूम क्या कह रहा था। इस बातको गुलखैरू ताड़ गये। उन्हें खुद नहीं मालूम कि कौन क्या बक रहा है, जल्दीमें बोल उठे--"जी फिर उस बैंगनका क्या हुआ?"

चिराग़अली--"यार, तुम भी हो निरे खुश्के। बेंगुन आदमी भी कोई आदमी है। फिर भला उसका यहाँ गुनियोंकी महफ़िलमें ज़िक्र ही क्या?"

गपोड़शंख--"क्योंजी, मियाँ गुलखैरू, तुम्हें इन्होंने खुश्का किस लुग़ात (शब्दकोष) की रूसे कहा?"

गुलखैरू--"हजूर, मेरी पैदाइश, खुश्का शहरकी है इसलिए मुझे यह लोग इस प्यारे नामसे पुकारते हैं।"

गपोड़शंख---"भाई, यह खुश्का कौन-सा शहर हुआ, यह नाम तो आज ही सुना।"

खुश्का किस बलाका नाम है, वह स्वयं नहीं जानता, फिर गपोड़शंख-को क्या ख़ाक बताता। फिर भी दाँत निपोरकर बोला---"वाह हुज़ूर, वाह! ग़ुलामके सामने नादान बनकर उसका हौसला बढ़ा रहे हैं। बन्दानवाज़! यूँ चींटीपर पसेरी डालकर उसे अहसानसे इतना न दबायें कि वह निकल ही न सके।"

बदहवासराय---"वाह, मैं सदक़े जाऊँ हुज़ूरके इस भोलेपनपर--

**इस सादगीपै कौन न मर जाय ए ख़ुदा!**
**लड़ते हैं और हाथमें तलवार भी नहीं!**

अच्छा साहब, आपको भोलापन मुबारिक हो, लो हमीं बताये देते हैं। यह उसी ख़ुरासान शहरका मुख़फ़्फ़फ़ (संक्षिप्त रूप) है, जहाँ मैं हुज़ूरके हमराह बारातमें गया था। वल्लाह! कैसा सुहावना पहाड़ी मुल्क था कि तबियत हरी हो गई।"

यकायक गपोड़शंखको अपनी बात स्मरण हो आई। बोले---"वाह यारो, कहाँकी बात कहाँ ले उड़े कि अस्ल मज़मून ही ख़ब्त कर दिया। अच्छा, अब कोई साहब बीचमें न बोलें। हाँ, तो मुश्की घोड़ा चाबुक लगते ही हवासे बातें करने लगा। नदी, नाले, कुआँ, बावली, ग़रज़ जो रास्तेमें पड़ा, फलाँगता हुआ चला गया। यहाँ तक तो हमें भी कुछ बुरा महसूस नहीं हुआ; पर जब पीपलके पेड़परसे छलाँग मारी, तो ईंजानिबके भी होश ख़ता हो गये। वह तो हमीं थे, जो सवारी गाँठे रहे। ख़ैर, जब मुश्की-ने पीपलपरसे छलाँग मारी, तो हम भी गरम हो गये। फिर हमें ताब कहाँ? हमने अपनी बन्दूक़ सीधी कर ली। हम चाहते थे कि घोड़ेको गोली मार दें कि सामने हिरन दिखाई दे गया, बस गोली दनसे दाग़ दी। एक ही गोलीमें हिरनका बाँया पाँव और कान ज़ख्मी कर दिये।"

इतना सुनना था कि यार लोग बेतहाशा चीख उठे—"वल्लाह! क्या सुलझा हुआ निशाना है। एक ही गोलीमें पाँव और कान जख्मी कर दिये। इसे कहते हैं शिकारका शौक़। जीवका जीव न मरा और शौक़का शौक़ पूरा हो गया। अल्लाह जानता है, हुज़ूरके वे सधे हुए हाथ हैं कि चूमनेको जी चाहता है!"

चिराग़अली—"सधे हुए हाथोंके क्या कहने? चाहें तो बन्दूक़की गोलीसे नोकेमिज़गाँ (पलकके बालकी नोक) उड़ा दें, और आँखको मालूम तक न हो।"

बेगम किवाड़की आड़से सब कुछ सुन रही थी। अब उससे अधिक बर्दाश्त न हो सका, वह मारे ग़ुस्सेके लोटन कबूतर हो रही थी, कड़ककर बोली—"वाह रे ख़ुशामदी टट्टुओ, क्या हाँ-में-हाँ मिलाई है।"

बेगमकी आवाज़ सुनी तो गपोड़शंखकी नानी मर गई। भीगी बिल्लीकी तरह इधर-उधर देखने लगे। ख़ुशामदी लोग भी इधर-उधर खिसकनेको हुए कि उनमें-से चिराग़अली बोला—"समझमें नहीं आता, हुज़ूरने ऐसी कौन-सी झूठ बात कही है, जो बेगमसाहबाके दुश्मनोंको इतना सदमा पहुँचा है।"

बेगम डाँटकर बोली—"झूठ नहीं तो क्या सच है? पीपलके पेड़को घोड़ा फलाँग गया, एक ही गोलीसे हिरनका पाँव और कान ज़ख्मी कर दिये। कहाँ पाँव कहाँ कान! निगोड़ी झूठ बोलनेमें भी अक़्लकी जरूरत है।"

चिराग़अली—"बस, इतनी ज़रा-सी बातपर हुज़ूरको झूठा समझ लिया। उस रोज़ तो मैं भी हुज़ूरके हमराह सायेकी तरह साथ था। वाक़या तो हुज़ूरने सच-सच ही बयान किया है। जैसा कि हुज़ूरने फ़रमाया कि आँधी उस रोज़ बड़े ज़ोरसे आई, बस उस आँधीमें एक पीपलका दरख़्त रास्तेमें गिर पड़ा और घोड़ा उसे आसानीसे फलाँग गया और जिस वक़्त

हुज़ूरने गोली चलाई, उस वक़्त हिरन अपने बाँयें पाँवसे कान खुजा रहा था, इसलिए गोली पाँव और कानको ज़ख्मी करती हुई निकल गई।"

इतना सुनना था कि यारोंने आस्मान सिरपर उठा लिया—"वल्लाह, क्या कहना है! आलिमोंकी बात समझनेके लिए भी आलिम होनेकी ज़रूरत है।"

बेगम बेचारी झेंपकर अन्दर चली गई।

चिराग़अलीकी हाज़िरबयानीसे नवाब साहबकी बाँछें खिल गईं। मज़ेमें आकर बोले—"चिराग़अली साहब! आप तो हाज़िरजवाबीमें कमाल रखते हैं।"

चिराग़अली—"अरे साहब! मैं क्या कहूँ, यह सब बुज़ुर्गोंकी जूतियों-का तुफ़ैल है। हमारे बाबाके ख़ालाके नानाकी फ़ूफीके सुसरेके बहनोई-के मामू लखनऊके नवाब साहबके यहाँ मुसाहिब थे। एक रोज़ नवाब साहबके हमराह सैरको तशरीफ़ ले गये। घूमते-फिरते रात हो गई तो नवाब साहबने जो गीदड़ोंके रोनेकी आवाज़ सुनी तो हैरतमें आकर पूछ बैठे—अमाँ यह जानवर क्यों रो रहे हैं? तब हमारे मरहूम मोहतरिमने फ़र्माया कि—हुज़ूर! सरदीकी वजहसे रो रहे हैं। रहमदिल नवाब साहबने कम्बल बँटवानेके लिए हुक्म दिया तो हमारे मरहूम पुरखा बोले—ऐ वाह हुज़ूर! कम्बल तो अदना आदमी दे जाते हैं। आपकी तरफ़से दुशाले बँटने चाहिए। कहनेकी देर थी कि नवाब साहबने लाखों रुपया खैरातके लिए अता फ़र्मा दिया। यह तो हुज़ूर भी जानते हैं, दुशाले जान-वरोंको क्या बाँटे जाते, यह तो सरकारकी ग़रीबपरवरीका एक तरीक़ा था। कुछ अर्सेके बाद सैरको फिर गये, तो दस्तूरके मुताबिक़ गीदड़ोंको तो रोना था ही। रोना सुनते ही नवाब साहब बोले—अब यह जानवर क्यों रो रहे हैं? तब हमारे मरहूम पुरखाने, (खुदा उन्हें जन्नत बख्शे) फ़र्माया—हुज़ूर ये लोग रो नहीं रहे हैं। दुशाले मिल जानेसे सरकारकी जान-माल-

को दुआ माँग रहे हैं। हुज़ूर ऐसे हाज़िर जवाब थे हमारे पुरखा। हुज़ूर, शेख़ीकी बात नहीं है। अकबर बादशाहके दरबारी मुल्ला दोप्याज़ा और राजा बीरबलसे हमारे ख़ान्दानका सिजरानसब (वंशवृक्ष) मिलता है।"

बदहवासराय–"शेख़ साहब ! आपने यह एक ही दूनकी हाँकी ! कुजा बीरबर, कुजा आप ! वह हिन्दू थे और आप हैं मुसलमान।"

गुलख़ैरू––"मियाँ मुन्शीजी, पहले किसीकी पूरी बात सुन तो लिया करो, ख़ा-म-ख़ा बीचमें कूद पड़े। चिराग़अली साहब बजा फर्माते हैं। मैं ख़ुद बचपनसे सुनता आया हूँ कि बीरबरके किसी नौकरने शेख़जीके गाँवसे खाट खरीदी थी। तभीसे यह लोग एक कुनबेकी तरह रहते आये हैं।"

नवाब––"मियाँ गुलख़ैरू ! तुम भी कमाल करते हो, क्या खाट ख़रीदनेसे भी कुनबेदारी हो जाती है ?"

चिराग़अली––"इस चौदहवीं सदीकी बात जाने दीजिये, आज-कल तो सगे भाई कट मरते हैं। पहले वक़्तोंमें गाँवकी बेटी सारे गाँवकी बहिन-बेटी होती थी। किसीका दामाद आया और गाँवभरने उसकी अपने दामाद-की तरह ख़ातिर-तवाज़ह शुरू कर दी। हमें अपना बचपना अच्छी तरह याद है। नथिया हलालख़ोरीको ताई, सुखिया चमारीको चाची, नन्हीं धोबनको फूफ़ी और रमजानी सक़्क़ेको हम ताया कहा करते थे। इसी तरह हमारे वालिद सबसे अदब क़ायदेसे बोलते थे, क्या मजाल किसीका नाम मुँहसे निकल जाय। पुराने वक़्तोंकी बात ही निराली थी।

नवाब––"मियाँ गुलख़ैरू ! और आप किस ख़ान्दानसे निस्बत रखते हैं ?"

गुलख़ैरू––"हुज़ूर ! हमें तो अपने ख़ान्दानका कुछ पता नहीं, वालिद साहबके फ़ौत होनेके ७ माह बाद हमें तो इस सराये फ़ानीमें अल्लाह मियाँ-ने उतारा था। मगर सुनते हैं शेर अफ़गन और हमारे बाबा ख़ालाज़ाद (मौसेरे) भाई थे।"

नवाब––"मियाँ शेर अफ़गन, और आपके बाबाके ख़ालाज़ाद भाई! वोह क्योंकर? तब तो यार तुम बहुत बड़े आदमी निकले। अमाँ यह बात अबतक छिपाये क्यों रक्खी?"

गुलख़ैरू––"हुज़ूर, अपनी तारीफ़ क्या अपने मुँहसे अच्छी लगती है? यह तो हुज़ूरने पूछा तो बातोंके सिलसिलेमें कह बैठा वरना मरते दमतक ज़ाहिर न करता।"

नवाब––"हाँ, तो शेर अफ़गन आपके बाबाजानके ख़ालाज़ाद भाई क्योंकर थे?"

गुलख़ैरू––'हुज़ूर, आपको नहीं मालूम? यह क़िस्सा तो सारे विलायतमें, लन्दनमें, बम्बईमें, हिन्दुस्तानमें, लाहौरमें, पंजाबमें, दिल्लीके चाँदनी चौकमें बच्चे-बच्चेके विरदे-ज़बान है।"

नवाब––"ताज्जुब!"

गुलख़ैरू––"शेर अफ़गनके और हमारे बाबाके घोड़े दोनों एक जंगलमें चरा करते थे। तभीसे उन दोनोंमें ख़ालाज़ाद भाई-जैसा प्यार हो गया था।"

बदहवास––"किनमें, घोड़ोंमें या तुम्हारे बाबा और शेर अफ़गनमें?"

गुलख़ैरू––"मुन्शीजी, हो निरे शेख़चिल्ली? मैं क्या देखने गया था ख़ुद अन्दाज़ा लगालो।"

चिराग़अली––"भाई गुलख़ैरू! आपके उन बुज़ुर्गवारआलामें सिफ़ात क्या-क्या थीं?"

गुलख़ैरू––"सिफ़ात, लाखों। तीतर लड़ाना वह जानते थे, कबूतर वह पालते थे, कनकौवे वह उड़ाते थे, बटेरोंकी पालियाँ वह बदते थे और हाज़िर जवाब ऐसे कि..."

सब––"भई ख़ूब!"

गुलख़ैरू––"एकबार हमारे बाबाजान ससुरालसे दादीको लिये आ

रहे थे। रास्तेमें एक रईसज़ादेने छेड़नेकी नीयतसे पूछा—"क्यों भई, वह जो तेरे साथ चल रही है, तेरी बहन होती है न!"

औरतके मुँहपर बहन बनाना, समझ लीजिए हुज़ूर मर्दके लिए कैसी चिढ़ है? मगर वह चिढ़ नहीं, बड़े ही भोलेपनसे जवाब दिया—बन्दा-नवाज़, जिसे आप बहन कहते हैं, वह मेरी बीबी होती है। इतना सुनते ही हमारी दादी साहिबा तो खिलखिलाकर हँस पड़ीं, मगर रईसज़ादा बग़लें झाँकने लगा।"

नवाब—"भई वाह! क्या माक़ूल मज़ाक हुआ है कि तबियत बाग़-बाग़ हो गई। मुन्शी बदहवासराय साहब! सुना है आपका ख़ान्दान भी तो किसी आलीविक़ारसे ताल्लुक़ रखता है।"

बदहवास—"जी हाँ, इतना तो नहीं मगर हाँ, हमारी नानीके पोतसरे-के मौसेरे भाईके सालेके भानजदामाद लालबुझक्कड़ थे। यही मशहूरो-मारूफ़ बुज़ुर्ग हमारे ख़ान्दानके बड़े थे।"

चिराग़अली—"आहा, आप उन आला हस्तीसे ताल्लुक़ रखते हैं। सुना है वह तो बड़े ज़हीन इन्सान थे। हाज़िरजवाबीमें सुना है कमाल रखते थे।"

बदहवास—"अरे साहब! कमाल क्या, अपना सानी नहीं रखते थे। उनका दम ग़नीमत था। आजतक उस गाँववाले उन्हें याद करके रोते हैं। एक मर्तबा रातको गाँवमें-से हाथी निकल गया। सुबह उठकर लोगोंने जो हाथीके पाँवके निशान देखे तो, भौंचक्के हो गये। उन दिनों काहेको किसीने हाथी देखा था, आज कलकी तरह कुत्ते-बिल्लीके मानिन्द तो हाथी फिरते न थे। लाखोंमें किसी एकने देखा होगा। अब सब लोग हैरान कि हे परमात्मा यह क्या बला आस्मानसे कूदी? लेकिन किसीकी समझमें ख़ाक न आया। आख़िर हमारे बुज़ुर्गवार साहबके पास लोग गये और मिन्नत-समाजत करके उन्हें निशान दिखाने लाये तो, उन्होंने देखते ही फ़र्माया—

"लाल बुझक्कड़ जाने और न जाने कोय।
पगमें चक्की बाँधके हिरना कूदा होय॥"

सब लोग--"वाह वा वाह! क्या हाज़िर दिमाग थे! इसे कहते हैं फिलबदी शायरी! क्या नाज़ुक खयाल है? हिरनके पाँवमें चक्की बांधकर हाथीके पाँवसे मुशाहबत देकर क्या बात पैदा की है? सुभान अल्लाह! सुभान अल्लाह!! क्या सूझ थी, क्या दमाग़ था, शायरीमें कितनी फ़साहत और बलाग़त भरी हुई है कि वाह वा, दाद नहीं दी जा सकती।"

इसी सिलसिलेमें ही जवाँमर्दीकी डींगें मारी जाने लगीं कि यकायक 'हाय मर गई, बचाना, दौड़ना' की चीख़ सुनी, तो भगदड़ मच गई। गपोड़-शंख कूदकर ज़नानेमें हो लिये, कोई चारपाईके नीचे तो कोई किवाड़ोंकी जोड़ीके पीछे। ग़रज़ जिसे जहाँ मौक़ा मिला घुस गया। अब सब हैरान कि यह हिन्दू-मुस्लिम झगड़ा कहाँ और कैसे हो गया? किसकी जान फ़ालतू थी, जो बाहर जाकर पता लगाये। और सच बात तो यह है कि मारे बौखलाहटके यह बात दर्याफ़्त करनेकी सूझी ही किस मरदूदको थी? आखिर जब बूढ़ी मामा रोती हुई और लँगड़ाती हुई ऊपर आई, तब पता चला कि ज़ीनेपर केलेके छिलके परसे पाँव फिसल गया था, जिससे कि उसके हड्डे-गुड्डे टूट गये थे, उसीने यह शोर मचाया था।

हक़ीक़त मालूम होते ही सब ही-ही हू-हू करते हुए फिर इकट्ठे हो गये।

गपोड़शंख--"लोग भी कैसे गावदी हैं, तिलकी तेलन और राईका पहाड़ बना लेते हैं। मैं तो समझा कि डाकू आ गये, दौड़कर तलवार लाऊँ कि इतनेमें क़िस्सा ही बेबाक हो गया। इल्म क़सम, दिलके अरमान दिल ही में रह गये, हसरतोंका खून हो गया। मुद्दतोंसे तलवार चलानेको बाज़ू फड़क रहे थे, रह रहकर मन्सूबे बाँध रहा था, यूँ तलवार चलाऊँगा

और यूँ धोबी-पाट और उखेड़में बैठकर दे मारूँगा, मगर अफ़सोस! वह नादिरमौक़ा ही हाथ न आया।"

गुलखैरू—"और हुजूर मेरा हौसला तो देखिये, शोरोगुल सुनते ही किवाड़ोंके पीछे हो रहा कि कब बलवाई आवें और कब सबसे पहले तुला हुआ हाथ जमाऊँ।"

चिराग़अली—"मेरी न कहना, मैं चारपाईके नीचे बैठा ही इस नीयत-से था कि इधर डाकू आयें और उधर मैं चारपाई उनके ऊपर उलटकर गिरिफ़्तार करूँ।"

बदहवासराय—"यारो, तुम तो कट मरनेको तैयार हो। तुम्हें कोई रोनेवाला न धोनेवाला, आज मरे कल दूसरा दिन। आगे नाथ न पीछे पगहा, पर यहाँ तो कुनबेदार आदमी ठहरे। बहन हमारे, भांजी हमारे। फिर क्योंकर लड़नेको तैयार हो जाते। चुपके-से सन्दूक़चेमें बैठ गये, कि कोई लड़े या मरे, हम तो कुछ न बोलेंगे। हाँ, सन्दूक़के सामानके कोई हाथ लगाता, तो हम अलबत्ता जानपर खेल जाते। चमड़ी दे देते, पर दमड़ी न जाने देते। जानसे ज़्यादा रुपयेकी क़द्र करना हमने तहसीलके खजांची साहबकी अरदलीमें रहकर सीखा।"

गपोड़शंख बीच ही में बात काटकर बोले—"अमाँ, यह तो बताओ झूठको लोग गुनाह क्यों समझते हैं?"

गुलखैरू—"हज़रत सच तो यूँ है कि झूठको गुनाह वही लोग समझते हैं, जिनके पास अक़्ल कभी झाँकने भी नहीं आती। वरना झूठके बग़ैर दुनियाका काम ही नहीं चल सकता। औरोंकी बात जाने दीजिए, हर एक क़ौम और हर एक देशके रूहेरवाँ शायर लोग होते हैं, सब उनके बताये हुए रास्तेपर चलते हैं, वह भी इस झूठसे न बचने पाये।"

बदहवास—"यह एक ही दूनकी हाँकी, कि झूठसे न बचने पाये। बन्दे खुदा यह नहीं कहते कि सच उन्होंने ज़िन्दगी भर न बोला, ता-उम्र

झूठकी ही परस्तिश करते रहे। माशूक़के मुंहको चांद, उसके रुख़सारके तिलको आशिक़की आहोंसे दुनिया भरके जले हुए पहाड़ोंका धुआँ बताया। उसके हँसनेको बिजलियाँ गिराना और रोनेको मेंह बरसाना लिखा। उसके अबरू (भवें) और नौके मिज़गाँ (पलकोंकी बालोंकी नोक) को छुरी, तीर, तलवार, दश्ना और ख़ंजरसे भी ज़्यादा ख़तरनाक समझा। उसकी कमर दूरबीनसे भी देखनेमें न आ सके, इतनी पतली और आँखें काजलका भार भी न उठा सकें, इतनी नाज़ुक और उसकी ज़ुल्फ़ेंदुताँको साँपोंका जोड़ा तसलीम किया। ग़रज़ गधेके सरपर सींग, आसमानमें फूल और इन्सानके दुमतक लगानेमें वे लोग न चूके!"

गुलखैरू—"उफ़! उफ़!! उफ़!!! कैसा मूज़ी दर्द है कि किसी तरह चैन नहीं मिल रहा है।"

नवाब—"मियाँ गुलखैरू! यह अचानक दर्द कैसा? कहाँ हो गया भाई। अभी तो ख़ासे अच्छे-बिच्छे बातें कर रहे थे।"

गुलखैरू—"अजी हुज़ूर क्या बताऊँ? आपके ग़ुलामने कोठीके आँगन-में एक चमेलीका पेड़ लगा दिया है। मौक़ेकी बात, पेड़से फूल टूटकर मेरी पीठपर कुछ इस ढंगसे गिरा कि मैं हाय करके रह गया। तोबा है, तभीसे चैन नहीं लेने देता! कुछ देर बातोंमें ख़ामोश रहा कि नामुराद फिर उठ खड़ा हुआ। उई लेना बचाना हाय..."

चिराग़—"यह दर्द कमबख़्त होता ही ऐसा नामुराद है कि तोबा, तोबा। दो रोज़ हुए पड़ोसमें एक फूहड़ धान कूट रही थी। उसकी धमक-से कानोंमें ऐसी टीस हो गई है कि किसी पहलू चैन नहीं पड़ता! उफ़...।"

बदहवास—"हुज़ूर, अब तो सबको इजाज़त दीजिये। मुशायरेका रंग फिर कभी जमेगा। मेरा भी बुरा हाल है। एक हफ़्ता हुआ जब एक पोस्तके दानेको ९ दफ़े पीसा ११ दफ़े छाना। चौथाई लुगदी पी, बाक़ी उठाकर रख दी। मगर क़ब्ज़के मारे तभीसे बुरा हाल है।"

नवाब—"भई! हमारा खुद बुरा हाल है। कल खिचड़ी खाते हुए पोंहचा उतर गया था। अच्छा भाई जाओ आराम करो वक़्त भी दससे ऊँचा हो गया है।

× × ×

एक दिन बेगम किसी रिश्तेदारीमें गई, तो उसे देखते ही औरतोंने चुपके-से कहा—"बहिनो, ख़ामोश रहो, गपोड़शंखकी घरवाली आ रही है, ऐसा न हो कि कोई बात हमारी यह सुन जाय और फिर जाकर अपने मर्दसे कह दे। कहीं ऐसा हो गया, तो सारे शहरमें बातका बतंगड़ फैल जायगा। यह बात बेगमके कानोंमें भी पड़ गई। वह मारे ग़ैरतके उल्टे पाँव अपने घर लौट आई और आसन-पाटी लेकर पड़ रही। गपोड़शंख हैरान थे कि यह यकायक आनन्दकाण्डमें कोपकाण्ड कैसे प्रारम्भ हो गया। अब उन्हें डर लगने लगा कि कहीं किचकन्धा-काण्ड शुरू होकर लंका-काण्ड तक नौबत न पहुँचे। अनेक मिन्नतें और खुशामदोंके बाद बेगम बोली—"आख़िर तुम मुझे यूँ कबतक जलाओगे? सारे शहरमें बदनामी हो रही है, पर तुम्हारे कानपर जूँ तक नहीं रेंगती। मैं पूछती हूँ, तुम्हें इस झूठ बोलनेमें क्या मज़ा आता है? कभी छठे-चौमासे, होली-दीवाली सच भी बोल लिया करो। बूढ़े होनेको आये, पर आदमी न बने। यह बाल क्या धूपमें सुखाकर ही सुफ़ेद करोगे?"

गपोड़शंख सहमकर बोले—"मैं तो खुद ही इस झूठकी बीमारीसे परेशान हूँ। पर क्या करूँ, यार लोग पीछा छोड़ें तब न। उनकी शक्ल देखते ही झूठकी वहशत सवार हो जाती है। अच्छा लो, हम परदेश जाते हैं। न वहाँ ये लोग होंगे और न हम झूठ बोलेंगे। बस झूठकी आदत छोड़कर ही हम तुम्हें अब अपनी शक्ल दिखलायेंगे।"

बेगमने खुशी-खुशी सफ़रकी तैयारी कर दी। यारोंसे बिदा होकर गपोड़शंख शामके वक़्त देशाटनको निकल पड़े। बेगम खुश थी कि अब

पतिदेव सत्यवादी हरिश्चन्द्र ही बनकर आयेंगे। यह सारी बदनामी भलाई-में तब्दील हो जायगी, लोग मुझे भी इज्ज़तकी नज़रसे देखेंगे। उनके आनेपर कुत्तोंको दूध और भूखोंको भरपेट खाना खिलाऊँगी। इसी उधेड़बुनमें रात निकल गई, ख़ुशीके मारे उसे नींद न आई। सुबह उठकर उसने देखा, तो गपोड़शंख दालानमें पाँव फैलाये हुए दोनों कूल्होंपर हाथ रखे हुए हाँप रहे हैं! उनको देखते ही बेगमका माथा ठनका। अन्यमनस्क भावसे पूछा—"क्यों, क्या सत्यवादी बन आये?"

गपोड़शंख रुँधे हुए स्वरसे बोले—"तुम्हें सत्यवादी बनानेकी पड़ी है, यहाँ जानकी नौबत आ पहुँची।"

बेगम घबराकर बोली—"क्यों, क्या हुआ?"

गपोड़शंख थूकको सटकते हुए बोले—"यह न पूछो, याद आते ही बदनके रोंगटे खड़े हुए जाते हैं।"

बेगम उत्सुकतासे बोली—"आख़िर क्या बात हुई?"

गपोड़शंखने अपनी दास्तान इस प्रकार शुरू की—

"यहाँसे चलकर मैं दो घण्टेमें ही कदली वनमें पहुँच गया। वहाँ एक साफ़ सुथरी चट्टानपर बैठकर खाना खानेकी तैयारीमें था कि इतनेमें पूरे बाईस हाथ लम्बा, न जौभर छोटा न तिलभर बड़ा, शेर आ पहुँचा। यूँ शेरके शिकार सैकड़ों ही किये; पर न मालूम उस वक़्त क्या हुआ, उसे देखते ही मुझे पसीना आ गया। शायद पसीना आनेकी वजह मेरी गरम-मिज़ाजी हो। ख़ैर, मैंने उसे निशाना बनानेके लिए जो बन्दूक़ सँभालनी चाही, तो ख़्याल आया कि इस निहत्थेसे तो ख़ाली हाथ ही लड़ना चाहिए। यह सोचते ही मैं चाहता था कि धोबीपाटका हाथ दिखाकर इसे ज़मीन सुँघा दूँ कि रहम आ गया और सोचा, क्यों नाहक़ इसकी जान लूँ! यह तो जानवर है, इसका क्या बिगड़ेगा, मुफ़्तमें इस जूनसे छूट जायगा; मगर पाप नाहक़ मुझे लगेगा। यह ख़्याल आते ही मैं तो जूतियाँ छोड़कर भाग

निकला। मुझे भागता देखकर शेर भी शेर हो गया। अजी, वह तो आखिर शेर था। भागते हुएको देखकर तो कुत्ता भी शेर हो जाता है। अब कहीं छिपनेकी जगह नहीं। क्या करूँ, कुछ सूझ ही न पड़ता था। शुक्र समझिये कि मैं बचपनसे ही ज़हीन हूँ। दिमाग़पर ज़रा ज़ोर दिया, तो चट औसान सूझ आया। चनेका पेड़ खड़ा हुआ था। बस, दो छलांगमें पेड़की फुनगीपर जा बैठा। अब शेर बड़े चक्करमें, खिसियानी बिल्ली खम्भा नोचें—इस कहावतके मुआफ़िक़ झेंप उतारनेकी ग़रज़से लगा पेड़के चारों तरफ़ घूमने। कुछ देर तक तो मैं भी भूख और प्यासको रोके सब्र किये बैठा रहा; पर पेशाबकी हाजतने ज़ोर पकड़ा तो परेशान हो गया। आखिर सोचते-सोचते ख़याल आया कि क्यों न दरख़्तपरसे बैठे-बैठे ही पेशाब कर दूँ। मेरा दरख़्त-परसे पेशाब करना था कि वह ज़ालिम पेशाबकी धारको पकड़कर ऊपर चढ़ने लगा। तब तो मैं भी चौकड़ी भूल गया। घबराकर पेशाब रोक लिया। पेशाबका रोकना था कि वह धड़ामसे औंधे मुँह ज़मीनपर गिरकर ठण्डा हो गया। एक मुसीबतसे निजात पाई, तो दूसरीको दावत दी। पेशाबकी धारके ज़ोरसे पेड़की जड़ें हिल गईं और मुझे लिये पानीके अन्दर चली गईं। ख़ैरियत हुई, जो हम तैरना जानते थे, वर्ना उसी खेतमें क़ब्र बनी होती।"

बेगम आँखें नचाती हुई बोली—"जब पानीमें भीगकर आये हो तो बदनके कपड़े कैसे सूखे रह गये?"

गपोड़शंख—"आख़िर इतनी देर धूपमें चलकर आया हूँ। कपड़ोंके सूखनेमें कुछ देर लगती है?"

बेगम माथेपर हाथ मारकर बोली—"बस, माफ़ करो। मैं बाज़ आई आपके सत्यवादी बननेसे। जितने पहले थे उतने ही बने रहो—आगे न बढ़ो, यही ग़नीमत है। अल्लाह वास्ता न डाले ऐसे गपोड़शंखों और झूठोंके बादशाहोंसे"।

**वीर, ३ फ़रवरी १९४० ई०**

# दुर्बलताका पाप

भेड़िया नदीके किनारे पानी पी रहा था कि उसने देखा—नीचेकी तरफ़, बहावकी ओर एक भेड़का बच्चा भी पानी पी रहा है। उसे देखते ही भेड़ियेके मुँहमें पानी भर आया। बोला—

"क्यों बे! पानीको जूठा क्यों कर रहा है? देखता नहीं हम पानी पी रहे हैं?"

भेड़का बच्चा बोला—"चचा! आप ऊपरकी तरफ़ पानी पी रहे हैं, आपका जो जूठा पानी बहकर आ रहा है, मैं तो उसे पी रहा हूँ।"

भेड़िया लड़नेका कोई बहाना न पाकर बोला—"अच्छा, तू यह तो बता कि तैंने एक साल हुए हमें गाली क्यों दी थी?"

भेड़-बालक सकपकाकर बोला—"चचा! मेरी तो उम्र ही ब-मुश्किल छः महीनेकी है, भला एक साल पहले मैं आपको गाली कैसे दे सकता था?"

भेड़िया खीझकर बोला—"अच्छा, तेरी माँ मुझे कल कोस क्यों रही थी?"

भेड़का बच्चा बोला—"चचा! उसे तो मरे हुए भी एक माह हो गया, वह आपको कल कहाँसे कोसने आती?"

भेड़ियेने देखा कि भेड़का बच्चा बड़ा चालाक है, किसी बातपर जमने नहीं देता। अतः झुँझलाकर—"क्यों बे छोकरे, तू इतनी देरसे हमारा सामना क्यों कर रहा है?" कहा और उसे मार डाला।

तब पेड़पर बैठी हुई मैनाने तोतेसे कहा—"देखा, निर्बल सबलके साथ कितना ही सभ्यतापूर्ण और सचाईका व्यवहार करे, वह सुरक्षित रह नहीं सकता। भेड़ जब तक भेड़ बनी रहेगी, उसे खानेको भेड़िये पैदा होते ही रहेंगे।"

**वीर, २७ जनवरी १९४० ई०**

# जाति-द्रोह

बारह वर्षके बालक शेरसिंहने अपने कुत्तेको पुचकारते हुए अपनी माँसे कहा—"माँ, लोग अपने लड़कोंके—तोताराम, वृषभचरन, हंसराज, मयूरध्वज, अश्वसेन, भालूमल, केहरिचन्द, कपिध्वज, हाथीसिंह, नीलकण्ठ और लड़कियोंके—मैना, कट्टो, कोकिला, मृणालिनी, हंसा, नागकुमारी, गोमती वगैरह, अन्य पशु-पक्षियोंके नाम तो रखते हैं, लेकिन कुत्तेके पर्याय-वाची—श्वानसेन, कूकरनाथ, रात्रिजागरमल, वगैरह—नाम नहीं रखते। उल्टा किसीको कुत्ता महाशय कह दो तो बुरा मान जाता है और लड़ने-मरनेको तैयार हो जाता है। माँ, मेरा नाम शेरसिंहकी बजाय श्वानसेन रख दो, मुझे यह नाम जितना प्रिय है उतना ही अपने वर्त्तमान 'शेरसिंह' नामसे नफ़रत है। कल सरकसमें देखा शेर तो माँस खाता है, उसके शरीरमें-से महादुर्गन्ध आती है, बड़ा ही क्रोधी और हिंसक पशु है।"

माँ बालककी सरलतापर मुसकराई, फिर प्यारसे बोली—"बेटा! कुत्ता स्वामिभक्त और वफ़ादार तो है लेकिन वह अपनी जातिसे द्रोह रखता है। अपनोंको देखते ही काटनेको दौड़ता है। जो जाति औरोंसे प्रेम और अपनोंसे बैर रखती है, उस जाति को सब नफ़रतकी नज़रसे देखते हैं। इसलिए कुत्ता शब्द इतना घृणित, अपमानजनक बन गया है कि कोई भी इसे अपने लिए नहीं सुनना चाहता।"

शेरसिंहने माँकी बात सुनी तो उसने अपना पालतू कुत्ता दूर भगा दिया।

**वीर, १० फ़रवरी १९४० ई०**

# भाइयोंकी बदौलत

देहलीकी तारीफ़ सुनकर मथुराका एक कुत्ता सैर करनेके लिए आया तो देहलीके कुत्तोंने उसका निवास-स्थान पूछा। स्थान बतानेपर पूछा—"मथुरासे कितने महीनोंमें आ पाये हो?"

उत्तर मिला—"सात रोज़में।"

देहलीके कुत्तोंने हैरानीसे कहा—"हैं! हम तो सुना करते थे कि मथुराका रास्ता महीनोंका है। तुम सात रोज़में कैसे आ गये?"

मथुरावाले कुत्तेने निहायत आजिज़ीसे जवाब दिया—"बेशक रास्ता तो महीनोंका ही है, मगर अपने भाइयोंकी बदौलत यह रास्ता एक हफ़्तेमें ही तय कर सका हूँ।"

"वह कैसे?"

"वह ऐसे कि मथुरासे चला तो चौमाके अपने कुत्ते भाइयोंने मेरी टाँग पकड़कर आव-भगत की, उनसे जान छुड़ाकर भागा तो छटीकरावालोंने आड़े हाथ लिया, उनसे बचकर भागा तो आगे छातई, फिर कोसीके भाइयोंने गला दबोचा। वहाँसे निकलकर भागा तो—होडल, पलवल, बल्लभगढ़, फ़रीदाबाद, निज़ामुद्दीन, ओखला, वग़ैरहके कुत्त भाइयोंने अपनी औक़ातके अनुसार खातिर तवाज़ह की। कहीं भी आरामसे साँस न लेने दिया। सारे रास्ते भागा हुआ आ रहा हूँ।"

देहलीके कुत्तोंने मारे शर्मके गर्दन नीची करली और मनमें सोचने लगे—"हा! हमारी भी कैसी पतित क़ौम है जो अपनोंसे बैर रखती है और दूसरोंके तलुवे चाटती है।"

३ फ़रवरी १९४० ई०

# ईर्ष्याका परिणाम

दो पण्डित दक्षिणा प्राप्त करनेकी नीयतसे एक सेठके यहाँ पहुँचे। विद्वान् समझकर सेठ साहबने उनकी काफ़ी आव-भगत की। उनमें-से एक पण्डित जब स्नान वग़ैरहके लिए गये तो सेठजी दूसरे पण्डितसे बोले—

"महाराज! य आपके साथी तो महान् विद्वान् मालूम होते हैं।"

पण्डितजीमें इतनी उदारता कहाँ जो दूसरेकी प्रशंसा सुन लें। मुँह बिगाड़कर बोले—"विद्वान् तो इसके पड़ोसमें भी नहीं रहते। यह तो निरा बैल है।"

सेठजी चुप हो गये। जब उक्त पण्डित संध्या वग़ैरहमें बैठे तो पहले पण्डितजीसे बोले—"महाराज आपके साथी तो प्रकाण्ड विद्वान् नज़र आये।"

ईर्ष्यालु पण्डित अपने हृदयकी गन्दगीको बखेरते हुए बोला—"अजी, विद्वान्-उद्वान् कुछ नहीं, कोरा गधा है।"

भोजनके समय एकके आगे घास और दूसरेके सामने भुस रखवा दिया गया। पण्डितोंने देखा तो आगबबूला हो गये। बोले—"सेठजी! हमारा यह अपमान, इतनी बड़ी धृष्टता!"

सेठजी हाथ जोड़कर बोले—"महाराज! आप ही लोगोंने तो एक दूसरेको गधा और बैल बतलाया है। अतः गधे और बैलके योग्य खुराक मैंने सामने रख दी। आप ही बतलाइये समें मेरा क्या क़ुसूर है? मैं तो आप दोनोंको ही विद्वान् समझता था, पर वास्तविक बात तो आपने स्वयं ही बतला दी।"

सेठजीकी बातसे पण्डित बड़े लज्जित हुए और पछताते हुए मनमें कहने लगे—"वास्तवमें जो अपने साथीको बढ़ा हुआ नहीं देख सकता, वह स्वयं भी नहीं बढ़ सकता। स्वयं प्रतिष्ठा प्राप्त करनेके लिए अपने साथियोंका आदर करना, उन्हें बढ़ाना अत्यावश्यक है। ईर्ष्यालु मनुष्योंकी हमारी जैसी ही गति होती है।"

अनेकान्त, अगस्त १९३९ ई०

# मूर्ख ईर्ष्यालु

एक मनुष्यकी पूजा-उपासनासे प्रसन्न होकर देवीने प्रकट होकर उसे एक शंख दिया और कहा—"जो तू चाहेगा वही इस शंखके बजानेपर मिलेगा और पड़ोसियोंको तुझसे दूना मिलेगा।" भक्त प्रसन्न होकर चला गया। उसने शंख बजाया और कहा कि मेरा एक आलीशान मकान बन जाय। शंख बजाते ही मकान तुरन्त बन गया, और पड़ोसियोंके वैसे ही दो-दो महल बन गये। भक्तको यह बहुत बुरा लगा। भला ईर्ष्यालु मनुष्य दूसरोंको कब फूलते देख सकता है ? उसने क्रुद्ध होकर शंखको एक कोनेमें डाल दिया। मगर कुछ अर्से बाद उसे रुपयोंकी सख्त ज़रूरत हुई। लाचार होकर शंख बजाया। शंखके बजते ही उससे दूने रुपये पड़ोसियोंके घरोंमें आन पड़े। यह उससे बर्दाश्त न हुआ, और उसने फिर क्रुद्ध होकर कहा कि "मेरे घरके आगे चार-चार कुएँ खुद जाएँ।" शंख बजा और चार कुएँ उसके यहाँ और आठ-आठ पड़ोसियोंके घरके आगे खुद गये। फिर कहा "मेरी एक आँख फूट जाय।" शंख बजते ही उसकी एक और पड़ोसियोंकी दोनों आँखें फूट गईं। और अन्धे होनेके कारण पड़ोसी बिचारे कुओंमें गिर पड़े। उन्हें कुओंमें गिरते देख ईर्ष्यालु मनुष्यको बहुत प्रसन्नता हुई, हालाँकि एक आँख उसकी भी फूट गई थी।

अप्रैल १९३९ ई०

# नीम हकीम

एक हकीम किसी सरायमें ठहरे हुए थे। वहां एक ऊँट भी बँधा हुआ था। ऊँटने पास ही पड़े हुए तरबूज़को खाना चाहा तो वह उसके गलेमें अटक गया। हालत यह हुई कि न वह निगल ही सकता था न उगल ही सकता था। बेचैनीके मारे वह ज़मीनमें लोट-पोट होने लगा। ऊँट वाला ऊँटकी इस हालते-ज़ारको देखकर बहुत घबराने लगा। हकीमजीने ऊँटको तरबूज़ खाते देख लिया था। अतः उन्होंने १५ रु० ऊँटवालेसे लेकर ऊँटकी गर्दनके नीचे एक पत्थर रखकर और एक ऊपरसे मारकर तरबूज़को तोड़ दिया और ऊँट राज़ीखुशी बलबल करता हुआ खड़ा हो गया। हकीमजीके नौकरने देखा तो उसके मुँहमें भी पानी भर आया। उसने १५ रु० मासिक-पर नौकर रहनेके बजाय मिनटोंमें १५ रु० कमा लेना बुद्धिमत्ता समझकर नौकरी छोड़ दी। और एक शहरमें "गलेके फोड़ोंके विशेषज्ञ"का साइन-बोर्ड लगाकर जम गया। संयोगकी बात, शहरके रईसकी पत्नी गलेके फोड़ेसे मरणासन्न थी। योग्य डाक्टर इलाज कर रहे थे कि किसीने इनकी भी सूचना दी तो बुलाये जानेपर पाँच मिनिटमें शर्तिया आराम कर देनेकी बात कही। मरता क्या न करता, लोगोंने विश्वास कर लिया। हकीम-जीने १५ रु० लेकर वही करतब दिखाया जो वे सरायमें देख चुके थे। ऊँट तो बच गया था, परन्तु सेठानीने आँखें फर दीं। लोगोंने पूछा कि मूर्ख! तूने यह क्या किया तो नीम हकीम सहज स्वभाव बोले—"बड़े हकीमजीने तो ऊँट इसी प्रकार अच्छा किया था।"

जनवरी १९५० ई०

# बदपरहेज़

एक सेठको खाँसी थी। खाँसीमें दही अत्यन्त नुक़सानदेह है, परन्तु सेठजी दही खानसे बाज़ नहीं आते थे। उन्हें दहीका ऐसा चस्का लगा हुआ था कि समझानेपर भी नहीं मानते थे। रोग बढ़ता ही जा रहा था। नित नये वैद्य-हकीम आते, परन्तु सेठजीकी बदपरहेज़ीसे घबराकर भाग खड़े होते। एक अन्य वैद्यजीने सेठजीकी यह कैफ़ियत सुनी तो उन्होंने सेठजीको निरोग कर देनेका विश्वास दिलाया। परन्तु शर्त यह रक्खी कि जबतक इलाज चलेगा दही अवश्य खाना पड़ेगा। सेठजीको और क्या चाहिए? मनके माफ़िक़ वैद्य पाकर बड़े प्रसन्न रहने लगे और ख़ूब इनाम आदि देने लगे। वैद्यजी भी अवसरकी खोजमें रहने लगे और ऐसी दवा देते रहे जिससे रोग अधिक न बढ़ने पाये क्योंकि दही खानेके कारण रोग घटनेका तो कोई उपाय ही न था। एक रोज़ सेठजी मुसकराकर बोले—"देखो यह भी तो वैद्य हैं जो दही खाना लाज़िमी बताते हैं। इनके इलाजमे रोग धटा नहीं तो बढ़ा भी नहीं। पुराना रोग जब ठहर गया है तो एक दिन नष्ट भी हो ही जायगा।"

वैद्यजी बात बनती देखकर बोले—"सेठजी! खाँसीमें दही खानेमे तीन लाभ हैं। घरमें चोरी नहीं होती, कुत्ता कभी नहीं काटता और बुढ़ापा कभी नहीं आता!"

सेठजीने कारण बतानेकी उत्सुकता प्रकट की तो बोले—"रातभर खाँसते रहनेसे घरमें चोर नहीं घुसते। निर्बलताके कारण लाठी रखनी पड़ती है, अतः कुत्ते पास नहीं फटक सकते और जवानीमें ही मर जानेसे बुढ़ापा नहीं आ सकता।"

सेठजीकी नानी मरे जो फिर कभी दही खाया हो।

फ़रवरी १९४० ई०

# अफ़ीमचीकी होशियारी

देहातके एक अफ़ीमची दिल्ली सैर करने आये और लक्ष्मीनारायणकी धर्मशालामें ठहर गये। रातको खुश्कीने ज़ोर किया तो धर्मशालाके बाहरवाले हलवाईसे आठआनेकी रबड़ी मलाई खाई। अफ़ीमचीने रुपया दिया तो हलवाईके पास रेज़गारी नहीं थी। लाचार बाक़ी अठन्नी अगले रोज़ ले जाना तय हुआ। अफ़ीमचीने होशियारी यह की कि दुकानकी ठीक-ठीक पहचान कर ली ताकि दूसरे रोज़ पहचाननेमें भूल न हो। अगले रोज़ अफ़ीमची एक मुसलमान दर्ज़ीसे जाकर बोला—

"लाला! कल रातके आठ आने वापिस दिलाइये।"

"कैसे आठ आने?"

"कल रातको एक रुपया देकर आठ आनेकी रबड़ी ली थी। उस वक़्त रेज़गारी न होनेसे आपने आज ले जानेको कहा था। क्या रातकी अठन्नी इतनी जल्दी भूल गये?"

दर्ज़ी झल्लाकर बोला—"अमाँ! अन्धे हो, यह दर्ज़ीकी दूकान है या हलवाई की?"

"क्या खूब? अठन्नीके लिए पेशा बदला-सो-बदला, मज़हब भी बदल बैठे। भई यह शहरवाले भी कैसे चालाक होते हैं!"

लोगोंने झगड़ेका सबब पूछा तो अफ़ीमची निहायत संजीदगीसे बोला—

"अरे साहब! मैं क्या दीवाना हूँ जो परदेशमें नाहक झगड़ा मोल लूँगा? रातको यह सांड जिस दूकानके आगे बैठा था, वहींसे रबड़ी ली थी, देख लो ग़रीब अभीतक वहीं बैठा है।"

फ़रवरी १९५७ ई०

# मौलवीकी दाढ़ी

मौलवी लतीफ़को बीमारीकी वजहसे जब लम्बी छुट्टी लेकर घर जाना पड़ा तो अपनी एवज़में एक नये मुल्लाको छोड़ गये। ताकि वापिसी पर गाँवकी मस्जिदका अधिकार बरक़रार बना रहे। मगर नये मुल्ला एक ही काइयाँ थे। अपनी मीठी ज़बानसे लोगोंपर ऐसी मोहिनी डाली कि हरदिलअज़ीज़ बन गये। मौलवी लतीफ़ ड्यूटीपर वापिस आये तो उन्होंने गाँवका नक़्शा ही बदला हुआ पाया। गाँववाले उनकी खैरो-आफ़ियत पूछनेके बजाय उनसे आँख चुराने लगे।

मौलवी लतीफ़ भी पुराने घाघ थे। मौक़ामहल देखकर वे भी नये मुल्लाकी तारीफ़ोंके पुल बाँधने लगे। जुम्मेकी नमाज़को गाँवके सब मुसलमान नमाज़ पढ़ने आये तो उनके सामने नये मुल्लाको मुख़ातिब करते हुए बोले––

"मौलाना! मैं तो आपको वली समझता हूँ। गाँव-गाँवमें आपकी करामातोंकी धूम मची हुई है। जिसे भी आपने अपनी दाढ़ीका एक बाल दे दिया, निहाल हो गया। कंगाल, मालामाल हो गये। बेऔलादोंकी गोदें भर गईं। नाबीने आँखवाले हो गये। बूढ़ोंको जवानी मिल गई। रोगी निरोग हो गये। ख़ुदाके वास्ते मुझे भी एक बाल अता फ़र्माइये ताकि बतौर तबर्रुक अपनी जानसे भी ज़्यादा अज़ीज़ रख सकूँ और मनकी मुरादें पूरी कर सकूँ।"

मुल्लाजीने तारीफ़ सुनी तो बाछें खिल गईं। आव देखा न ताव, चट एक बाल नोचकर मौलवी लतीफ़को मरहम्मत फ़रमा दिया। बालका देना था कि गाँववाले भी इसरार करने लगे। मुल्लाजीको असमंजसमें पड़ा देख सब एकबारगी टूट पड़े। और इस न्यामतसे कहीं कोई महरूम न रह जाय, इसी आपाधापीमें मुल्लाजीकी दाढ़ी ठूँठ हो गई।

दाढ़ीविहीन मुल्लाजी बोरिया-बधना बाँधकर रातको खिसक गये और मौलवी लतीफ़की उस्तादीका लोहा मानते गये।

फ़रवरी १९५० ई०

# मुशायरेमें परिहास

शिमलेमें एक आलीशान मुशायरा हो रहा था। पंजाबके प्रीमियर सर सिकन्दर हयातखाँ मुशायरेके सभापति थे ? ख़िलाफ़त आन्दोलनके मशहूर नेता मुहम्मदअली मर चुके थे और उनके छोटे भाई शौकत अली उसमें शिरकत फ़र्माते थे। जब आपके ग़ज़ल पढ़नेका नम्बर आया तो ग़ज़ल पढ़नेसे पूर्व आपने श्रोताओंसे कहा—"हज़रात! मेरे वालिद मुहतरिम भी शायर थे और 'गौहर' तख़ल्लुस फ़र्माते थे। मेरे बड़े भाई मुहम्मदअली भी शायर थे और 'जौहर' तख़ल्लुस रखते थे और मैं भी शायरी करता हूँ। और...."

बीचमें ही एक श्रोता बोला—"शौहर"। गौहर, जौहरके तुकमें शौहरका मज़ाहिया तख़ल्लुख ईजाद करनेपर जनतामें हँसीके फव्वारे छूट पड़े। ख़ुद मौलाना भी इस फ़ब्तीसे काफ़ी देरतक हँसते रहे और फ़ब्ती कसनेवालेकी काफ़ी तारीफ़ करते रहे।

शौक़तअली अपने भाईके मरनेके बाद बुढ़ापेमें एक अमरीकन लेडीसे शादी करके ताज़े-ताज़े शौहर बने थे। गौहर, जौहरके तुकके साथ शौहरमें यह व्यंग्य भी निहित था।

**फ़रवरी १९५० ई०**

# वहमकी दवा

सुनते हैं कि वहमकी दवा लुक़मान हकीमके पास भी नहीं थी। वहमका रोग असाध्य है। जिसे यह रोग हुआ, उसे फिर कोई इस रोगसे मुक्त नहीं कर सकता। परन्तु यह बात सोलह आने सही नहीं, वहमको भी दवा है। एक अफ़ीमची सेठके वहमको दूर करके एक नौकरने किस तरह विश्वास प्राप्त किया, नीचेके उदाहरणसे मालूम किया जा सकता है।

एक अफ़ीमची सेठको वहमके रोगने बुरी तरह घेर लिया था। उनको अपनी पत्नी और सन्तानपर भी विश्वास नहीं था। नित नयी व्यवस्था बनाते थे, नौकर बदलते थे, परन्तु सन्तोष न होता था। हर कामके लिए जुदे-जुदे कर्मचारी नियुक्त थे, फिर भी सभी कार्य्य बेढंगे चलते थे।

अफ़ीमची सेठको सबसे बड़ी शिकायत यह थी कि रातको जब वे पीनकमें होते थे, तब मलाईदार दूध उन्हें न पिलाकर लोग स्वयं पी जाते थे। आखिर तंग आकर सिर्फ़ इस कार्यके लिए ही उन्होंने एक नौकर रक्खा। आदेश दिया गया कि रोज़ाना रातको चार पैसेका दूध मलाईदार सेठजीको पिला दिया करे। दूध उन दिनों तीन आने सेर मिलता था। अतः नौकर एक पैसा अपनी गाँठमें रखकर तीन पैसेका दूध पिलाने लगा। दूसरा नौकर रखा तो वह दो पैसेका दूध पिलाता और एक-एक पैसा दोनों नये-पुराने नौकर बाँट लेते। तीसरा नौकर रखा तो वह तीन पैसे परस्पर बाँटकर एक पैसेका ही दूध पिलाता। लाचार होकर चौथा नौकर रखा गया तो तीनों नौकर हैरान कि तीन पैसे तो यह हमको दे देगा और एक पैसा स्वयं भी रखना चाहेगा, फिर यह दूध कैसे पिलायेगा? चौथा नौकर पूरा चंट था। इस कानाफूँसीकी भनक उसके कानमें गई तो बोला—"मुझे क्या अपने जैसा बुद्धू समझते हो? देखते जाओ मालिकको किस प्रकार प्रसन्न करके अपनी नौकरी स्थायी बनाता हूँ।"

रातको ये हज़रत हलवाईकी दूकानसे खाँसीकी दवा खानेके बहाने तनिक-सी मलाई माँग लाये और पीनकमें ऊँघते हुये सेठजीकी मूँछोंपर लगा दी। प्रातः सेठजी उठे और ओठोंपर जो जीभ लगी तो मलाईका स्वाद पाकर बाग़- बाग़ हो गये। बोले—"बड़े भाग्यसे यह ईमानदार नौकर मिला है। देखो तो सही, दूध कैसा मलाईदार पिलाया कि मलाई अभीतक मूँछोंपर लगी हुई है।"

मई १९५० ई०

# हुनरकी कमी

एक गाँवमें एक बुड्ढा रंगरेज़ रहता था। उसे काला, पीला, हरा और लाल ये चार ही रंग रँगने आते थे। गाँवकी बहू-बेटियाँ कभी धानी प्याजी, किसमिसी, सुर्नई, ऊदी, मोरकण्ठी वग़ैरह रँगनेको ज़िद करतीं, तो बुड्ढा कहता—"मेरी बेटीके गोरे बदनपर खिलेंगे तो काले, पीले, हरे और लाल रंग ही। बाक़ी यूँ कहो जौन-सा रंग रँग दूँगा।" बहू-बेटियाँ नित नये रंगकी फ़र्माइश करतीं, मगर रँगकर आते वही रंग जो बुड्ढा रँगना जानता था।

बीर, १३ जनवरी १९४० ई०

# ज़रूरतके मुताबिक़ ईमान

एक मुसलमान दर्ज़ीने रोग-शैय्यापर पड़े हुए स्वप्न देखा कि वह सचमुच मर गया है और क़ब्रमें दफ़ना दिया गया है। क़ब्रमें हरी, पीली, लाल, नीली, रंग-बिरंगकी हज़ारों क़िस्मकी उसे झण्डियाँ टँगी हुई दिखाई दीं। पासमें खड़े हुए फ़रिश्तेसे दर्याफ़्त करनेपर मालूम हुआ कि दर्ज़ीके पेशेको करते हुए जिस-जिस रंगका कपड़ा चुराया था, उसकी ये शहादत है ताकि अल्लाहमियाँ उन्हें देखकर गुनाहोंकी जाँच करके सज़ा दे सकें। दर्ज़ीने सज़ाकी बात सुनकर घबराहटमें ज्यों ही "या अल्लाह तोबा" कहा कि उसका स्वप्न भंग हो गया। धीरे-धीरे अच्छा होनेपर जब वह दूकानपर आया तो शागिर्दोंको हुक्म दिया कि—"मैं अगर किसी कपड़ेमें-से कुछ बचाना चाहूँ तो तुम लोग 'उस्तादजी, झण्डी' कह दिया करो।" चुनांचे जब कभी उस्तादजीकी नीयत बद होती, हुक्मके मुताबिक़ शागिर्द लोग "उस्तादजी, झण्डी" कह देते और उस्तादजीकी बेईमान रूह सज़ाके खौफ़से काँप जाती। एक बार किसी जज़की अचकनका बहुत ही बढ़िया कपड़ा आया। देखते ही उस्तादजीके मुँहमें पानी भर आया। एक वास्कटके पेश निकालनेको ज्यों ही क़ैंची चलाई कि हस्बमामूल शागिर्दोंने "उस्तादजी, झण्डी" की आवाज़ फेंकी। शागिर्दोंकी इस रोज़ान की नसीहतसे उकताकर उस्तादजी बोले—"अबे बेवक़ूफ़ो, इस रंगका कपड़ा वहाँ नहीं था" और वास्कटके पेश निकाल लिये।

**वीर, १३ जनवरी १९४० ई०**

# व्यर्थकी रार

दो ग्रामीण मित्र थे। एक रोज़ एकने कहा, "हम तो अबकी बार ईख बोयेंगे।"

दूसरा बोला, "ईख तू बोना, हम तो भैंस लायेंगे।"

पहला बोला—"भैंस तो तू बेशक ले आना मगर बाँधकर रखना, ऐसा न हो कि मेरी ईख चर जाय।"

दूसरा तमककर बोला—"भाई जानवर है, आदमी तो है नहीं, जो कहा मान जाय, उसके मनमें आयेगी तो ईख खायेगी ही।"

यह सुना तो पहला झल्ला कर बोला—"तो बस तू भैंस ला चुका।"

दूसरेने भी मुँह मटकाकर उत्तर दिया—"तो बस तू भी ईख बो चुका।"

पहलेने चट उँगलीसे ज़मीनपर लकीरें काढ़ दीं और बोला—"ले मैं तो ईख बो चुका, अब तू अपनी भैंस छोड़।"

दूसरेने वहींसे एक कंकरी ले उन लकीरोंमें डाल दी और कहा—"ले, मैं तो अपनी भैंस छोड़ चुका, कर ले क्या करता है।"

दोनों एक-दूसरेपर टूट पड़े और ख़ूनम-ख़ून हो गये।

जून १९४० ई०

# लक्ष्मीकी उपासना

एक सेठ साहब गद्दीपर बैठे हुए पानकी पीक बार-बार सोनेके उगालदानमें थूक रहे थे। एक लक्ष्मी-उपासक भी वहाँ बैठे हुए थे। जब सेठजीका बार-बार थूकना उनसे सहन न हुआ तो उगालदानको लात मारकर बोले— "मुसरी! यहाँ तो थुकवानेमें भी नहीं शर्माती और मैं जन्मभर पूजा करते-करते थक गया तब भी न आई।"

सेठ साहबने यह हरकत देखी तो हँसकर बोले—"भोले भाई! लक्ष्मीकी उपासना करनेसे लक्ष्मी नहीं आती, लक्ष्मीको ठुकरा देनेवाले वीतराग प्रभुकी उपासनासे लक्ष्मी तो क्या तीन लोकका राज्य पाँव चूमनेसे नहीं शर्माता। लक्ष्मीको जितना पूजो उतना ही दूर भागती है और जितना ही ठुकराओ (दान करो) उतना ही चिमटती है। क्या स्वामी रामतीर्थका यह शेर नहीं सुना—

**भागती फिरती थी लक्ष्मी, जब तलब रखते थे हम।**
**अब हमें नफ़रत हुई, वह बेक़रार आनेको है॥**

मई १९४० ई०

# कठोर मालिक

एक ज़मीदार हिसाब-किताबके बड़े सख़्त थे। नौकरोंसे ज़रा भी नुक़सान होता तो उसका मुआवज़ा वसूल कर लेते। एक दिनकी भी ग़ैर-हाज़िरी होती तो नागा काट लेते। एक रोज़ बैलगाड़ीमें बैठकर ज़मीदारी वसूल करने जा रहे थे। नौकर पीछे-पीछे पैदल चल रहा था कि रास्तेमें शत्रुओंने घेर लिया। ज़मीदार साहबने सहायताके लिए नौकरको आवाज़ दी तो वह बोला—"मुझे आज छुट्टीपर समझिये, आजका भी नागा काट लीजियेगा।"

**सेवाधर्म, १९२७ ई०**

# बादशाहकी रामायण

एक बादशाह और उसका वज़ीर कहीं जा रहे थे कि एक गाँवमें पण्डितजी कथा बाँच रहे थे। बादशाहने कथाका नाम पूछा तो बतला दिया गया कि रामायणसे राजा राम-सीताकी कथा कही जा रही है। बादशाहको यह बर्दाश्त कहाँ कि उसके राजमें किसी अन्य राजाकी कथा सुनी जाय। उसने पण्डितजीको हुक्म दिया कि आइन्दा हमारी रामायण कहा करो।

पण्डितजी भी पूरे घाघ थे। उन्होंने बादशाही रामायण बनानेके लिए छः माहका समय और मुँह माँगा इनाम ले लिया। पांच माहके पश्चात् दर्बारमें हाज़िर होकर अर्ज़ की—

"जहाँपनाह! रामायण लगभग तैयार है। सिर्फ़ एक बात लिखनी रह गई है। राजा रामकी रानी सीताको रावण चुरा ले गया था। आपकी बेगमको कौन उड़ा ले गया है, बस हुज़ूर उस मूज़ीका नाम बतला दें ताकि रामायणमें वह दर्ज कर दूँ।"

बादशाहने सुना तो बड़ा चकराया और घबराकर बोला—"ना बाबा ना, हमें माफ़ करो। हम बाज़ आये ऐसी रामायण बनवानेसे।"

फ़रवरी १९५१ ई०

# जाटकी कृतज्ञता

एक मजिस्ट्रेटका नाम चिराग़अली था। उसने एक जाटको निर्दोष समझकर मुक्त कर दिया तो जाट कृतज्ञता प्रकट करते हुए बोला—

"अरे साहब! तेरा चिराग़अली नाम किस मूरखने रखा है? तू तो मसालअली है।"

जनवरी १९५१ ई०

# बुढ़िया पुराण

"मैं कितनी बार भोंक चुकी हूँ, मगर आप हैं कि कानपर जूँ तक नहीं रेंगती।"

"आखिर माजरा क्या है? अभीतक तो अच्छी खासी चहकती फुदकती घूम रही थीं, यह यकायक भोंकनेपर उतारू क्यों हो गईं।"

"भोंकूँ न तो क्या करूँ? बारहा कहा कि एक बिल्ली पकड़वाकर मँगवा दीजिये, मगर आपकी सुने बला! मैं कहती हूँ बिल्ली अगर न आई तो दुल्हनको डोलेसे नहीं उतारूँगी। फिर न कहना कि मुझे जताया तक भी नहीं और सबके सामने आबरू खराब कर दी।"

"अगर तुम इसी तरह भौंकती रहीं तो बिल्ली यहाँ ठहरेगी भी क्यों कर? विवाह-शादीके मौक़ोंपर लोग-बाग बिल्लीको घरसे भगा देते हैं और तुम हो कि उसे मँगानेपर ब-ज़िद हो। आख़िर बात क्या है?"

"बात क्या होती? कई बार कहा कि औरतोंके काममें दस्तन्दाज़ी न दिया कीजिये, मगर आप हैं कि बाज़ नहीं आते! मैं ही क्या अनोखी मँगवा रही हूँ। हमारे ख़ान्दानमें यह रस्म हमेशासे होती चली आ रही है। क्या भूल गये? जब मैं डोलेसे उतरी थी, तो मेरा मुँह दही-बूरेसे बिटारनेके लिए सासूजीने नादके नीचेसे दही देनेको आपसे कहा था। और जब आपने नाद उघाड़ी तो दहीके बदले वहाँ मरी हुई बिल्ली पड़ी थी।"

"वाह क्या कहने हैं तुम्हारी इस याददाश्तके? हम तो क़ायल हो गये तुम्हारे इस बुढ़िया पुराणके। बात तो दरअस्ल यह थी कि बिल्ली नादके नीचे दही चाटनेको गई और उसके धक्केसे नाद उसीके ऊपर गिर पड़ी। माँको शादीके भीड़-भड़क्केमें देखनेका अवसर न मिला और बिल्ली

वहीं दबकर मर गई। अब तुम हो कि उस लकीरकी फ़क़ीर बनी हुई हो ?"

"आपको तो हर बातमें खुरपेच निकालने आते हैं। मगर मैं एक न सुनूंगी, आपको बिल्ली मँगाकर देनी होगी। मैं तो अपने इकलौते लालके विवाहमें वह सब रस्म अदा करूँगी जो मैंने देखी और सुनी है।"

**जनवरी १९५१ ई०**

# गुड़ खाएँ, गुलगुलोंसे परहेज़

एक कर्मकाण्डी यात्रीको चलते-चलते चमारोंके गाँवमें रात हो गई। भूखके कारण पेटमें चूहे कबड्डी खेल रहे थे, परन्तु चमारोंके यहां खानेको जी न चाहता था। आख़िर चमारोंके अनुरोधपर दलिया स्वयं पकाकर खा लेना मंज़ूर कर लिया। दलिया पकाकर एक लकड़ीकी छीपटीसे खाने लगे तो किसीने पूछा--

"महाराज! हाथसे न खाकर दलिया छीपटीसे क्यों खा रहे हैं ?"

कर्मकाण्डी गरम होकर बोले--"जाने नाय है यह चमारनके हाथको पिसो भयो है। याके हाथ लगाकर धरम भ्रष्ट थोड़ो ही होनो है ?"

**जनवरी १९५१ ई०**

# गधा कौन, जौहरी या कुम्हार ?

एक जौहरी जंगलसे गुज़र रहा था कि उसने एक गधेके गलेमें बेशक़ीमत हीरा बँधा हुआ देखा। वह समझ गया कि गधेवाला यह हीरा कहीं पड़ा पा गया है और इसे चमकीला पत्थर समझकर गधेके गलेमें बाँध दिया है। अतः उसने गधेवालेसे चतुराईसे पूछा—"क्यों बे गधेवाले! इस पत्थरका क्या लेगा?"

"हुज़ूर जो चाहें दे दीजिये। ग़रीब आदमी हूँ।"

"नहीं, तू ही बता क्या लेगा।"

"हुज़ूर आठ आने दे दीजिये।"

"आठ आने बहुत हैं, चार आने लेना है तो यह ले।"

गधेवाला छः आनेतकमें देनेको तैयार हो गया, परन्तु जौहरी चार आनेमें ही ख़रीदना चाहता था। वह थोड़ी दूर इस ख़यालसे आगे बढ़ गया कि गधेवाला झख मारकर उसे चार आनेमें ही लेनेको वापिस बुलायेगा।

जौहरी थोड़ी दूर गया ही था कि एक दूसरा जौहरी उधरसे गुज़रा और वह मुँहमाँगा दाम देकर चलता बना! पहले जौहरीने देखा तो वह झपटकर आया और गधेवालेसे बोला—"क्यों रे वह पत्थर कितनेमें बेच दिया?"

"हुज़ूर यह देखो एक रुपया उस पत्थरका मिला है।"

"तू बड़ा गधा है। लाखोंका हीरा एक रुपयेमें बेच दिया।"

"हुज़ूर मैं अगर गधा न होता तो उसे पत्थर समझकर गधेके गलेमें क्यों बाँधता? मगर हुज़ूरको क्या कहूँ जो हीरा जानकर पत्थरकी क़ीमतमें भी लेना मुनासिब न समझे?"

**मार्च, १९५१ ई०**

# ससुरालका नाई

एक बार ससुरालके नाईने आकर सूचना दी कि—"तुम्हारी स्त्री विधवा हो गई है।" सुना तो शेखचिल्लीने आपा पीट लिया। रोनेका शोर सुनकर निठल्ले पड़ोसी इकट्ठे होकर रोनेका कारण पूछने लगे। कारण बतलाने पर हँसते हुए बोले—"अजी तुम भी अजीब आदमी हो, अरे भई जब तुम जीवित हो, तब तुम्हारी स्त्री विधवा कैसे हो सकती है"? शेखचिल्लीने कहा "यह तो मैं भी जानता हूँ कि पतिके स्वर्ग गये बग़ैर स्त्री विधवा नहीं होती, पर क्या करूँ? ससुरालका नाई होनेके कारण यह भी तो विश्वासपात्र है, इसकी बातपर भी तो यक़ीन करना लाज़िमी है।"

**वीर, ३ फ़रवरी १९४० ई०**

# ज़िद

एक जाट बोला—"अगर कोई ३५ और ३५ सत्तर गिना दे तो उसे मैं अपनी भैंस दे दूँ। जाटनी घबराकर बोली—"अरे वाह! क्या भंग पी ली है? ३५ और ३५ सत्तर तो होते ही हैं। भैंस दे दोगे तो बाल-बच्चे क्या बड़का दूध पिएँगे?" जाट बोला—"तू घबराती क्यों है? ३५ और ३५ सत्तर होते हैं यह तो मैं भी जानता हूँ, परन्तु मैं किसीके सामने हाँ करके दूँगा, तभी न भैंस लेगा! मैं तो ना-ना ही करता रहूँगा।"

**वीर, १३ जनवरी १९४० ई०**

# रोगी डाक्टर

एक मनुष्यको नेत्रोंका ऐसा रोग था कि उसे प्रत्येक वस्तु दो-दो दिखाई देती थी। संयोगकी बात कि जिस डाक्टरके पास वह इलाजको पहुँचा, उसे हर चीज़ चार-चार दिखाई देती थी। डाक्टरने मुसकराकर आनेका सबब पूछा तो रोगीने कहा—"हुज़ूर, हमको हर चीज़ दो-दो दिखाई देती है।"

डाक्टरने धीरज बँधाते हुए कहा—"कोई चिन्ताकी बात नहीं, इलाज हो जायगा। क्या तुम चारोंको यही रोग है?"

रोगी असल हक़ीक़त समझ गया। वह माथेपर हाथ मारकर बोला—"धन्य भाग! मेरी चिन्ता छोड़कर पहले आप अपना इलाज कराएँ।"

५ मार्च, १९५१ ई०

# पाँचवाँ सवार

देहलीसे चार घुड़सवार लाहौरको जा रहे थे कि लाहौरके नज़दीक पहुँचनेपर एक गधेवाला भी साथ हो लिया। लाहौर पहुँचनेपर किसीने पूछा—

"क्यों भई सवारो, आप लोग कहाँसे चले आ रहे हैं?"

घुड़सवार मुँह खोलने भी न पाये कि गधेवालेने आगे बढ़कर कहा—

"हम पाँचों सवार देहलीसे आ रहे हैं।"

गधेवालेकी इस मूर्खतापर कि वह भी अपनेको सवारोंमें समझता है—सब हँस पड़े। जो आदमी अपनी हैसियत, लियाक़त, ताक़त, वग़ैरहसे ज़्यादा बढ़कर बात करता है, उसके लिए तभीसे यह मिसाल बन गई है कि "लो भई, ये भी पाँचों सवारोंमें है।"

वीर, १० फ़रवरी १९४० ई०

# मरते-मरते भी कुटिलता

छिद्दा बाभन जब मरने लगा तो अपने लड़कोंको बुलाकर बोला--"तुम लोगोंने मेरा आजतक कभी कोई कहा नहीं माना। आज मैं परलोक जा रहा हूँ। मेरी चिताको आग देनेका उसी लड़केको अधिकार होगा जो मेरी अन्तिम अभिलाषा पूरी करेगा। जो प्रतिज्ञा नहीं करेगा, वह मेरी अर्थीको हाथ भी नहीं लगा सकेगा?"

छिद्दा बाभनके गुणों और स्वभावसे जो लड़के परिचित थे, वे तो चुप रहे, परन्तु एक परदेशमें रहनेवाला पुत्र झाँसेमें आकर जवानीके जोशमें अभिलाषा-पूर्त्ति करनेकी प्रतिज्ञा कर बैठा। छिद्दाने उसके कानमें कहा "मेरे मरनेपर मेरी लाशके टुकड़े करके पड़ोसियोंके घरोंमें डालकर पुलिसमें रपट लिखा देना कि इन लोगोंने जीतेजी तो मेरे पिताको कष्ट दिये ही, मरनेपर भी शरीरके अंग-अंग काटकर ले गये। मुझे शरीरके छिन्न-भिन्न होनेसे क़तई कष्ट न होगा, वरन् पड़ोसियोंकी जो फ़जीहत होगी, उसकी कल्पना मात्रसे मेरा रोम-रोम पुलकित हो रहा है।"

२७ जनवरी १९४० ई०

# मुँहके मीठे

एक सज्जनसे दीवालीके अवसरपर कमरेमें झाड़-फ़ानूस टाँगनेके लिए एक साहबने सीढ़ी (नसेनी) माँगी तो बोले—"अरे साहब! सीढ़ी देनमें भला क्या एतराज़ होता? मगर क्या करें, श्रीमतीजी सन्दूक़में बन्द करके ताली अपने साथ पीहर ले गई हैं।" किसीने उत्सुकतासे पूछा—"अरे भाई! क्या इतनी लम्बी-चौड़ी सीढ़ी भी सन्दूक़में बन्द हो सकती है?"

वे बोले—"तो क्या आपकी रायमें कह देना चाहिए था कि सीढ़ी नहीं देते? भई हमसे तो इस तरह नटा नहीं जाता।"

लोग समाज-सेवाकी बड़ी-बड़ी बातें बनाते हैं। समाजपर मर-मिटनेके लिए प्रोत्साहन देते हैं। 'यह करो' और 'वह करो' के आदेश देते हैं। मगर जब अवसर पड़नेपर अमल करनेको उनसे कहा जाता है तो इंकार भी नहीं करते और भलेके भले बने रहते हैं। किस सादगीसे फ़र्माते हैं—

**जानसे बढ़के है मजहबसे मुहब्बत हमको।**
**क्या करें, कामसे मिलती नहीं फ़ुर्सत हमको॥**

**वीर, ३ फ़रवरी १९४० ई०**

# ऐंठकी शान

सास-बहूमें झगड़ा होता तो सास रूठकर बाहर जा बैठती और बहूके मनानेपर घरमें आती। रोज़ानाके मनानेसे तंग आकर बहू एक रोज़ चुप्पी साध गई। इन्तज़ार देखते-देखते सासका भी धीरज छूटने लगा। दिनभर भूखी रहनेके अतिरिक्त जाड़ेकी रातमें बाहर पड़े रहनेके ख़यालसे उसका रूठना पानी-पानी होने लगा। वह ऐसा उपाय सोचने लगी कि बाइज़्ज़त घरमें प्रवेश किया जा सके और खा-पीकर आरामसे सोया भी जा सके। वह तरकीब सोच ही रही थी कि जंगलसे चरकर भैंस और उसकी पाड़ी घरमें घुसने लगीं। चट उसने पाड़ीकी पूँछ पकड़ ली और बड़े नखरे दिखाती हुई; पाँव पटकती हुई, मचलती हुई-सी यह कहते हुए अन्दर चली गई—

"मान जा, मेरी पाड़ी, मैं अन्दर नहीं जानी।" गोया पड़िया उसे जबरन घरमें खींचे ले जा रही थी।

# नीलका भैंसा

दिल्लीके चाँदनी चौकमें एक मुहल्लेका नाम नीलका कटरा है। इसके बाहर बहुत-सी दुकानें हैं। देहातमें कटरा भैंसके बच्चेको भी कहते हैं। एक बार किसी जाटसे इस मुहल्लेके पासवाले व्यापारीकी जान-पहचान हो गई। बातचीतके सिलसिलेमें उसने कहा—"चौधरी! कभी दिल्ली आओ तो नीलके कटरेके पास हमारे यहाँ भी पधारना।"

चौधरी २-३ बरस बाद दिल्ली आया तो उसे उस व्यापारीसे मिलनेका भी ख़याल आया। उसने यह समझकर कि २-३ बरसमें कटरा भैंसा हो गया होगा, नीलके भैंसेका पता पूछा। नीलके भैंसेका पता कौन बताता? आख़िर एक आदमीने कहा—"भई नीलका कटरा तो ये सामने है। नीलके भैंसेका तो हमने नाम भी नहीं सुना।" चौधरीने भोलेपनसे पूछा—"कटरा तो वह २-३ साल पहले ही था, क्या अभीतक वह भैंसा न हुआ होगा?"

फ़रवरी १९५० ई०

# खुदा समझिये

वेश्याओंके साज़िन्दे अक्सर मुसलमान होते हैं और ये मीरासी कहलाते हैं। पुश्त-दर-पुश्त यही पेशा करते रहनसे इनकी मीरासी एक ज़ात ही बन गई है। यह क़ौम मुसलमानोंमें भी नीच समझी जाती है। पंजाब-में इनसे सम्बन्धित अनेक लतीफ़े मशहूर हैं।

एक दफ़ेकी बात है कि कचहरीमें एक मीरासी गवाही देनेके लिए पेश हुआ। अपना और बापका नाम बता चुकनेके बाद जब न्यायाधीशने उससे क़ौम पूछी तो, यह सोचकर कि "यहाँ मुझे कौन जानता है, मीरासी बताकर कौन अपनेको ज़लील करे" बड़े ठाटसे अपनी क़ौमियत 'शेख़' बता दी। संयोगसे वहाँ कोई शेख़ भी मौजूद था। और उसे भी गवाही देनी थी। मीरासीके बाद तुरन्त ही उसकी बारी आई। जब उससे क़ौम पूछी गई तो जलकर बोला—"अगर यह कमीन 'मीरासी' अपनेको शेख़ समझता है तो फिर मुझे तो ख़ुदा समझिये।"

मार्च १९५१ ई०

# टिकिट बाबूका फूफा

रामू और छोटू जाट रोहतकसे दिल्ली जानेको स्टेशनपर पहुँचे तो छोटूने अपने टिकिटके दाम भी रामूको दे दिये। रामूने पहले अपना टिकिट ख़रीदा। दोनों टिकिट एक साथ इसलिए नहीं ख़रीदे कि शायद टिकिटके भावमें कुछ कमती-बढ़ती हो जाय, या सम्भव है दूसरा टिकिट ही न हो और हिसाबके झंझटमें कौन फँसे?

जब रामू अपना टिकिट ले चुका तो बाबूसे बोला—"एक टिकिट छोटूका भी दे दे।" बाबू हैरान कि यह छोटू स्टेशन कौन-सा हुआ। जब ख़यालमें नहीं आया तो पूछा—"यह छोटू कहाँ है?"

रामू छोटूकी तरफ़ इशारा करते हुए बोला—"वह खड़ा तेरा फूफा।"

मई १९५० ई०

# अदालत है या भांड़ोंकी महफ़िल

एक वैश्यका नाम लाला झाऊमल था। वे सूरदास थे और अपने साथ नौकर रखते थे। एक रोज अदालतमें किसी मुक़दमेके सिलसिलेमें गये हुए थे। कचहरीमें चपरासीने लालाका नाम लेकर आवाज़ दी तो इस अटपटे नामको सुनकर जजको हँसी आ गई। और जब लाला उसकी अदालतमें पहुँचे तो जज मज़ाक़न बोला—"भई ख़ूब आदमी-का-आदमी और ईंधन-का-ईंधन"।

जजके इस जुमलेको सुनकर उपस्थित वकील, मुंशी आदि सभी हँस पड़े। लालाजी एक ही हाजिरजवाब थे। चट नौकरके मुँहपर एक हलका-सा चपत मारते हुए बोले—"क्यों बे मैंने तुझे अदालतमें ले चलनेको कहा था या भाँड़ोंकी महफ़िलमें लानेको कहा था। चल निकाल मुझे यहाँसे।"

# लाहोरका पागलख़ाना

लाहोरके पागलख़ानेमें एक साहब मुआयना करने गये तो एक पागलने अपनेको हज़रत मुहम्मद बताया। दर्शक उसकी इस जुरअत और खब्तपर हैरान-सा हो रहा था कि पड़ोसी पागल बोला—"नहीं, यह झूठ बोलता है, मैंने इसे पैग़म्बर बनाके नहीं भेजा"।

इस्लाम धर्मके अनुसार ख़ुदाने हज़रत मुहम्मदको पैग़म्बर बनाकर अरबमें भेजा था। यानी उस दूसरे पागलका भाव यह था कि मैं ही ख़ुदा हूँ और यह मेरा भेजा हुआ नहीं है।

फ़रवरी १९५० ई०

# नंगा क्या पहने, क्या रक्खे ?

एक देहाती दिल्ली आया तो फ़तहपुरी पर ट्रंकोंकी दूकानोंको निहारने लगा। दूकानदारने गाहक समझकर उसे अन्दर ले जाकर सभी क़िस्मके सन्दूक़ दिखाये और भाव बताये। दूकानमें चारों तरफ़ फिरकर देहाती जब जाने लगा तो दूकानदारने टोका—

"चौधरी! सन्दूक़ नहीं लेगा?"

"के करूँगा?"

"लत्ते रखना।"

"लत्ते इसमें रखूँगा तो फिर पहनूँगा तेरी ऐसी-तैसी?"

**अप्रैल १९५० ई०**

# घरका भेदी

कुल्हाड़ियोंसे भरी हुई गाड़ीको आते देख जंगलके दरख़्त रोने लगे। एक बूढ़े दरख़्तने रोनेका कारण पूछा तो दरख़्तोंने उस गाड़ीकी ओर इशारा करते हुए कहा—

"इसमें भरी हुई कुल्हाड़ियाँ हमें काटकर नष्ट कर देंगी।"

बूढ़ा दरख़्त मुसकराते हुए बोला—"डरो नहीं, इनके साथ बेंटकी हैसियतमें जबतक हमारा भाई लगा न होगा, यह हमें तिलमात्र भी कष्ट नहीं पहुँचा सकतीं। यदि रावणका भाई विभीषण रामके साथ, प्रताप-का भाई शक्तसिंह अकबरके साथ और पृथ्वीराजका भाई जयचन्द शहा-बुद्दीन ग़ोरीके साथ न होता तो उन्हें पराजय देनेकी सामर्थ्य किसमें थी?"

**वीर, ३ फ़रवरी १९४० ई०**

# ठग

एक ठगने किसी हलवाईको ५०० लड्डू बनवानेका आर्डर देकर दूसरे दूकानदारसे २५० रु० का सौदा खरीद लिया। सौदा ले चुकनेपर वह बोला—"मेरे साथ आप किसी आदमीको कर दीजिये, ताकि अपने आढ़तीसे रुपये दिलवा दूं।" दूकानदारने सहजस्वभाव अपना आदमी उसके साथ कर दिया। ठग उस आदमीको हलवाईकी दूकानपर ले जाकर बोला—"२५० इनको गिनकर दे दीजिये और २५० मैं खुद ले जाऊँगा!"

हलवाईके 'बहुत अच्छा' कहनेपर ठग तो चलता बना। जब हलवाई २५० लड्डू थालमें लगाकर दूकानदारके आदमीको देने लगा तो वह आदमी भी चक्कर खाया। ग़रज़ बहुत कुछ लड़ने-झगड़नेपर समझमें आया कि उस ठगने दोनों ही दूकानदारोंको बेवक़ूफ़ बनाया।

**नवयुग, १९३३ ई०**

# उचक्का

दिल्लीसे क़रीब ११ मीलकी दूरीपर कुतुब साहब (महरौली) में सन् २० से पूर्व फूलवालोंकी सैर होती थी। यह दिल्लीका सबसे बड़ा और सोफ़ियाना मेला समझा जाता था। ज़रा-से गाँवमें लाखोंकी भीड़ होती थी। रंगीन मिज़ाज, ऐय्याश, शौक़ीन और तमाशबीनोंका यहाँ जमघट लग जाता था। मंगलामुखी भी अपने-अपने हथियारोंसे सुसज्जित होकर आती थीं। ग़रज़ हर क़ौम, हर मज़हब, हर रंग, हर मिज़ाज और हर तबियतका आदमी इस मेलेमें शरीक होता था। अपने ढंगका यह एक ही मेला होता था। अबतक इस मेलेकी याद रंगीनमिज़ाजोंकी तबियतको तड़फाये बग़ैर नहीं रहती। एक बार कांग्रेसके पिकेटिंग करनेसे यह मेला बन्द हो गया था। तबसे प्रायः अबतक बन्द ही है।[1]

उन्हीं दिनोंकी बात है, जब कि चलते हुए खवे-से-खवा छिलता था। एक सज्जन कन्धेपर क़ीमती रूमालनुमा शाल डाले हुए मेलेमें ख़िरामा-ख़िरामा चल रहे थे। रूमालको देखकर एक उचक्केके मुँहमें पानी भर आया। यह हज़रत भी एड़ीसे लेकर चोटीतक ऐन-फ़ैन बने हुए थे। पाँवमें १६-१७ रु० का सलेमशाही जूता, ५ पीके लट्ठेका चूड़ीदार चुस्त पायजामा, शरीरमें चुन्नटदार तनज़ेबका अँगरखा और पट्ठेदार बालोंपर दिल्लीकी बँधी हुई गोलेदार पगड़ी, आँखोंमें सुरमा लगाये, मुँहमें पान खाये, और हाथमें चाँदीकी मूठकी बेत लिये दो क़दममें मुसाफ़िरके पीछे हो लिये, और आहिस्ता-आहिस्ता पीछेसे उसके शालका एक कोना अपने अँगरखेकी तनीमें बाँधकर और ज़रा झटका देकर हाथके इशारेसे मुसाफ़िरके रूमालनुमा शालको अपने कन्धेपर डालकर बड़ी ही संजीदगीसे बिना किसी

---

[1] कांग्रेस सरकारने इस मेलेको सन् १९४७ के बाद पुनः चालू कराया है।

हिचकिचाहटके मुसाफ़िरके बराबरमें ही चलते रहे। कन्धेपरसे रूमाल ग़ायब हुआ तो मुसाफ़िर भौंचक रह गया। इधर-उधर देखनेपर रूमालका पता क्या ख़ाक लगता? बराबरमें चलते हुए उचक्केके कन्धेपर पड़ा हुआ रूमाल देखकर भी कहनेकी हिम्मत नहीं पड़ती थी। ठगकी वेश-भूषा और शक्लो-शबाहत ही माशाअल्लाह ऐसी थी कि किसीको शक करनेकी भी जुरअत न हो। शालवालेको १-२ मिनट परेशान होते देख, उचक्का ख़ुद ही बोला—

"कहिये हज़रत किस फ़िराक़में हैं आप?"

मुसाफिर बदहवास था, बोला—"२५०)रु० का शाल अभी कन्धेपरसे किसीने खींच लिया। बेअदबी मुआफ़ ठीक आप जैसा था।"

उचक्का बड़ी संजीदगीसे बोला—"बेशक जरूर होगा। मैं भी अगले साल कुछ कमती-बढ़ती इतनेका ही लाया था। भाई यहाँ तो उचक्कोंके मारे नाकमें दम है। इसी वजहसे हमने तो अपना शाल अँगरखेकी तनीमें बाँध रक्खा है, जिससे कोई खींच ही न सके।"

शालवाला बिचारा हाथ मलता रह गया।

**नवयुग, १९३३ ई०**

# चलते-पुर्ज़े

एक हलवाईकी दूकानपर अधिक भीड़ देखकर दो चलते-पुर्ज़ोंने इस नादिर मौक़ेसे लाभ उठाना चाहा। एकन जाकर आठ आनेकी मिठाई ली और बाक़ी आठ आनेके पैसे माँगने लगा। हलवाई कहता था, अभी तुमने मुझे रुपया ही नहीं दिया और वह कहता था, मैंने आते ही रुपया हाथमें दिया है। इसी तरह तू-तू मैं-मैं होने लगी। भीड़ इकट्ठी हो गई तब पासमें ही खड़ा हुआ उसका दूसरा साथी बोल—"मियाँ, लाला! इस गड़बड़में मेरा रुपया न भूल जाना। पहले मुझे मिठाई तोल दो, बादमें लड़ा करना।"

एक न शुद दो शुद! हलवाईने सोचा अगर इसे भी मना करता हूँ तो ये सारे तमाशायी मेरे ही सिर हो जायँगे और कहेंगे यह सारे झूठ बोलते हैं, सिर्फ़ तू ही एक सच्चा सोंठिया सर्राफ़ बना है। अतः बात न बढ़े इस ग़रज़से बोला—"तुम्हारा रुपया खरा, भूल कैसे जाऊँगा?"

इस तरह झगड़ा करके दोनोंने एक रुपयेकी मिठाई तो ले ही ली।

नवयुग, १९३३ ई०

# धर्म और इतिहास ग्रन्थों में जो पढ़ा

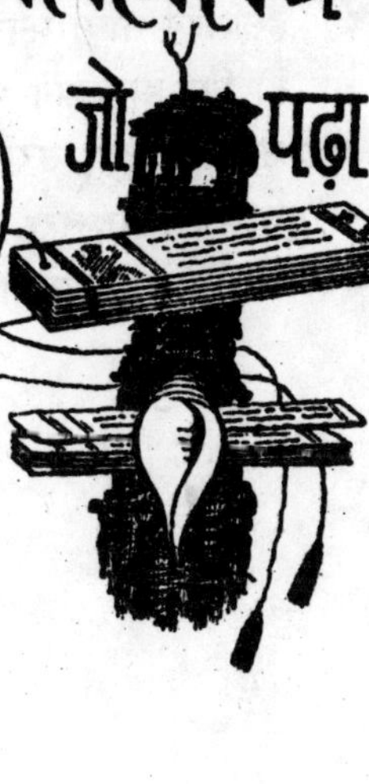

# स्वार्थी भावना

अक्सर ऋद्धिधारी मुनियोंके आहार लेनेके अवसरपर रत्नोंकी वर्षा होती है। एक बारका जैनपुराणोंमें उल्लेख है कि एक नगरमें जब ऋद्धिधारी मुनियोंका आगमन हुआ तो भक्तोंके घर आहार लेते हुए रत्नोंकी वर्षा होने लगी। इस प्रलोभनको एक बुढ़िया संवरण न कर सकी और उसने भी विधिवत् आहार बनाकर मुनि महाराजको नवधा भक्तिपूर्वक पड़गाहा। [1]मुनि महाराजके अँजुली करनेपर बुढ़िया जल्दी-जल्दी गरम खीर उनके हाथपर[2] खानेके लिए डाल, ऊपरको देखने लगी कि अब रत्नोंकी वर्षा हुई, परन्तु मुनि महाराजका हाथ तो जल गया, किन्तु रत्न न बरसे। मुनि अन्तराय समझकर चले भी गये। मगर बुढ़िया ऊपरको मुँह किये रत्न-वृष्टिका इन्तज़ार ही करती रही। उसकी समझमें यह तनिक भी नहीं आया कि निःस्वार्थ और स्वार्थ-मूलक भाव भी कुछ अर्थ रखते हैं।

**अनेकान्त, फ़रवरी १९३९ ई०**

---

१—द्वारपर आकर अत्यन्त आदर-सत्कारपूर्वक रसोईमें ले गई।

२—दिगम्बर जैन-मुनि खड़े होकर अपने हाथमें भोजन लेकर खाते हैं, बर्तनमें नहीं।

# गर्व

भरत चक्रवर्ती छःखण्ड विजय करके वृषभाचल पर्वतपर अपना नाम अंकित करने जब गये, तब उन्हें अभिमान हुआ कि मैं ही एक ऐसा प्रथम चक्रवर्ती हूँ जिसका नाम पर्वतपर सबसे शिरोमणि होगा। किन्तु पर्वतपर पहुँचते ही उनका सारा गर्व खर्व हो गया। जब उन्होंने देखा कि यहाँ तो नाम लिखनेतकको स्थान नहीं, न जाने कितने और चक्रवर्ती पूर्वकालमें यहाँ नाम लिख गये ह। तब लाचार होकर उन्हें एक नाम मिटाकर अपना नाम अंकित करना पड़ा।

**अनेकान्त, मार्च १९३९ ई०**

# विकारी नेत्र

किन्हीं आत्म-ध्यानी मुनिराजके पास एक मोक्ष-लोलुप भक्त बैठा था। उसे अपने धर्म-रत होनेका अभिमान था। गृहस्थ होते हुए भी अपनेमें आत्मसंयमकी पूर्णता समझता था। मुनिराजके दर्शनार्थ कुछ स्त्रियाँ आईं तो संयमाभिमानी भक्तसे उनकी ओर देखे बिना न रहा गया। पहली बार देखनेपर मुनिराज कुछ न बोले, किन्तु यह देखनेका क्रम जब एक बारसे अधिक जारी रहा तो मुनिराज बोले—"वत्स, प्रायश्चित्त लो!"

"प्रभो! मेरा अपराध?"

"ओह! अपराध करते हुए भी उसे अपराध नहीं समझते, वत्स! एक बार तो अनायास किसीकी ओर दृष्टि जा सकती है, किन्तु दोबारा तो विकारी नेत्र ही उठेंगे, और आत्मामें विकार आना, यही पतनका श्रीगणेश है। आत्म-संयमका अभ्यासी प्रायश्चित्त-द्वारा ही विकारोंपर विजय प्राप्त कर सकता है।"

मोक्ष-लोलुप भक्तको तब अपने संयमकी अपूर्णता प्रतीत हुई।

**अनेकान्त, जून १९३९ ई०**

# पापीसे घृणा

"प्रभो! क्या मुझे दीक्षित नहीं किया जायगा?"

"नहीं।"

"इसका कारण?"

"यही कि तुम अज्ञातपुत्र हो।"

"फिर इसका कोई उपाय?"

'केवल अपने पिताका परिचय करानेपर दीक्षित हो सकोगे।"

"दीक्षित हो सकूँगा—किन्तु पिताका परिचय करानेपर! ओह! मैंने तो उन्हें आजतक नहीं देखा। भगवन्! दीनबन्धो! क्या पितृ-हीनको धर्म-रत होनेका अधिकार नहीं है? सुना है, धर्मका द्वार तो सभी शरणागत प्राणियोंके लिए खुला हुआ है।"

"वत्स! तुम्हारा कथन सत्य है, किन्तु तुम अभी सुकुमार हो, इसलिए तुम्हें दीक्षित करनेसे पूर्व उनकी सम्मतिकी आवश्यकता है।"

१५ वर्षका बालक निरुत्तर हो गया। उसके फूलसे गुलाबी कपोल मुर्झा-से गये। सरल नेत्रोंके नीचे निराशाकी एक रेखा-सी खिच गई, और स्वच्छ उन्नत ललाटपर पसीनेकी बूंदें झलक आईं। उसका उत्साह भंग हो गया। घर लौटकर वह अपराधीकी तरह दरवाज़ेसे लगकर खड़ा हो गया। उसकी स्नेहमयी माँ पुत्रका मुर्झाया हुआ चेहरा देख प्यारसे सिरपर हाथ फेरती हुई बोली—"क्यों मुन्ने, क्या दीक्षित नहीं हुए?"

"नहीं।"

"क्यों?"

"वे कहते हैं, पिताकी अनुमति दिलाओ।"

माँने सुना तो कलेजा थामकर रह गई। उसका पापमय जीवन चलचित्रकी तरह नेत्रोंके सामने आ गया। वह नहीं चाहती थी कि इस

सरलहृदय बालकको पापका नाम भी मालूम होने पाये। इसलिए उसके होश सम्भालनेसे पूर्व ही वह अपना सुधार कर चुकी थी। उसे अपने पुत्र-का भविष्य उज्ज्वल करना था। अतः वह बोली—

"जाओ बेटा! कहना जिस समय मैं उत्पन्न हुआ था, मेरे अनेक पिता थे, उन सबकी अनुमति प्राप्त करना असम्भव है।"

बालक सब कुछ समझ गया, किन्तु उसे अपने लक्ष्यका ध्यान था। दौड़ा हुआ आचार्यके पास गया और एक साँसमें माँका सन्देश कह सुनाया।

आचार्य्य गद्गदकंठसे बोले—"वत्स! परीक्षा हो चुकी। तू सत्य-वादी है इसलिए आ, धर्ममें दीक्षित होनका अवश्य अधिकारी है।"

कुछ कुल, जाति-गर्वोन्मत्त भक्त आचार्य्यके इस कार्यकी आलोचना करने लगे। भला एक वेश्या-पुत्र और वह धर्ममें दीक्षित किया जाये। असम्भव है, ऐसा कभी न हो सकेगा।

क्षमाशील प्रभु उनके मनोभाव ताड़ गये। बोले—"विचारशील सज्जनो! पापीसे घृणा न करके उसके पापसे घृणा करनी चाहिए। मानव-जीवनमें भूल हो जाना सम्भव है। पापी मनुष्यका प्रायश्चित्त-द्वारा उद्धार हो सकता है, किन्तु जो जान-बूझकर पाप-कर्ममें लिप्त हैं, अपना मायावी रूप बनाकर लोगोंको धोखा देते हैं, एक पापको छिपानेके लिए जो अनेक पाप करते हैं—उनका उद्धार होना कठिन है। जब धर्म पतित-पावन कहलाता है, तब एक वेश्याका भी उसके सेवन करनेसे कल्याण क्यों नहीं हो सकता? फिर यह तो वेश्या-पुत्र है, इसने तो कोई पाप किया भी नहीं। पाप यदि किया भी है तो इसकी माताने किया है। उसका दण्ड इसे क्यों?"

आचार्य्यकी वाणीमें जादू था, सबने प्रेम-विभोर होकर अज्ञात-पुत्रको गलेसे लगा लिया।

**अनेकान्त, जुलाई १९३९ ई०**

# साधु-परीक्षा

तीन-सौ वर्ष पूर्व आगरेमें जब कविवर पं० बनारसीदासजी जीवित थे, तब वहाँ एक साधु आये। साधुके क्षमादि गुणोंकी प्रशंसा सुनी तो कविवर भी दर्शनार्थ पधारे, और दीनतापूर्वक साधु महाराजसे बोले—"दया-सिन्धु! क्या मैं आपका शुभ नाम मालम करनेकी धृष्टता कर सकता हूँ?"

"मुझे शीतलप्रसाद कहते हैं।"

कविवर नाम सुनकर वहाँ होनेवाली तत्त्वचर्चामें लीन हो गये। फिर थोड़ी देर बाद अपना भुलक्कड़ स्वभाव बताते हुए साधुसे नाम पूछ बैठे। साधुने अन्यमनस्क भावसे नाम दोहरा दिया। कविवरको सन्तोष न हुआ। फिर ज़रा-सी देरके बाद नाम पूछा तो साधु महाराज आग-बबूला हो गये और झुँझलाकर बोले—"तू भी अजीब आदमी है। अबे! दस बार कह दिया—हमारा नाम है शीतलप्रसाद! शीतलप्रसाद!! शीतलप्रसाद!!! फिर क्यों दिमाग़ चाटता है?"

कविवरने साधुका यह कोपकाण्ड देखा तो उठकर चल दिये और जाते हुए बोले—"महाराज! आपका नाम शीतलप्रसाद नहीं, ज्वाला-प्रसाद मालूम होता है।"

**वीर, २७ जनवरी १९४० ई०**

# लक्ष्य

पीपलके वृक्षपर एक काली मिर्च धागेमें बाँधकर लटकाते हुए गुरु द्रोणाचार्य्यने कौरव-पाण्डव सब शिष्योंसे कहा—"तुम्हें अपने बाणोंसे यह मिर्च नीचे गिरानी होगी।"

फिर क्रमशः प्रत्येक शिष्यको उसे बाण-द्वारा नीचे गिरानेकी आज्ञा दी। साथ ही बाण छोड़नेसे पूर्व वे प्रत्येक शिष्यसे पूछते जाते थे—"तुम्हें इस वृक्षपर मिर्चके अलावा और क्या दिखाई देता है?"

प्रायः सभी शिष्योंका समान उत्तर था—"वृक्ष, तना, डालियाँ, टहनी, पत्ते, पीपली।" इनमें-से एक भी लक्ष्यको जब न भेद सका, तब अर्जुनको लक्ष्य भेदनेके लिए आदेश दिया गया और उससे भी पूछा गया—"अर्जुन! तुम्हें काली मिर्चके अलावा और क्या-क्या दिखाई देता है?"

अर्जुनका लक्ष्य काली मिर्चकी ओर था, उसी ओर मुँह किये बोला—"गुरुदेव! यहाँ काली मिर्चके सिवा और तो कुछ भी नहीं है, मुझे तो आप भी दिखाई नहीं दे रहे, मुझे स्वयं अपना अस्तित्व मालूम नहीं।"

गुरुदेवके संकेतपर बाण छूटा और वह काली मिर्चको लेकर नीचे आ गिरा। गुरुदेव अर्जुनको शाबाशी देकर अनुत्तीर्ण शिष्योंसे हँसकर बोले—

"अपने लक्ष्यको छोड़कर जो दूसरी ओर दृष्टिपात करता है, वह सफल नहीं होता। मोक्ष-लोलुप संसारको भी देखे तो मोक्ष कैसे पाये? गुण, गुणी, ज्ञाता, ज्ञान, ज्ञेय और ध्यान, ध्येय, ध्याता, तू और मैं, यह और वहका जब अन्तर्द्वन्द्व आत्मामें मचा हो, तब आत्माके परम लक्ष्य परमात्मा पदकी प्राप्ति कहाँ? तुम लोग मिर्चको न देखकर टहनी, पत्ते ही देख सके, अतः जो तुम्हारा लक्ष्य था, उसीको भेद सके, यदि अर्जुनकी तरह तुम्हारा लक्ष्य काली मिर्चपर होता तो तुम भी उसे भेदनेमें सफल होते।"

# रूपका मद

सनत्कुमार चक्रवर्त्तीकी सुन्दरताका बखान जब जीभरकर देवराज कर चुके तो श्रोतृ-मण्डलमें एक फुसफुसाहट-सी फैल गई।

कुछने कहा—"देवराज आज आवश्यकतासे अधिक अतिशयोक्ति कर गये हैं।"

एकने टीप कसी—"असत्य भाषण भी एक कला है। आजका मुख्य विषय ही यह था।"

कई एकने अपनी सम्मति बनाई—"मालूम होता है सनत् अधिक कुरूप हैं। देवराजने उपहास करनेका यह नवीन ढंग निकाला है।"

और उन सबमें जो एक मनचला था; उसने मनमें सोचा, "क्यों किसीकी नीयतपर आक्रमण किया जाय। चलकर नीर-क्षीर-विवेक ही क्यों न कर लूं?"

प्रातःकाल सनत् चक्रवर्त्ती मल्लशालामें सहस्रों पहलवानोंको जोर करा चुके थे। साँस फूली हुई थी। शरीर पसीनेसे तर-ब-तर और धूल धूसरित था। तभी प्रहरीने आकर निवेदन किया—

"एक वृद्ध ब्राह्मण आपके दर्शन करके तीर्थ-यात्राको प्रस्थान करना चाहता है। उससे काफी कहा गया कि महाराज इस समय दर्शन देने योग्य स्थितिमें नहीं हैं, परन्तु उसका आग्रह है कि प्रस्थानका मुहूर्त निकट है, दर्शन किये बिना प्रस्थान होगा नहीं और प्रस्थानका समय टालना भी सम्भव नहीं है।"

दर्शन करनेकी अनुमति मिलनेपर विप्रने देखा तो अपलक देखता ही रहा—"इस रूप-छटाका वर्णन तो देवराज सहस्रांश भी नहीं कर सके। जिसके रोम-रोमपर कामदेव न्यौछावर होता हो, जिसकी आभाके सम्मुख

रति लोट-पोट होती हो, उसकी सुन्दरताका बखान क्या इस तरह किये जाने योग्य था ?"

विप्रको रूप देखनेमें निमग्न देखा तो सनत् बोले—"ब्रह्मदेव ! यदि तुम्हें सचमुच देखनेका चाव है तो हमें दरबारमें देखो।"

विप्रने प्रस्थान स्थगित कर दिया, किन्तु रूप देखनेके लोभको सँवरण न कर सका।

दरबारमें महाराज आये तो मानो बिजली कौंध गई। एक तो रूप और उसपर सलीकेसे पहने हुए वस्त्र-आभूषण, फिर इत्रकी महक, पानकी लाली, लोग कलेजा थामकर रह गये।

"विप्र! देखा ?"

"देखा, परन्तु वह बात कहाँ ?"

"क्या ?"

"जी, तनिक पीकदानमें थूककर देखिये।"

थूका तो हजारों कीटाणु उसमें बिलबिलाहट कर रहे थे। तनिक-सा रूपमद होनेसे दर्शनका पुनः निमंत्रण था, उसी मदके उपहारस्वरूप उस नश्वर शरीरमें सैकड़ों रोग आगये। संसार-वैभवकी क्षणभंगुरताका ध्यान आते ही सनत्‌ने वैभवको ठुकराकर आत्माके सच्चे रूपको निखारनेके लिए वनोंमें जाकर दीक्षा ले ली।

१९५० ई०

# जीवन्मुक्त

एक सेठ अपने कारोबारमें इतने व्यस्त रहते थे कि भोजन और शयन भी समयपर नहीं कर पाते थे और पत्नी एवं सन्तानसे तो वार्त्तालाप करनेको समय था ही नहीं। उनकी पत्नीने एक रोज़ अवसर पाकर कहा––

"आप इतने-से कारोबारमें इतने व्यस्त हैं कि तन-मनकी भी सुध नहीं। जब आपका यह हाल है तो भरत चक्रवर्त्तीका न जाने क्या हाल होगा, जिनके पास ९६ हज़ार रानियाँ और ६ खण्डका राज्य है।"

सेठजी बोले––"मैं स्वयं कई बार सोचता हूँ कि वे कैसे इतना बड़ा शासन-कार्य चलाते होंगे और कब-कब वे रानियोंसे वार्त्तालाप करते होंगे?"

किसी तरह समय निकालकर सेठ साहब दरबारमें गये तो नगर-सेठके नाते भरतने इनसे कुशलक्षेम तथा उपस्थितिका कारण पूछा। कारण जान लेनेपर भरतने कहा––"सेठ साहब! जब आप आये हैं तो हमारा रनवास भी देख लीजिये। आप कब-कब आते हैं। आपकी जिज्ञासाकी पूर्त्ति भी कर दी जायगी।"

अन्तःपुरकी महिलासचिवको साथ कर दिया गया और आदेश दे दिया गया कि किसीको भी पहलेसे सूचना देनेकी आवश्यकता नहीं, जो जिस स्थितिमें है उसे उसी प्रकार रहने दिया जाय। नगरसेठसे कोई परदा नहीं है। साथ ही नगरसेठके हाथमें एक तेलका भरा हुआ कटोरा दे दिया गया और कानमें कह दिया––"सेठजी, आप जी भरकर हमारा रनवास देखें, परन्तु कटोरेसे तेलकी एक भी बूँद न गिरे यह ध्यान रखें। एक भी बूँद गिरनेसे प्राण संकटमें पड़ जाएँगे।"

सेठजी जब घूमकर आये तो मालूम हुआ कि उन्होंने कुछ भी न देखकर कटोरेपर ही ध्यान केंद्रित रखा, क्योंकि बूंद गिर जानेसे प्राणोंकी चिन्ता थी।

भरत चक्रवर्त्ती सहास्य बोले—"सेठजी! यही स्थिति मेरी है। शरीरसे समस्त सांसारिक कार्य करता हूँ, पर संसारसे भयभीत आत्मा अपने चरम लक्ष्य आत्म-स्वातंत्र्यकी ओर लगी हुई है।"

१९५० ई०

# गालियोंका दान

कुछ उद्दण्ड जब बुद्धको काफ़ी गालियाँ दे चुके तो बुद्ध हँसते हुए बोले—

"भद्र! यह तो बताओ, यदि कोई दाता दान करे और भिक्षु न ले तो वह वस्तु किसके पास रहेगी?"

"दाताके पास।"

"ऐसी बात है तो जो तुम गालियाँ मुझे दे रहे हो, मैं नहीं लेना चाहता।"

१९५० ई०

# बुद्धकी करुणा

राजकुमार गौतम उद्यानमें सैर कर रहे थे कि उनके पाँवोंके पास एक पक्षी आकर गिरा। राजकुमारने देखा उसके परोंमें एक तीर चुभा है और वह बड़ी बेचैनीसे छटपटा रहा है। दयार्द्र होकर गौतमने पक्षीको उठाया और वे बड़े यत्नसे रक्तमें भीगे हुए तीरको निकालने लगे। गौतम अभी तीर निकाल भी न पाये थे कि हाथमें धनुष-बाण लिये एक शिकारीने आकर रोष-भरे स्वरमें कहा––

"आपको मेरा शिकार उठानेका क्या अधिकार था?"

राजकुमार गौतम स्नेहभरे स्वरमें बोले––"जब आपको उसके प्राण तक लेनेका अधिकार है, तब मुझे उसके प्राण बचानेका भी अधिकार न दोगे भाई!"

राजकुमारकी सहृदयतासे पराजित शिकारी धनुष-बाण फेंक उनके चरणोंमें गिर पड़ा।

१९५० ई०

# मधुर वचन

जब द्रोपदी सहित पाँचों पाण्डव वनोंमें देश-निर्वासनके दिन काट रहे थे——असह्य आपत्तियाँ झेलते हुए भी परस्पर प्रेमपूर्वक सन्तोषमय जीवन व्यतीत कर रहे थे——तब एक बार श्रीकृष्ण और उनकी पत्नी सत्यभामा उनसे मिलने गये। विदा होते समय एकान्त पाकर सत्यभामाने द्रोपदीसे पूछा——

"बहन, पाँचों पाण्डव तुम्हें प्रेम और आदरकी दृष्टिसे देखते हैं, तुम्हारी तनिक-सी भी बातकी अवहेलना करनेकी उनमें सामर्थ्य नहीं है, वह कौन-सा मंत्र है जिसके प्रभावसे यह सब तुम्हारे वशीभूत हैं?"

द्रोपदीने सहज-स्वभाव उत्तर दिया——"बहन, पतिव्रता स्त्रीको तो ऐसी बात सोचनी भी नहीं चाहिए। पति और कुटुम्बीजन सब मधुर वचन तथा सेवासे प्रसन्न होते हैं, मंत्रादिसे वशीभूत करनेके प्रयत्नमें तो वे और भी परे खिंचते हैं।"

यह सुनकर सत्यभामा मन ही मन अत्यन्त लज्जित हुई।

**अनेकान्त, फ़रवरी १९३९ ई०**

# युधिष्ठिरका पाठ

कौरव और पाण्डव जब बचपनमें पढ़ा करते थे, तब एक रोज़ उन्हें पढ़ाया गया—"सत्य बोलना चाहिए, क्रोध छोड़ना चाहिए।" दूसरे रोज़ सबने पाठ सुना दिया, किन्तु युधिष्ठिर न सुना सके और वह खोये-हुए-से चुप-चाप बैठे रहे। उनके मुँहसे उस रोज़ एक शब्द भी नहीं निकला।

गुरुदेव झुँझलाकर बोले—"युधिष्ठिर! तू इतना मन्दबुद्धि क्यों है? क्या तुझे चौबीस घण्टेमें ये दो वाक्य भी कण्ठस्थ नहीं हो सकते?"

युधिष्ठिरका गला भर आया। वह अत्यन्त दीनतापूर्वक बोले—"गुरुदेव, मैं स्वयं अपनी इस मन्द बुद्धिपर लज्जित हूँ। चौबीस घण्टेमें तो क्या, जीवनके अन्त समय तक इन दोनों वाक्योंको कण्ठस्थ कर सका—जीवनमें उतार सका—तो अपनेको भाग्यवान् समझूँगा। कलका पाठ इतना सरल नहीं था जिसे मैं इतनी शीघ्र याद कर लेता।"

गुरुदेव तब समझे कि पाठ याद करना जितना सरल है, उसे जीवनमें उतारना उतना सरल नहीं।

अनेकान्त, फ़रवरी १९३९ ई०

# भाईका अपमान

पाण्डवोंका चिरशत्रु दुर्योधन जब किसी शत्रु-द्वारा बन्दी कर लिया गया, तब धर्मराज युधिष्ठिर अत्यन्त व्याकुल हो उठे। उन्होंने भीमसे दुर्योधनको छुड़ा लानेका अनुरोध किया। भीम युधिष्ठिरकी आज्ञाकी अवहेलना करता हुआ बोला--

"मैं और उस पापीको छुड़ा लाऊँ? जिस अधमके कारण आज हम दर-दरके भिखारी और दाने-दानेको मोहताज हैं, जिस पापात्माने द्रोपदीका अपमान किया और जों हमारे जीवनके लिए राहु बना हुआ है, उसी नारकीय कीड़ेके प्रति इतनी मोह-ममता रखते हुए आपको कुछ ग्लानि नहीं होती धर्मराज?"

भीमके रोषभरे उत्तरसे धर्मराज चुप हो रहे, किन्तु उनकी आन्तरिक वेदना नेत्रोंकी राह मुँहपर अश्रुरूपमें लुढ़क पड़ी। अर्जुनने यह देखा तो लपककर गाण्डीव धनुष उठाया और जाकर शत्रुको युद्धके लिए ललकार-कर, और उसे पराजित करके, दुर्योधनको बन्धनसे मुक्त कर दिया। तब धर्मराज भीमसे हँसकर बोले--

"भैया, हम आपसमें भले ही मतभेद और शत्रुता रखते हैं, कौरव १०० और हम पाण्डव ५, बेशक जुदा-जुदा हैं। हम आपसमें लड़ेंगे, मरेंगे, किन्तु किसी दूसरेके मुकाबिलेमें हम १०० या ५ नहीं, अपितु १०५ हैं। संसारकी दृष्टिमें अब भी हम भाई-भाई हैं। हममें-से किसी एकका अपमान हमारे समूचे वंशका अपमान है--यह बात तुम नहीं, अर्जुन जानते हैं।"

युधिष्ठिरके इस स्पष्टीकरणसे भीम मुँह लटकाकर रह गये।

**अनेकान्त, मार्च १९३९ ई०**

# पापीका अन्न

महाभारत-युद्धमें कौरव-सेनापति भीष्म पितामह जब अर्जुनके बाणोंसे घायल होकर रण-भूमिमें गिर पड़े तो कुरुक्षेत्रमें हाहाकार मच गया। कौरव-पाण्डव पारस्परिक वैर-भाव भूलकर गायकी तरह डकराते हुए उनके समीप आये। भीष्मपितामहकी मृत्यु यद्यपि पाण्डव-पक्षकी विजय-सूचक थी, फिर भी थे तो वे पितामह न ? धर्मराज युधिष्ठिर बालकोंकी भाँति फुप्पा मारकर रोने लगे। अन्तमें धैर्यपूर्वक रुँधे हुए कण्ठसे बोले—

"पितामह ! हम ईर्ष्यालु, दुर्बुद्धि पुत्रोंको, इस अन्त समयमें, जीवन-में उतारा हुआ कुछ ऐसा उपदेश देते जाइये, जिससे हम मनुष्य-जीवनकी सार्थकता प्राप्त कर सकें।"

धर्मराजके वाक्य पूरा होनेपर अभी पितामहके ओठ पूरी तरह हिल भी न पाये थे कि द्रौपदीके मुखपर एक हास्यरेखा देख सभी विचलित हो उठे। कौरवोंने रोषभरे नेत्रोंसे द्रौपदीको देखा। पाण्डवोंने इस अपमान और ग्लानिको अनुभव करते हुए सोचा—

"हमारे सरपै उल्कापात हुआ है और द्रोपदीको हास्य सूझा है।"

पितामहको कौरव-पाण्डवोंकी मनोव्यथा और द्रोपदीके हास्यको भाँपनेमें विलम्ब न लगा। वे मधुर स्वरमें बोले—

"बेटी द्रोपदी ! तेरे हास्यका मर्म मैं जानता हूँ। तूने सोचा—जब भरे दरबारमें दुर्योधनने साड़ी खींची, तब उपदेश देते न बना, वनोंमें पशु-तुल्य जीवन व्यतीत करनेको मजबूर किया गया, तब सान्त्वनाका एक शब्द भी मुँहसे न निकला, कीचक-द्वारा लात मारे जानेके समाचार भी साम्यभावसे सुन लिये, रहने योग्य स्थान और क्षुधा-निवृत्तिको भोजन माँगनेपर जब कौरवोंने हमें दुतकार दिया, तब उपदेश याद न आया। सत्य और अधिकारकी रक्षाके लिए पाण्डव युद्ध करनेको विवश हुए तो

सहयोग देना तो दूर, उल्टा कौरवोंके सेनापति बनकर हमारे रक्तके प्यासे हो उठे, और जब पाण्डवों-द्वारा मार खाकर ज़मीन सूँघ रहे हैं—मृत्युकी घड़ियाँ गिन रहे हैं—तब हमींको उपदेश देनेकी लालसा बलवती हो रही है, बेटी! तेरा यह सोचना सत्य है। तू मुझपर जितना हँसे कम है। परन्तु पुत्री! उस समय मुझमें उपदेश देनेकी क्षमता नहीं थी, पापात्मा कौरवोंका अन्न खाकर मेरी आत्मा मलीन हो गई थी, दूषित रक्त नाड़ियोंमें बहनेसे बुद्धि भ्रष्ट हो गई थी, किन्तु वह सब अपवित्र रक्त अर्जुनके बाणोंने निकाल दिया है। अतः आज मुझे सन्मार्ग बतानेका साहस हो सकता है।"

अनेकान्त, अप्रैल १९३९ ई०

# दृष्टि-भेद

महर्षि व्यासदेवके पुत्र शुकदेव संसारमें रहते हुए भी उससे विरक्त थे। वे आत्म-कल्याणकी भावनासे प्रेरित होकर घरसे जंगलकी ओर चल दिये। तब व्यासदेव भी पुत्रमोहसे वशीभूत, उन्हें समझाकर घर वापिस लिवा लानेके लिए पीछे-पीछे चले। मार्गमें दरियाके किनारे कुछ स्त्रियाँ स्नान कर रही थीं। व्यासदेवको देखते ही सबने बड़ी तत्परतासे उचित परिधान लपेट लिये—अंगोपांग ढँक लिये।

महर्षि व्यासदेव बोले—"देवियो! वह अभी मेरा जवान पुत्र शुकदेव तुम्हारे आगेसे निकलकर गया है, उसे देखकर भी तुम नहीं सकुचाईं, ज्यों-की-त्यों स्नान करती रहीं। जो युवा था, सब तरह योग्य था, उससे तो परदा न किया, और मुझ अर्द्धमृतक समान वृद्धसे लजाकर परदा कर लिया, यह भद कुछ समझमें नहीं आया।"

स्त्रियाँ बोलीं—"शुकदेव युवा होते हुए भी युवकोचित विकारोंसे रहित है। वह स्त्री-पुरुषके अन्तरको और उसके उपयोगको भी नहीं जानता, उसकी दृष्टिमें सारा विश्व एक रूप है। सांसारिक भोगोपभोगोंसे बालकके समान अबोध है, परन्तु देव! आपकी वैसी स्थिति नहीं है। इसलिए आपकी दृष्टिसे छिपनेके लिए परिधान लपेट लिये हैं।"

अनेकान्त, मई १९३९ ई०

# सौतेला भाई

वनोंमें भटकते हुए पाण्डवोंको प्यास लगी तो सहदेव पानी लेने तालाब पर गये। चारों भाइयोंकी जीभ सूखकर तालुसे लग गई, मगर सहदेव न आये। तब नकुल, भीम, अर्जुन भी एक के बाद एक गये, मगर कोई भी वापिस न आया। पानी लाना तो दरकिनार, खाली हाथ भी कोई न लौटा। तब हारकर स्वयं उनकी टोहमें धर्मराज युधिष्ठिर पधारे। पानी न मिलनेसे जो एक झुँझलाहट मनमें हो रही थी, वहाँ अब चिन्ता-ने डेरा जमाया। प्यासकी बेचैनीका स्थान बरबस आशंकाने ले लिया।

तालाबपर जाकर देखा तो चारों भाई बेहोश पड़े हुए थे। सोचा, प्यासके कारण ही ऐसा हुआ है। अतः उनके मुँहमें पानी डालनेके लिए युधिष्ठिरने ज्यों ही तालाबसे पानी लेना चाहा कि एक गूँजती हुई आवाज़-से चौंककर देखा तो सामने एक विशाल दैत्याकार छाया दीख पड़ी।

छाया-द्वारा बतलाया गया कि तालाबपर उसीका अधिकार है। और इस तालाबका पानी वही पीनेका अधिकारी हो सकता है, जो उसके इन प्रश्नोंका उत्तर दे सके।" वे प्रश्नोतर निम्नप्रकार हुए—

प्र०—उत्तम धर्म कौन-सा है?

उ०—जो दुःखसे छुटकारा दिलाये।

प्र०—अनुकरणीय मार्ग कौन-सा है?

उ०—महापुरुष जिस मार्गसे गये हैं।

प्र०—आश्चर्य क्या है?

उ०—मृत्युका न आना।

प्र०—सुख क्या है?

उ०—निराकुलता।

युधिष्ठिरके उत्तर पसन्द आनेपर पानी पीनेकी आज्ञा भी प्रदान हो

गई; साथ ही पुरस्कार-स्वरूप चारों भाइयोंमें-से एकका जीवन माँगनेकी अनुमति भी।

धर्मराजने सहज स्वभाव बतलाया कि माँगना उन्हें कभी आया नहीं, फिर भी बन्धु-प्रेमसे लाचार नकुल या सहदेवके जीवन-दानके वे अभिलाषी हैं।

मनुष्याकार छाया ठहाका मारकर हँसती हुई प्यारपूर्वक बोली—"धर्मराज! तुम्हारी मूर्खताके अनेक उदाहरण सुने थे, पर प्रत्यक्ष अनुभव आज ही हुआ। यह निश्चित है कि अन्यायके प्रतिकारके लिए तुम्हें कौरवोंसे युद्ध करना होगा, और उस युद्धमें विजयकी आशा भीम और अर्जुनके सहयोगपर ही अवलम्बित है। फिर भी उनका जीवन न चाहकर सहदेव या नकुलको चाहते हो, जो रण-कौशलसे सर्वथा अनभिज्ञ हैं। मालूम होता है आपत्तियोंकी चट्टानोंसे टकरा-टकराकर तुम्हारी विचारशक्ति भी नष्ट-भ्रष्ट हो गई है।"

धर्मराज बन्धुओंपर आई हुई इस आपत्तिसे अत्यन्त व्याकुल थे। मनमें मानापमानका ध्यान लाये बिना ही बोले—

"मेरे सम्बन्धमें आप जो भी उचित समझें, सम्मति बनायें। मगर मेरी इस अभिलाषामें मेरा स्वार्थ केवल इतना ही है कि नकुल-सहदेवकी जननी मेरी अत्यन्त स्नेहमयी माँ माद्री स्वर्गासीन हो चुकी हैं और अपनी जननी कुन्तीका पुत्र मैं जीवित हूँ ही। यदि इनमें-से किसी एकको जीवित न कराकर भीम या अर्जुनको जीवित कराता हूँ तो वे सम्भव हैं यह सोचकर व्यथित हों कि संसारमें कुन्तीके दो पुत्र हैं, परन्तु मेरा एक भी नहीं। युधिष्ठिरने अपने सहोदर बन्धुका ही जीवन चाहा, सौतेलेका नहीं। शायद मेरी पक्षपातकी भावना उन्हें तो ठेस न पहुँचाये क्योंकि वे तो संसारकी मोहमायासे दूर हैं, परन्तु संसारमें एक भ्रामक उदाहरण प्रस्फुटित हो

जायगा। इसी बातको लेकर मेरी यह भावना हुई है। आप इसे मेरी मूर्खता भी समझें तो मुझे कोई पछतावा नहीं होगा।"

चारों भाई अँगड़ाई लेते हुए उठ बैठे। हवा जो कौतूहलवश तमाशा देखने खड़ी हो गई थी, वह यह कहती हुई कि—"दुनिया मूर्ख नहीं है जो युधिष्ठिरको धर्मराज कहती है"—संसारके कोने-कोनेमें भ्रातृ-प्रेमका यह समाचार सुनाने दौड़ गई।

१९५० ई०

# मुहम्मदकी ख़ूबी

हज़रत मुहम्मद--जबतक अरबवालोंने उन्हें नबी स्वीकृत नहीं किया था तबकी बात है--घरसे रोज़ाना नमाज़ पढ़ने मस्जिदमें तशरीफ़ ले जाते तो रास्तेमें एक बुढ़िया उनके ऊपर कूड़ा डालकर उन्हें रोज़ाना तंग करती। हज़रत कुछ न कहते, चुपचाप मन ही मनमें ईश्वरसे उसे सुबुद्धि देनेकी प्रार्थना करते हुए नमाज़ पढ़ने चले जाते। हस्बदस्तूर मुहम्मदसाहब एक रोज़ उधरसे गुज़रे तो बुढ़ियाने कूड़ा न डाला। हज़रतके मनमें कौतूहल हुआ --आज क्या बात है जो बुढ़ियाने अपना कर्त्तव्य पालन नहीं किया। दरवाज़ा खुलवानेपर मालूम हुआ कि बुढ़िया बीमार है। हज़रत अपना सब काम छोड़ उसकी तीमारदारी (परिचर्या) में लग गये। बुढ़िया हज़रतको देखते ही काँप गई और उसने समझा कि आज उसे अपनी उद्दण्डताओंका फल अवश्य मिलेगा, किन्तु बदला लेनेके बजाय उन्हें अपनी सेवा करते देख, उसका हृदय उमड़ आया और उसने मुहम्मद-साहबपर ईमान लाकर इस्लामधर्म ग्रहण कर लिया।

हज़रतके जीवनमें कितनी ही ऐसी झाँकियाँ हैं, जिनसे विदित होता है कि सुधारकोंके पथमें कितनी बाधाएँ उपस्थित होती हैं और उन सबको पार करनेके लिए--विरोधियोंको अपना मित्र बनानेके लिए--उन्हें कितने धैर्य और प्रेममय जीवनकी आवश्यकता पड़ती है। विरोधीको नीचा दिखाने, बदला लेने आदिकी हिंसक भावनाओंसे अपना नहीं बनाया जा सकता। कुमार्गरत, भूला-भटका, प्रेम-व्यवहारसे ही सन्मार्गपर आ सकता है।

**अनेकान्त, फ़रवरी १९३९ ई०**

# स्वावलम्बी बादशाह

गुलाम-वंशीय नासिरुद्दीन बादशाह अत्यन्त सच्चरित्र और धर्मनिष्ठ था। आजीवन उसने राज-कोशसे एक भी पैसा न लेकर अपनी हस्तलिखित पुस्तकोंसे जीवन-निर्वाह किया। भारतवर्षका इतना बड़ा बादशाह होने-पर भी, अन्य मुसलमान शासकोंके रिवाजके विपरीत, उसके एक ही पत्नी थी। घरेलू कार्योंके अलावा रसोई भी स्वयं बेगमको बनानी पड़ती थी। एकबार रसोई बनाते समय बेगमका हाथ जल गया तो उसने बादशाहसे कुछ दिनके लिए रसोई बनानेके लिए नौकरानी रख देनेकी प्रार्थना की। मगर बादशाहने यह कहकर बेगमकी प्रार्थना अस्वीकार कर दी कि—

"राज-कोशपर मेरा कोई अधिकार नहीं है, वह तो प्रजाकी ओरसे मेरे पास धरोहर मात्र है। और धरोहरमें-से अपने कार्योंमें व्यय करना अमानतमें ख़यानत है। बादशाह तो क्या, प्रत्येक व्यक्तिको स्वावलम्बी होना चाहिए। अपने कुटुम्बके भरण-पोषणके लिए स्वयं कमाना चाहिए। जो बादशाह स्वावलम्बी न होगा, उसकी प्रजा भी अकर्मण्य हो जायगी, अतः मैं राज-कोशसे एक पैसा भी नहीं ले सकता और मेरे हाथकी कमाई सीमित है। उससे तुम्हीं बताओ, नौकरानी कैसे रखी जा सकती है?"

**अनेकान्त, मार्च १९३९ ई०**

# ख़लीफ़ा उमर

हज़रत उमर (द्वितीय खलीफ़ा) बहुत सादगी-पसन्द थे। इन्होंने अपने बाहुबलसे अरब, फ़िलस्तीन, रूम, बेतुल मुक़द्दस (शामका एक स्थान) आदिमें केवल १० वर्षमें ही ३६,००० क़िले और शहर फ़तह किये। यह विजयी खलीफ़ा सादगीके नमूने थे। राज-कोशसे केवल अपने परिवारके पालनके लिए २० रु० माहवार लेते थे। तंगदस्ती इतनी रहती थी कि कोहनीके कपड़ोंपर आपको चमड़ेके पेवन्द लगाना पड़ता था, ताकि उस स्थानसे दोबारा न फट जाएँ। जूते भी स्वयं गाँठ लेते थे। सिरहाने तकियेकी एवज़ ईटें लगाते थे। उनके बच्चे भी फटे-हाल रहते थे। इसलिये हमजोली बालक अपने नये कपड़े दिखाकर उन्हें चिढ़ाते थे। एक दिन आपके पुत्र अब्दुलरहमानने अपने लिए नये कपड़े बनवानेके लिए रो-रोकर खलीफ़ासे बहुत मिन्नतें कीं। खलीफ़ाका हृदय पसीजा और उन्होंने अगले वेतनमें काट लेनेके लिए संकेत, करते हुए दो रुपया पेशगी देनेको लिखा। किंतु कोषाध्यक्ष खलीफ़ाका पक्का शिष्य था, अतः उसने यह लिखकर दो रुपये पेशगी देनेसे इंकार कर दिया कि—"काश! इस बीचमें आप इन्तक़ाल फ़र्मा गये—स्वर्गस्थ हो गये—तो यह पेशगी लिये हुए रुपये किस खातेमें डाले जाएँगे? मौतका कोई भरोसा नहीं, उसे आनेमें देर नहीं लगती और फिर आपका तो युद्धमय जीवन मृत्युसे खिलवाड़ करनेको सदैव प्रस्तुत रहता है। मैं नहीं चाहता कि आप कर्ज़दार होकर जायें।"

हज़रत उमर इस पर्चेको पढ़कर रो पड़े और कोषाध्यक्षकी इस दूरन्देशीकी बार-बार सराहना की। प्यारे पुत्रको अगले माहमें कपड़े बनवा देनेका आश्वासन देते हुए गलेसे लगाया। इन्हीं खलीफ़ा साहबने

अपने इस प्यारे पुत्रको एक अनाथ लड़कीसे बलात्कार करनेपर बेंत लगवाईं, जिससे पुत्रकी मृत्यु हो गई थी।

इतनी बड़ी सल्तनतका प्रबन्ध करते हुए और युद्धोंमें व्यस्त रहते हुए भी ख़लीफ़ा उमर अपनी कमरपर मश्क लादकर अनेक असहाय विधवाओंके घरोंमें रोज़ाना पानी भर आनेके लिए भी समय निकाल लेते थे।

**अनेकान्त, अप्रैल १९३९ ई०**

# दयालुता

हज़रत अयूब मुसलमानोंके एक बहुत माने हुए वली हुए हैं। वे बड़े दयालु थे। उनके सीनेमें ज़ख़्म हो गये थे और उनमें कीड़े पड़ गये थे। एक रोज़ आप मदीनेमें एक स्थानपर खड़े हुए थे कि चन्द कीड़े ज़ख़्मसे निकलकर ज़मीनपर गिर पड़े। तब आपने उन कीड़ोंको ज़मीनसे उठाकर दुबारा अपने ज़ख़्ममें रख लिया। लोगोंके पूछनेपर हज़रतने फ़रमाया—"क़ुदरतने इन कीड़ोंकी ख़ुराक यहीं दी है, अलहदा होनेपर मर जाएँगे। जब हम किसीमें जान नहीं डाल सकते, तब हमें उनकी जान लेनेका क्या हक़ है ?"

**अनेकान्त, मार्च १९३९ ई०**

# दारुण क्लेशमें महानता

धर्मान्ध और पितृ-द्रोही औरंगज़ेब अपने पूज्य पिता शाहजहाँको क़ैदमें डालकर बादशाह बन बैठा, तो उसने अपना मार्ग निष्कंटक करनेके लिए शुजा और मुराद नामक अपने दो सगे भाइयोंको भी लगे हाथों यम-लोक पहुँचा दिया। सल्तनतके असली उत्तराधिकारी बड़े भाई दाराको भी गिरफ़्तार करके एक भद्दी और बूढ़ी हथनीकी नंगी पीठपर बिठाकर देहलीके मुख्य-मुख्य बाज़ारोंमें-से उसको घुमाया गया। कहनेको जुलूस था, पर पैशाचिक ताण्डव था। जिन बाज़ारोंमें दारा युवराज और स्थाना-पन्न सम्राट्की हैसियतसे कभी निकलता था, वहीं वह पराजित और बन्दीके रूपमें अपनी प्रजाके सामने इस ज़िल्लतसे घुमाया जा रहा था कि ज़मीन फट जाती तो उसमें समा जाना वह अपना गौरव समझता।

दोपहरकी कड़ी धूप, हथनीकी नंगी पीठ, क़ैदीका वेश, और फिर प्रजाके भारी समूहसे गुज़रना, दाराको सहस्र बिच्छुओंके डंकसे भी अधिक पीड़ा दे रहा था। वह रास्तेभर नीची नज़र किये बैठा रहा, भूलकर भी पलक ऊपर न किये। एकाएक ज़ोरकी आवाज़ आई—

"दारा! जब भी तू निकलता था, ख़ैरात करता हुआ जाता था, आज तुझे क्या हो गया है? क्या तेरी उस सख़ावतसे हम महरूम रहेंगे?"

दाराने नेत्र उठाकर एक पागल फ़क़ीरको उक्त शब्द कहते हुए देखा। चट कन्धेपर पड़ा हुआ दुपट्टा उसकी ओर फेंक दिया और फिर नीची नज़र कर ली।

फ़क़ीर "दारा ज़िन्दाबाद!" के नारे लगाता हुआ नाचने लगा। प्रजा दाराके इस साधुवादपर आँसू बहाने लगी। उसने उस आपत्तिके समय भी अपने दयालु और दानी स्वभावका परिचय दिया।

**अनेकान्त, मई १९३९ ई०**

# अकबरकी विशालहृदयता

पानीपतकी दूसरी लड़ाईमें हेमू युद्ध करता हुआ अकबर बादशाहके सेनापति-द्वारा बन्दी कर लिया गया। बन्दी अवस्थामें वह अकबरके समक्ष लाया गया। उस समय अकबरकी आयु केवल १३ वर्षकी थी। पुरातन प्रथाके अनुसार अकबरको हेमूका वध करनेके लिए कहा गया, किन्तु उसने यह कहकर कि—

"निःसहाय और बन्दी मनुष्यपर हाथ उठाना पाप है।"

प्राण लेनेसे इनकार कर दिया। बालक अकबरकी इस दूरदर्शिता और विशालहृदयताकी उपस्थित जनसमूहने मुक्तकण्ठसे प्रशंसा की। अकबर अपने ऐसे ही लोकोत्तर गुणोंके कारण इस छोटी-सी आयुमें काँटोंका ताज पहनकर विशाल साम्राज्य स्थापित कर सका था।

अनेकान्त, अप्रैल १९३९ ई०

# नादिरशाहका एक गुण

नादिरशाह एक साधन-हीन दरिद्र परिवारमें जन्म लेनेपर भी महान् विजेता हुआ है। वह आपत्तियोंकी गोदमें पलकर दुःख-दारिद्रचके हिण्डोलेमें झूलकर एक ऐसा विजेता हुआ है कि विजय उसके घोड़ोंके टापकी धूलके साथ-साथ चलती थी। यद्यपि वह स्वभावसे ही क्रूर, रक्त-लोलुप मनुष्य था, फिर भी स्वावलम्बन उसमें एक ऐसा गुण था, जिसने उसे महान् सेनापतियोंकी पंक्तिमें बैठने योग्य बना दिया था। वह आत्म-विश्वासी था, वह दूसरोंका मुँहदेखा न होकर अपने बाहुओंका भरोसा रखता था। उसने दूसरोंकी सहायतापर अपनी उन्नतिका ध्येय कभी नहीं बनाया, और न अपने जीवनकी बागडोर किसीको सौंपी। जिस कार्यको वह स्वयं करनेमें अपनेको असमर्थ पाता, उसको उसने कभी हाथ तक न लगाया।

देहली-विजय करनेपर विजित बादशाह मुहम्मदशाह रँगीलेने उसे हाथीपर सवार कराके देहलीकी सैर करानी चाही। नादिरशाह इससे पहले कभी हाथीपर न बैठा था, उसने हाथी भारतमें ही आनेपर देखा था। हाथीके हौदेमें बैठनेपर नादिरशाहने आगेकी ओर झुककर देखा तो हाथीकी गर्दनपर महावत अंकुश लिये बैठा था।

नादिरशाहने महावतसे कहा—"तू यहाँ क्यों बैठा है? हाथीकी लगाम मुझे देकर तू नीचे उतर जा।"

महावतने गिड़गिड़ाते हुए अर्ज़ किया—"हुज़ूर! हाथीके लगाम नहीं होती। बेअदबी मुआफ़, इसको हम फ़ीलवान ही चला सकते हैं।"

"जिसकी लगाम मेरे हाथमें नहीं, मैं उसपर नहीं बैठ सकता। मैं

अपना जीवन दूसरोंके हाथोंमें देकर खतरा मोल नहीं ले सकता।" यह कहकर नादिरशाह हाथीसे कूद पड़ा! जो दूसरोंके कन्धेपर बन्दूक़ रखकर चलानेके आदी हैं या जो दूसरोंके हाथकी कठपुतली बने रहते हैं, नादिरशाह उनमें-से नहीं था! यही उसके जीवनका एक सबसे बड़ा गुण था।

**अनेकान्त, जून १९३९ ई०**

# जवाँमर्द

दारा मुसलमान होते हुए भी सर्वधर्म-समभावी था। उसके हृदयमें अन्य धर्मोंके प्रति भी सम्मान था। वह जितना ही दयालु और स्नेह-शील था, उतना ही वीर प्रकृतिका भी था। शत्रुके हाथों भेड़ोंकी तरह मरना उसे पसन्द नहीं था। वह औरंगज़ेब-द्वारा बन्दी बनाये जानेपर कमरेमें बैठा हुआ चाक़ूसे सेब छील रहा था कि औरंगज़ेबकी ओरसे उसका वध करनेके लिए घातक आये। घातकोंको आते देख उसने प्राणभिक्षाके लिए गिड़गिड़ाना पाप समझा और चुपचाप आत्म-समर्पण करना कायरता जानी। तलवार न होनेपर भी सेब छीलनेवाले चाक़ूसे ही आत्म-रक्षाके लिए तैयार हो गया और अन्तमें आक्रमणको रोकनेका प्रयत्न करता हुआ, जवाँमर्दोंकी तरह मरकर वीरगतिको प्राप्त हुआ।

**अनेकान्त, मई १९३९ ई०**

# हृदयकी स्वच्छता

शेख इब्राहीम 'ज़ौक़' उर्दूके एक बहुत प्रसिद्ध कवि हुए हैं। वे मुग़ल-वंशके अन्तिम बादशाह बहादुरशाह 'ज़फ़र' के कविता-गुरु थे। आज भी भारतवर्षमें हज़ारों उर्दूके प्रसिद्ध कवि उनके शिष्य और प्रशिष्य हैं। उर्दू-शायरीमें महाकवि 'ज़ौक़' अपना नाम अमर कर गये हैं। आप मुसलमान थे। एक बार अपने शागिर्दोंके साथ बैठे हुए आप बातचीत कर रहे थे कि उनके सिरपर चिड़िया बार-बार आकर बैठने लगी। आपने तंग आकर हँसीमें फ़र्माया—

"नादानोंने मेरी पगड़ीको घोंसला समझ लिया है।"

उस्तादकी इस बातसे सब खिलखिलाकर हँस पड़े। वहीं एक नाबीना (नेत्र-हीन) शिष्य भी बैठा हुआ था। उसे जब हँसीका कारण मालूम हुआ तो बोला —"उस्ताद! हमारे सिरपर तो चिड़िया एक बार भी आकर नहीं बैठी।"

शागिर्दकी बात सुनते ही महाकवि 'ज़ौक़' बोले—"क्या वे जानती नहीं हैं कि तू क़ाज़ी है, कलमा पढ़कर चट हलाल कर देगा।"

उस्तादकी बात सुनी तो हँसीका फ़व्वारा छूट पड़ा। नाबीना शागिर्द भी झेंपता हुआ हँस दिया।

शागिर्दोंने अर्ज़ किया—"उस्तादने क्या ख़ूब फ़र्माया है। बेशक दिलसे दिलको राहत होती है। अपने दोस्त-दुश्मनकी पहचान जानवरोंको भी होती है। साँप बच्चेके छेड़नेपर भी उसके साथ खेलता रहता है, मगर जवान इन्सानको ज़रा-सी भूलपर भी काट खाता है। बुग्ज़ो-हसदसे पाक (राग-द्वेषरहित) फ़क़ीरोंके पास शेर और हिरन चौकड़ियाँ भरते हैं, उनके तलवे प्रेमसे चाटते हैं, मगर शिकारीको छिपे हुए देखकर भी भाग जाते हैं या मुक़ाबिलेको तैयार हो जाते हैं। गाय क़साईके हाथ बेचे जाने-पर डकराती है, मगर किसी रहमदिलके छुड़ा लेनेपर अहसान भरी नज़रों-से देखती है। इन्सानका चेहरा मानिन्द आइने (दर्पण) के है। उसमें खरे-खोटेका अक्स (प्रतिबिम्ब) हर वक़्त झलकता रहता है।"

**अनेकान्त,** अगस्त १९३९ ई०

# चतुर मंत्री

बादशाह महमूद ग़ज़नवी और उसका वज़ीर किसी जंगलसे गुज़र रहे थे कि एक वृक्षपर दो उल्लुओंको एक-दूसरेकी ओर मुँह किये हुए बैठे देखा। वज़ीरको छेड़नेकी नीयतसे बादशाह बोला—

"वज़ीर! सुना है आप उल्लुओंकी बोली समझ लेते हैं?"

बादशाहके मज़ाक़का आशय था कि जानवरोंकी बोली जानवर ही समझते हैं। परन्तु वज़ीर भी अत्यन्त चतुर और हाज़िर-जवाब था। उसने दस्तबस्ता अर्ज़ की—"क़िबलये आलम! ख़ुदाकी इनायतसे समझ तो लेता हूँ, मगर इस वक़्त जो ये नाहंज़ार गुफ़्तगू कर रहे हैं, उस तरफ़ तवज्जह न फ़र्माई जाय तो बेहतर है।" वज़ीरकी संजीदगी और लबो-लहजेसे बादशाहको यक़ीन हो गया कि वह जानवरोंकी बोली समझ लेता है और वह यह भूल गया कि उसने छेड़नेकी नीयतसे जुमला कसा था। बादशाहने गुफ़्तगूका सारांश बतानेके लिए जब बहुत ज़्यादा इसरार किया तो वज़ीर बोला—

"ख़ुदाबन्दा! जानकी अमान मिले तो गुफ़्तगूका निचोड़ बतानेकी गुस्ताख़ी करूँ।"

"जान बख़्शी गई।"

"जहाँपनाह! इसमें एक लड़कीवाला और दूसरा लड़केवाला है। लड़कीवालेने अपनी दोशीज़ाकी शादी उसके लड़केसे करनेकी ख़्वाहिश ज़ाहिर की तो उसने दहेज़में ५०० उजाड़ गाँव तलब किये।..."

"अच्छा फिर? कहे जाओ, डरो मत।"

"गरीबपरवर! बेअदब लड़कीवालेने जवाब दिया—"जानते नहीं आजकल किसका राज है? उजाड़ गाँवोंकी अब क्या कमी? आप रिश्ता तो मंज़ूर करें। ५०० गाँव नहीं, मैं १००० उजाड़ गाँव दहेज़में दूँगा।"

वज़ीर कहनेको तो कह गया, परन्तु वह इस तरह काँपने लगा, जैसे उसकी रूह फ़ना हुई जा रही है। बादशाह वज़ीरके व्यंग्यको समझ गया, वह आत्मग्लानि समेटते हुए बोला—

"वज़ीर! डरो नहीं, तुम्हारे-जैसे ही वज़ीरोंकी ज़रूरत है। हम हरगिज़ इन उल्लुओंकी मुराद पूरी न होने देंगे। अब ज़िन्दगीका हर-लमहा गाँवोंको उजाड़नेमें नहीं, उन्हें आबाद करनेमें सर्फ़ होगा। काश मेरी आँखें पहले ही खुल गई होतीं।"

जून १९५० ई०

# गधेकी लात

मिर्ज़ा ग़ालिब उर्दूके अमर शायर हुए हैं। उनके विरोधियोंने कुछ असभ्यतापूर्ण पत्र भेजे तो वे पढ़कर चुप हो गये। शिष्योंने जवाब देनेके लिए आग्रह किया तो फ़र्माया—"अगर कोई गधा तुम्हें लात मारे तो तुम भी उसे क्या लात मारोगे?"

जून १९५० ई०

# दयालु वज़ीर

नादिरशाह क़त्ले-आमका हुक्म देकर देहली-चाँदनीचौककी सुनेहरी मस्जिदमें तलवार बग़लमें रखकर क़ुरानकी तलावत करने बैठ गया। क़त्लेआमसे दिल्लीभरमें हा-हाकार मच गया। सड़कें लाशोंसे पट गईं। पानीकी नालियाँ लाल हो गईं, चप्पे-चप्पेपर इन्सान सिसकते नज़र आने लगे। यह राक्षसी कृत्य एक वज़ीरसे न देखा गया। वह काँपते-काँपते सुनेहरी मस्जिदमें गया। मगर ज़ालिम खूँख्वार और ज़िद्दी नादिरशाहसे क़त्लेआमका हुक्म वापिस लेनेकी प्रार्थना करना अपनी जानसे भी हाथ धो बैठना था। आख़िर दयालु वज़ीरको एक युक्ति सूझ पड़ी। उसने अमीरख़ुसरोका यह शेर बादशाहसे अर्ज़ किया—

**कसे न मान्द कि दीगर बतेग़े नाज़ कुशी।**
**मगर कि ज़िन्दा कुनी ख़ल्क़रा व बाज़ कुशी॥**

"कोई आदमी नहीं बचा। सब तुम्हारी क़हरकी निगाहके शिकार हो गये। निगाहे-नाज़की तलवारसे सबको मार डाला। अब निगाहके लुत्फ़से लोगोंको ज़िन्दा करो तो उन्हें फिर मारा जाय।" बादशाह इस शेरको सुनकर बहुत व्याकुल हुआ और उसने तत्काल क़त्ले-आमका हुक्म वापिस ले लिया।

१९५० ई०

# पुरुषार्थ

एक बार हज़रत मुहम्मदसे एक व्यक्तिने अपनी निर्धनताका उल्लेख करते हुए आर्थिक सहायताकी याचना की। हज़रत थोड़ी देर तो चुप रहे, फिर सोचकर फ़र्माया—"तुम्हारे पास क्या-क्या चीज़ मौजूद हैं?"

निर्धन—"मेरे पास एक बोरिया है, जिसके आधे हिस्सेको ओढ़ता हूँ और आधेको बिछाता हूँ, और एक प्याला है, जिससे पानी पीता हूँ।

हज़रत—"जाओ, वह प्याला और बोरिया ले आओ।"

जब वह ग़रीब बोरिया और प्याला ले आया तो आपने उसे दो दिरम-में नीलाम कर दिया और वे दोनों दिरम उसे देते हुए आदेश दिया—

"एक दिरमका अन्न घरमें डालो और दूसरेकी कुल्हाड़ी ख़रीदकर मेरे पास लाओ।"

जब वह कुल्हाड़ी ख़रीदकर आया तो आपने फ़र्माया—"जाओ लकड़ियाँ काट-काटकर बेचो और १५ रोज़तक मेरे पास न आओ।"

१५ रोज़के बाद वह ग़रीब आया तो कमाये हुए १० दिरम हज़रतके चरणोंमें डालकर बड़े अदबसे एक तरफ़ खड़ा हो गया। हज़रतका मुँह प्रसन्नतासे खिल उठा और उसे इसीतरह पुरुषार्थपूर्वक जीवन व्यतीत करते रहनेको प्रोत्साहन दिया।

फ़रवरी १९५१ ई०

# जिहाद और रोज़गार

इस्लाममें जिहादको बहुत महत्त्व दिया गया है। उसके लिए तैयार रहना हर मुसलमानका प्रथम कर्तव्य बतलाया गया है, किन्तु रोज़गारको जिहादपर भी तरजीह दी गई है; क्योंकि भूखा रहकर मनुष्य कोई काम नहीं कर सकता।

एक बार हज़रत उमर मस्जिदमें तशरीफ़ लाये तो देखा एक आदमी जनताको जिहादके लिए उभार रहा है। हज़रत उसकी स्थितिसे भाँप गये कि यह आर्थिक संकटसे तंग आकर जिहादके लिए मजबूर हुआ है। क्योंकि अर्थाभाव भी बहुत-से विद्रोह और अनैतिक कार्योंका जनक होता है। यदि देशमें अर्थसंकट दूर न किया जाय और भूखकी ज्वालाको यूँ ही सुलगते रहने दिया जाय तो, यह समूचे देशको भस्मसात् कर देती है।

अतः हज़रतने उसका हाथ पकड़कर जनतासे कहा—"आपमें-से क्या कोई आदमी इसे नौकरी दे सकता है।"

एक व्यक्तिके स्वीकृति देनेपर आपने उसे उसके हवाले कर दिया।

थोड़े दिनके बाद हज़रतने उसे बुलाया तो मालूम हुआ कि उसकी आर्थिक स्थिति बहुत अच्छी हो गई है। तब आपने फ़र्माया—

"अब तुम चाहे जिहाद करो, या इन्सानी फ़राइज़ अदा करो, या अपने बच्चोंकी परवरिश करो, खुदमुख्तार हो।"

आजीविका और परिश्रमपर इस्लाममें बहुत ज़ोर दिया गया है। एक हदीसका अनुवाद इस प्रकार है—

"अगर क़यामत क़ायम हो जाये उस हालमें कि तुम ज़मीनमें खजूरका पौदा नस्ब करनेके लिये झुके हुए हो, तो उस वक़्त तक खड़े न हो जबतक वह पौदा नस्ब न कर लो।"

फ़रवरी १९५१ ई०

# ईसाका आदर्श

महात्मा ईसा बैठे हुए दीन-दुखी और पतित प्राणियोंके उत्थानका उपाय सोच रहे थे कि उनके कुछ अनुयायी एक स्त्रीको पकड़े हुए आये और बोले––

"प्रभो! इसने व्यभिचार-जैसा निंद्य कर्म किया है। इसलिए पत्थर मार-मारकर इसके प्राण लेने चाहिएँ।"

महात्मा ईसाने अपने अनुयायियोंका यह निर्णय सुना तो उनका दयालु हृदय भर आया, रुँधे कण्ठसे बोले––"आपमें-से जिसने यह निंद्य कर्म न किया हो, वही इसको पत्थर मारे।"

महात्मा ईसाका आदेश सुना तो मानो शरीरको लकवा मार गया। नेत्र ज़मीनमें गड़े-के-गड़े रह गये। उनमें एक भी ऐसा नहीं था, जिसके पर-स्त्रीके प्रति कुविचार स्वप्नमें भी उत्पन्न न हुए हों। सारे अनुयायी उस स्त्रीको पकड़े हुए मुँह लटकाये खड़े रहे। तब महात्मा ईसाने करुणा-भरे स्वरमें कहा––

"मुमुक्षुओ! पतितों, दुराचारियों और कुमार्गरतोंको प्रेमपूर्वक उनकी भूल सुझाओ, वे तुम्हारे दयाके पात्र हैं। औरोंके दोष देखनेसे पूर्व अपनी तरफ़ भी देख लेना चाहिए।"

**अनेकान्त, जुलाई १९३९ ई०**

# लार्ड विलिंगटन

वास्तवमें बचपनके ही संस्कार भविष्यमें भाग्य-निर्माता होते हैं। होनहार बालकोंकी आभा उनके उदय होनेके पूर्व ही सूर्य-रेखाओंके समान फैलने लगती है। वे इसी अवस्थामें खेले हुए खेल, हँसी-हँसीमें किये गये संकल्प बड़े होनेपर कार्यरूपमें परिणत कर दिखाते हैं।

एक बार बालक विलिंगटनसे किसीने पूछा—"यह टाइमपीस क्या कहती है ?"

अबोध विलिंगटनने उत्तर दिया—"क्लौक सेज़ दी टन, टन, टन एण्ड विलिंगटन वुड बी दी लार्ड ऑफ लण्डन (घड़ी कहती है, टन, टन, टन और लण्डनका लार्ड बनेगा विलिंगटन)।"

बालक विलिंगटनकी यह भविष्यवाणी आखिर सत्य निकली।

**अनेकान्त, अगस्त १९३९ ई०**

# संकटमें धैर्य

दूर पहाड़ीपर बैठा हुआ नेपोलियन युद्ध-संचालन कर रहा था। उसके सिपाहियोंके पाँव उखड़ चुके थे। उपसेनापति चाहते थे कि नेपोलियन पीछे हटने अथवा युद्ध बन्द करनेके लिए संकेत दे-दे तो बेहतर। वरना आज पराजय अवश्यम्भावी है। यह बात सुझानेको एक उपसेनापति नेपोलियनके पास गया और ध्यान अपनी ओर आकर्षित करनेके लिए उसने ८-१० प्रकारके बढ़िया-घटिया सिगार एक केसमें रखकर नेपोलियनके सामने पेश किये। नेपोलियनने युद्धकी ओर दृष्टि किये हुए ही उनमें-से सर्वश्रेष्ठ सिगार उठा लिया। उपसेनापतिकी ओर देखातक भी नहीं। उपसेनापति प्रसन्न मुख वहाँसे लौट आया। उसने सोचा—

"जो ऐसे संकटके समयमें भी इतना धैर्य रखता है कि उसका मस्तिष्क घटिया-बढ़ियाके विवेकको भूल नहीं गया है, वह अवश्य विजयी होगा।" और सचमुच नेपोलियनकी सेनाको उस युद्धमें विजय मिली।

१९५० ई०

# कर्त्तव्य-पालन

अमेरिकामें एक बार कुछ भद्र पुरुष लोकहितके कार्य सोचनेको एक कमरेमें एकत्र हुए। उस समय आँधी, वर्षा और भूकम्पने ऐसा दृश्य उपस्थित किया कि लोगोंने उसे प्रलय समझा। उपस्थित समूहमें-से एकने कहा—

"अब हमें समस्त कार्य छोड़कर ईश्वर-चिन्तन करते हुए मृत्युका आलिंगन करना चाहिए।"

यह बात सुनकर अध्यक्षने तुरन्त उत्तर दिया—"नहीं, हम जिस कार्यके लिए जमा हुए हैं, हमें वही करते रहना चाहिए। हमें अपना कर्त्तव्य-पालन करते रहना चाहिए। प्रलय आ रही है, हमें मरना है, इस चिन्तामें नहीं पड़ना चाहिए। ईश्वर-चिन्तनसे ईश्वरके आदेश पालन करते हुए, उसकी सृष्टिकी सेवा करते हुए मरना कहीं अधिक श्रेष्ठ है। मृत्यु आ रही है, इस भयसे अकर्मण्य होकर ईश्वर-ईश्वर जपनेकी अपेक्षा श्वास रहे तबतक कर्त्तव्य-पालनमें जुटे रहना ही हमारा कर्त्तव्य है।"

**अप्रैल १९५० ई०**

# राज्य-वैभव और निःस्पृहता

सिकन्दर महान्के शासनकालमें एक 'डाग्रोजिनीस' (Diogenese) निःस्पृही व्यक्ति हुआ है। न कोई परिग्रह, न कोई कामना, हर समय आनन्दविभोर रहता था। सिकन्दरने जब उसकी ख्याति सुनी तो उसे भी मिलनेकी अभिलाषा हुई, किन्तु दरबारी डाग्रोजिनीसके स्वभावसे परिचित थे। न वह किसी राजाके दरबारमें जाता था, न किसी रईसको ख़ातिरमें लाता था। अपनी धुनमें मस्त रहता था। इसीलिए लोग उसे 'मिराकी' कहा करते थे। अतः किसी दरबारीका यह साहस नहीं हुआ कि वह डाग्रोजिनीस मिराकीको सिकन्दरके दरबारमें लानेका ज़िम्मा ले सके। आख़िर सिकन्दर स्वयं ही उससे मिलने गया। डाग्रोजिनीस आरामसे धूपमें लेटा हुआ था। सिकन्दरके पहुँचनेपर भी वह लेटा ही रहा। उस महान् सम्राट्की अभ्यर्थना करना तो एक तरफ़, उसने उसकी तरफ़ देखना भी उचित न समझा। सिकन्दरने रोबीले स्वरमें कहा—

"मैं सिकन्दर महान् हूँ।"

डाग्रोजिनीसने लापरवाहीसे जवाब दिया—"और मुझे लोग डाग्रोजिनीस मिराकी कहते हैं।" सिकन्दर इस जवाबसे हतप्रभ-सा हो गया। वह नम्रतापूर्वक बोला—"क्या मैं आपकी कोई सेवा कर सकता हूँ।"

डाग्रोजिनीसपर इस प्रलोभनका क्या ख़ाक असर होता, वह उपेक्षाभावसे बोला—"हाँ, इतना करो ज़रा मेरी धूप छोड़कर परे खड़े हो जाओ।"

सिकन्दर अपना-सा मुँह लेकर रह गया, और जाते हुए बोला—"अगर मैं सिकन्दर महान् न हुआ होता तो अवश्य ही डाग्रोजिनीस मिराकी बनानेकी भगवान्से प्रार्थना करता।"

निःस्पृही और निस्वार्थ व्यक्तिको संसारकी महान्-से-महान् शक्ति भी नतमस्तक नहीं कर सकती।

**मार्च १९५१ ई०**

# सद्व्यवहार

सिकन्दरका प्रतिद्वन्द्वी पोरस रणक्षेत्रमें जीवित पकड़े जानेपर सिकन्दरके सामने लाया गया। सिकन्दरने क्रुद्ध होकर कहा—

"बता, तेरे साथ मुझे कैसा व्यवहार करना चाहिए?"

पोरसने सीना ताने हुए वीरोचित स्वरमें उत्तर दिया—"जैसा बादशाहको बादशाहके साथ करना चाहिए।"

उत्तर सुनकर सिकन्दर क्षण भरको निस्तब्ध रह गया और तत्काल पोरसको मुक्त कर दिया। जो पोरस तिल-तिल टुकड़े कर देनेपर भी न झुकता, वही पोरस सिकन्दरके इस सद्व्यवहारसे उसका सखा बन गया।

मार्च १९५० ई०

# एब्राहाम लिंकन

अमेरिकाके राष्ट्रपति मि० एब्राहाम लिंकन अपने अनेक लोकोत्तर गुणोंके कारण काफ़ी प्रसिद्ध हुए हैं। एक बार जाते हुए मार्गमें उन्होंने कीचड़में एक बीमार सूअरको फँसे हुए देखा। देखकर भी वे रुके नहीं, आगे बढ़े चले गये; किन्तु थोड़ी दूर जानेके बाद वे पुनः वापिस लौटे और अपने हाथोंसे कीचड़से सूअरको बाहर निकाला। लोगोंने हैरानीसे इसका सबब पूछा तो वे बोले—

"मैं आवश्यक कार्यमें व्यस्त होनेके कारण इसे कीचड़में फँसा हुआ देखकर चला तो गया, पर मेरे हृदयमें एक वेदना-सी बनी रही, मैंने उसी वेदनाको दूर करनेके लिए इसे निकाला है। दुखियोंको देखकर हमारे हृदयमें जो टीस उठती है, उसीको मिटानेके लिए हम दुखियोंका दुःख दूर करते हैं। इसमें उपकार और अहसानकी क्या बात है?"

मार्च १९५० ई०

# डेपुटेशन

जिस यूनानने संसार-विजेता सिकन्दर महान्‌को जन्म दिया, जिस यूनानने अरस्तू, अफ़लातूँ, और लुक़मान-जैसे नर-रत्न प्रसव किये, और जो यूनान अपने अलौकिक चमत्कारसे संसारको चकाचौंध कर रहा था, वही यूनान भाग्यके फेरसे एक समय टर्कीके अधीन हो गया। यूनानके परतन्त्र होते ही उसकी समस्त ख़ूबियाँ कपूरकी भाँति शनैः-शनैः विलीन होने लगीं, और विजेताओंके अवगुण गुड़पर मक्खीके समान यूनानियोंसे चिमटने लगे। पराधीन यूनानी लोहेके कटघरेमें फँसे हुए शेरकी मानिन्द सब कुछ सहनेके आदी हो गये, किन्तु टर्की-सरकार-द्वारा एक नवीन क़ानून प्रचलित होते देख, उनकी आत्माएँ तड़प उठीं, मानो कबूतरोंके कायर शरीरोंमें बाज़की शक्ति उत्पन्न हुई। इस अत्याचारके विरोधमें यूनानवालोंने आवाज़ उठाई और न्यायकी प्रार्थना करनेके लिए यूनानी प्रमुखोंका एक डेपुटेशन टर्की गया।

टर्की-सरकारकी ओरसे डेपुटेशनको शहरके बाहर एक विशाल भवन-में ठहराया गया। उसका यथोचित स्वागत किया गया और उसकी प्रार्थनापर नवीन क़ानून रद्द कर दिया गया। अभिलाषा पूर्ण हुई देखकर डेपुटेशनके सदस्योंकी बाँछें खिल गईं। उन्होंने आत्म-गौरवका अनुभव किया और समझा कि हमसे भी कुछ मातृ-भूमिकी सेवा हो पाई है।

बातोंके सिलसिलेमें यूनानी प्रमुखने टर्की-सचिवसे कहा—"आपने हमारी अभिलाषा पूर्ण करके यूनानको चिर ऋणी बना लिया है। हम आपके इस सद्‌व्यवहारके लिए अत्यन्त कृतज्ञ हैं। यह सब कुछ तो हुआ, पर जब हम लोग यहाँ आये हैं, तब क्या हमें अन्दरसे शहर देखनेकी सुविधा नहीं दीजियेगा। हम देखते हैं कि हमारे चारों ओर एक गुप्त पहरा-सा

लगा हुआ है, मानो हम आज्ञा प्राप्त किये बग़ैर यहाँसे बाहर भी नहीं जा सकते।"

सचिव मुसकराकर बोला—"नहीं साहब, पहरा कैसा ? यह सब तो आपके आत्म-रक्षक हैं। आप यूनान जानेमें सर्वथा स्वतन्त्र हैं।"

डेपुटेशनका एक सदस्य चुटकी लेनेकी ग़रज़से बोला—"बेअदबी मुआफ़ ! हम यूनान जानेमें तो स्वतन्त्र हैं, किन्तु टर्की देखनेमें शायद परतन्त्र हैं ?"

सचिवका खिला हुआ चेहरा गम्भीर हो गया, वह प्रसंगको बदलनेकी नीयतसे इधर-उधर करने लगा, किन्तु यूनानी प्रमुखोंके पुनः आग्रह करनेपर सकुचाते हुए बोला—

"क्षमा कीजिये, आप फिर कभी जब चाहें शहर देख सकते हैं, परन्तु इस समय नहीं, क्योंकि आप डेपुटेशन लेकर आये हैं। हमारे यहाँके बालक, युवा, वृद्ध अभीतक यही समझते हैं कि अधिकार बाहु-बल और आत्म-बलसे प्राप्त होते हैं। आपको देखकर वह यह सीख जायेंगे कि अधिकार और न्याय भीख माँगनेसे भी मिल जाते हैं। तब वह भी अकर्मण्य और मोहताज हो जायेंगे।"

सचिवके उक्त शब्द थे या बिजली, यूनानके प्रमुख मन्त्र-कीलित साँपकी तरह निश्चेष्ट-से रह गये।

१९३४ ई०

# मोहजाल

विश्व-विजेता सिकन्दर जब मृत्यु-शय्यापर पड़ा छटपटा रहा था, तब उसकी माँने रुँधे हुए कण्ठसे पूछा—

"मेरे लाड़ले लाल! अब मैं तुझे कहाँ पाऊँगी?"

सिकन्दरने बूढ़ी माँको सान्त्वना देनेकी नीयतसे कहा—"अम्मीजान! सत्रहवींवाले रोज़ मेरी क़ब्रपर आना, वहाँ मैं तुझे अवश्य मिलूँगा।"

माँकी मोहब्बत, बड़ी मुश्किलसे १७ रोज़ कलेजा थामकर बैठी रही। आख़िर १७ वीं वाले दिन, रातके समय क़ब्रपर गई। कुछ पाँवोंकी आहट पाकर बोली—

"कौन? बेटा सिकन्दर?"

आवाज़ आई—"कौन-से सिकन्दरको तलाश करती है?"

माँने कहा—"दुनियाके शाहंशाह, अपने लख़्ते-जिगर सिकन्दरको, उसके सिवा और दूसरा सिकन्दर है कौन?"

अट्टहास हुआ और वह पथरीली राहोंको तय करता हुआ, भयानक जंगलोंको चीरता हुआ पर्वतोंसे टकराकर विलीन हो गया।

धीमे-से किसीने कहा—"अरी बावली, कैसा सिकन्दर! किसका सिकन्दर! कौन-सा सिकन्दर! यहाँके तो ज़र्रे-ज़र्रेमें हज़ारों सिकन्दर मौजूद हैं!"

वृद्धा माँकी मोहनिद्रा भंग हुई।

**अनेकान्त, मार्च १९३९ ई०**

# चन्द्रगुप्त

भारतका प्रथम ऐतिहासिक सम्राट् चन्द्रगुप्त--जिसने यूनानियोंकी पराधीनतासे भारतको मुक्त किया था, जिसके बल-पराक्रमका लोहा सारे संसारने माना और जिसकी शासन-प्रणालीकी कीर्त्ति आज भी गूँज रही है, राज्यवैभवमें उत्पन्न न होकर एक अत्यन्त साधारण स्थितिमें उत्पन्न हुआ था। गाँवकी गायें चराना और खेलना यही उसका दैनिक कार्य था; किन्तु बचपनमें ही उसके शुभ लक्षण प्रकट होने लग गये थे।

वह खेलनेमें स्वयं राजा बनता, किसीको मंत्री, किसीको कोतवाल, किसीको चोर वग़ैरह बनाता। चोरोंको दण्ड और सदाचारियोंको इनाम देता। ज़रा भी उसकी आज्ञा-पालनमें हील-हुज्जत की जाती तो वह अधिकारपूर्ण शब्दोंमें कहता--

"यह राजा चन्द्रगुप्तकी आज्ञा है, इसका पालन होना ही चाहिए।"

उसका यह आत्म-विश्वास, हौसला और महत्त्वाकांक्षा देखकर भिक्षु-वेशमें खड़ाहुआ चाणक्य बड़ा विस्मित हुआ। उसने कौतुकवश बालक चन्द्रगुप्तके पास जाकर कहा--"राजन्! कुछ हमें भी दान दीजिये।"

बालक चन्द्रगुप्त चाणक्यकी बातसे न झिझका, न शर्माया। उसने राजाओंकी ही तरह आदेश दिया--"सामने जो गायें चर रही हैं, उनमें-से जो भी तुझे पसन्द हो, ले जा सकता है।"

चाणक्य मुसकराकर बोला--"महाराजाधिराज! यह गायें तो गाँव वालोंकी हैं, वे मुझे क्यों ले जाने देंगे?"

चन्द्रगुप्तने ज़रा भृकुटी चढ़ाकर कहा--"भोले विप्र! क्या तुम नहीं जानते 'वीर भोग्या वसुन्धरा।' किसकी मजाल है जो मेरे आदेशकी अवहेलना कर सके?"

बालक चन्द्रगुप्तका यह संकल्प सही निकला और वह अपनी युवावस्थामें ही साधन-हीन होते हुए भी सचमुच सम्राट् बन बैठा।

**जुलाई १९३२ ई०**

# वीर जननी

सिद्धराज चावड़ा काठियावाड़का एक अत्यन्त प्रसिद्ध सदाचारी वीर पुरुष हुआ है। किसी मनचले राजाने अपने पुत्रको भी इसी ढंगका बना देनेके लिए अपने राज्य-पण्डितको आदेश दिया। आदेश सुनकर राज्य-पण्डित बोला--"अन्नदाता, आपका पुत्र शिक्षा-द्वारा सिद्धराजके समान बन तो सकता है, किन्तु उसकी मातामें सिद्धराजकी जननी-जैसे गुण भी विद्यमान हैं क्या?" राजाके पूछनेपर कहा--"जब सिद्धराज अबोध बालक था, तब वह एक रोज़ पालनेमें सो रहा था, उसकी माता उसे झुला रही थी कि अकस्मात् सिद्धराजके पिता बनराज आ गये और वह रानीसे हँसी करने लगे। रानीने कहा--"आप पर-पुरुषके सामने मेरी लाज गँवाते हैं, यह क्या ठीक है?" राजाके पूछनेपर रानीने बालककी ओर संकेत कर दिया। बनराजने इसे कुछ भी न समझा और वह और भी छेड़-छाड़ करने लगे। भाग्यकी बात सिद्धराजने जिसकी आयु तब केवल दो माहकी थी, मक्खी वग़ैरहके बैठनेसे मुँह फेर लिया। रानी चौंकी--"हे भगवान्! यह सब कुछ बालकने देख लिया और उसने मारे आत्मग्लानिके विष खा लिया।" राज्य-पण्डितसे उक्त घटना सुनकर मनचले राजाकी--अपने पुत्रको भी सिद्धराज-जैसा बनानेकी--अभिलाषा विलीन हो गई।

१९२८ ई०

# वीर महिला

आमेरके विख्यात महाराजा जयसिंहने कोटेकी राजकुमारीके साथ विवाह किया था। उस कोटेकी राजबालाका स्वभाव, उसका आचरण और वेश अत्यन्त सरल और आडम्बरहीन था, परन्तु सभ्य समृद्धिशाली आमेरके रनवासमें रहनेवालीको अन्य राज-रानियोंके समान अत्यन्त मूल्यवान वस्त्र और आभूषण पहनने चाहिएँ। कोटेकी राजकुमारी विलासप्रिय न होकर वीर-स्वभावकी थी, वह सदैव स्वच्छ और सादगीसे रहती थी। एक बार महाराजा जयसिंहने कहा—"कोटे-की राज-रानियोंकी अपेक्षा हमारे यहाँकी नीच जातिकी स्त्रियाँ भी अच्छे सुन्दर रमणीक वस्त्र और आभूषण पहनती हैं।"

कुछ देरके पश्चात् एक काँचका टुकड़ा लेकर रानीके पहने हुए वस्त्रोंको काटने लगे। कोटेकी राजकुमारीने यह कृत्य अपनी आत्म-प्रतिष्ठा और स्वाभिमानका घातक समझा। चट पासमें रखी हुई तलवार उठा ली और गरजकर बोली—"मैंने जिस वंशमें जन्म लिया है, वह राज-वंश कदापि इस प्रकारकी घृणा और उपहासके योग्य नहीं है। आप इस बातको स्मरण रखिये कि स्त्री-पुरुषोंमें पारस्परिक प्रेम, सद्भाव, सम्मान् होनेसे दाम्पत्य सुख ही नहीं अपितु धर्मकी भी रक्षा होती है।" फिर उस वीरबालाने कहा—"महाराज! यदि विलासिता चाहते हो, तो वेश्याओंके यहाँ जाओ, मुग़लोंकी चौखटें चूमो, मैं वीरबाला हूँ, वीर-वेश पहनना जानती हूँ, रणका साज सजाना जानती हूँ और जानती हूँ, तलवारके हाथ। आओ सामने, तब आप भली प्रकार समझेंगे कि आमेरके राजकुमार काँचके टुकड़ोंको चलानेमें इतने चतुर नहीं हैं, जितनी कोटेकी राजकुमारी तलवारके हाथ चलानेमें निपुण है।"

विलासी महाराज भौंचक-से रह गये। वीर-क्षत्राणीका वीररूप देखकर

उनकी विलासिता नष्ट हो गई। वे चरणोंमें गिर गये और बोले—"देवी ! क्षमा करो, मैंने तुम्हें समझनेमें भूल की। वास्तवमें तुम्हारे-जैसी वीरबालाओंसे ही आज आर्य जातिका गौरव है। अन्यथा हमारे-जैसे विलासी तो कभीके हिन्दू जातिको रसातलमें भेज चुके होते।"

१९२८ ई०

# क्षत्राणीका आदर्श

शाहजहाँके दारा, शुजा, औरंगज़ेब और मुराद—ये चार लड़के और जहाँनारा और रोशनारा यह दो लड़कियाँ थीं। शाहजहाँके बीमार पड़ते ही शोणित-लोलुप क्षुधित व्याघ्रकी तरह चारों भाई आपसमें कट मरे। वह शाहजहाँके अन्तिम कालतक मयूर-सिंहासनके लोभको न दबा सके।

शाहजहाँके गिड़गिड़ाकर अनुरोध करनेपर मारवाड़-केसरी राजा यशवन्तसिंह तीन सहस्र राजपूत-सेना लेकर पितृद्रोही औरंगज़ेबका आक्रमण रोकनेके लिए उज्जैन जा पहुँचे, किन्तु कूटनीतिज्ञ औरंगज़ेबके षड्यन्त्रके सामने उनकी वीरता काम न आई। अन्तमें उन्हें रणक्षेत्रका परित्याग करना पड़ा।

राजा यशवन्तसिंहका शिशोदिया राजकुमारीके गर्भसे जन्म हुआ था और शिशोदिया कुलकी ही एक वीरबालाके साथ विवाह हुआ था। पवित्र-शिशोदिया-कुलमें विवाह कर पानेपर राजपूत राजा अपनेको पवित्र और कृतार्थ समझते थे। राजा यशवन्तसिंहकी स्त्री जैसे ऊँचे कुलमें उत्पन्न हुई थी, उसी प्रकार ऊँचे गुणों और अलंकारोंसे विभूषित थी। जब उसने उज्जैनके युद्धका वृत्तान्त सुना कि उसके पतिकी प्रायः समस्त सेना नष्ट हो गई है और वह शत्रुका पराजय न कर रण-भूमिसे चला आया है, तब उसको विषम क्रोध और दारुण दुःख हुआ। वह मारे आत्मग्लानिके गो पड़ी और उसी आवेशमें सोचने लगी—

"न जाने मेरे कौन-से पापकर्मका उदय है, जो मुझे ऐसा क्षत्रियकुल-कलंकी पति मिला। अच्छा होता जो मैं विवाही न जाती, कायरपत्नी तो न कहलाती। विषपान कर लूँगी, जीते जी आगमें कूदकर प्राण दे दूँगी, किन्तु कायर-पत्नी न कहलाऊँगी। जब कि मेरे पूर्वज, शरीरमें

रक्तकी एक बूंद रहने तक, शत्रुओंका मान मर्दन करते रहे हैं, तब मेरा पति शत्रुके भयसे भागकर आवे और मैं उसे छिपा लूँ? वीर-दुहिता होकर कायर-पत्नी कहलाऊँ? लोग क्या कहेंगे? सहेलियाँ ताना मारेंगी और पिताजी तो मेरा मुँह देखना भी पाप समझेंगे। ओह, हृदयमें कैसी-कैसी उमंगें थीं। विजयी होकर आयेंगे, आरती उतारूँगी, उनकी चरण-रज लेकर सुहागकी चूनरीमें बाँधूंगी, तलवारका रक्त लेकर मँहदी रचाऊँगी, उनके ज़ख्मोंको अपने हाथसे धोऊँगी, उनके शत्रु-संहार-रण-कौशलको सुनकर मैं आपेमें न रहूँगी, मारे गर्वके मेरी छाती फूल उठेगी। दोनों मिलकर मातृ-भूमिकी वन्दना करेंगे। किन्तु यह सब स्वप्न था, जो अँधेरी रात्रिके सन्नाटेमें देखा गया था। आह! युद्ध-भूमिमें वीर-गतिको भी प्राप्त न हुए, नहीं तो साथमें सती होकर जीवन सुधार लेती।"

रोते-रोते शिशोदिया राजकुमारीके मुखमण्डलने भयावनी मूर्त्ति धारण कर ली। वह सर्पिणीके समान फुँफकार कर बूढ़े द्वारपालसे बोली—"मैं कायर पतिका मुँह देखना नहीं चाहती। इस वीर-प्रसवा भूमिमें रण से भयभीत मनुष्यको आनेका अधिकार नहीं, अतएव मेरी आज्ञासे क़िलेके दरवाज़े बन्द कर दो।"

द्वारपाल थर-थर काँपने लगा, उसकी बुद्धिको काठ मार गया। वह गिड़गिड़ाकर बोला—"महारानीजीका सुहाग अटल रहे। मैं आपकी आज्ञा-पालनमें असमर्थ हूँ, वह हमारे महाराजा हैं, जीवनदाता हैं।"

रानी—नहीं! अब वह जीवनदाता नहीं। जो प्राणोंके भयसे भागकर स्त्रीके आँचलमें छिपे, वह जीवनदाता नहीं। जीवनदाता वह है, जो सर्वसाधारणके हितार्थ अपना जीवनदान करनेको सदा प्रस्तुत रहे।

द्वार०—महारानीजी! वह हमारे अन्नदाता हैं।

रानी—असम्भव! जो दासत्व-वृत्ति स्वीकार कर चुका है,

परतन्त्रताके बन्धनमें जकड़ा जा चुका है, जो दूसरेकी दी हुई सहायतासे अपनेको सुखी समझता है, वह अन्नदाता नहीं।

द्वार०—वह परतन्त्र नहीं, अपितु यवन बादशाहके दाहिने हाथ हैं।

रानी—वह भी किसलिए? अपने देशवासियोंको नीचा दिखानेके लिए मायावी यवन बादशाह काँटेसे काँटा निकालना चाहता है।

द्वार०—अर्थात्?

रानी—यही कि वह कुछ राजपूतोंको अपने पक्षमें करके भारतके समस्त राजपूतोंको शिखंडी बनाना चाहता है। भारतके हाथों भारत-सन्तानका पतन चाहता है। भोले द्वारपाल! याद रक्खो, स्वामी सेवकका चाहे जितना आदर क्यों न करे, चाहे मणिमुक्ताओं और सोनेसे उसको क्यों न सजा दे, परन्तु जो दास है, वह तो सदा दास ही रहेगा!

द्वार०—महरानीजी! आपका कथन सत्य है, किन्तु पति फिर भी पति है, उसका अपमान करनेसे क्या लाभ? क्षमा कीजिये, मैं आपको कुछ सीख नहीं दे रहा हूँ, परन्तु फिर भी पुराना सेवक होनेका अभिमान रखते हुए, मैं यह प्रार्थना करता हूँ, कि आप इस समय तो उन्हें अन्तःपुरमें बुलाकर सान्त्वना दें, पश्चात् क्षत्रियोचित कर्त्तव्यका ज्ञान करानेके लिए कुछ उतार-चढ़ावकी बातें भी करें! इसके विपरीत करनेसे जग-हँसाई होगी और प्रजा भी उद्दण्ड हो जायगी।

द्वारपालके समय-विरुद्ध व्याख्यानको सुनकर शिशोदिया-कुलोत्पन्न वीरांगना झल्ला उठी, किन्तु द्वारपालकी स्वामि-भक्तिने क्रोधके पारेको आगे न बढ़ने दिया, वह सहमकर बोली—

"तुझसे अधिक मेरे हृदयमें उनका मान है। वह मेरे ईश्वर हैं, मेरे देवता हैं, मैं उनकी पुजारिन हूँ; परन्तु मालूम होता है वृद्धावस्थामें तेरी बुद्धिपर पाला पड़ गया है, वीरताको जंग लग गया है, नहीं तो ऐसी बातें नहीं करता। क्या तू नहीं जानता कि मारवाड़ वीर-प्रसवा भूमि है?

यहाँके निवासी युद्धसें भागना नहीं जानते, वह जानते हैं युद्धमें कटकर मरना। महाराजको देखनेपर जब उन्हें मालूम होगा कि यहाँ युद्धसे भागे हुए कायरको भी शरण मिल सकती है, उसका भी आदर होता है, तब वह भी यह कुटेव सीख जायेंगे। अतएव मैं नही चाहती कि मेरे देशवासी कायर बनें।"

वृद्ध द्वारपाल अवाक् रह गया। वह किंकर्त्तव्यविमूढ़की नाईं पृथ्वी कुरेदने लगा।

× × ×

शिशोदिया राजकुमारीकी सास भी छिपी हुई यह सब कुछ सुन रही थी। पुत्रवधूके वीरोचित शब्दोंसे यशवन्तकी जननीका रक्त खौल उठा। यह वास्तवमें उसका अपमान था। वह दुःखमें अधीर हो उठी। पुत्रको पुनः रणक्षेत्रमें कैसे भेजूँ--वह यही सोचने लगी। अन्तमें उसने क्रोधको दबाकर गर्म लोहेको ठण्डे लोहेसे काटा। यशवन्तसिंहको बुलाकर सदाकी भाँति प्यार करके भोजन जिमाने लगी। सुवर्णके बजाय लोहेके बर्त्तन देखकर यशवन्तसिंह क्रुद्ध हो गये। राज-माता भी दासियोंपर कृत्रिम क्रोध कर बोलीं--"देखती नहीं हो, मेरा बेटा तो पूर्व ही लोहेसे डरकर यहाँ भाग आया है, फिर लोहा ही उसके सामने ला रक्खा!" माताके इस व्यंग्यसे यशवन्तसिंह कट-से गये। राजमाता अपने उपदेशका अंकुर जमने योग्य भूमि देखकर बोली--

"यशवन्त! वास्तवमें तू मेरा पुत्र नहीं। तुझे बेटा कहते हुए मैं मारे आत्म-ग्लानिके गड़ी जा रही हूँ। यदि तू मेरा पुत्र होता तो शत्रुको पराजित किये बिना न आता। तुझमें मान नहीं, साहस नहीं, अभिमान नहीं, तू कुल-कलंकी है, कायर है, शिखण्डी है, तूने राजपूत कुलमें जन्म लेकर, इसके उज्ज्वल मुखमें कलंक लगा दिया। बहूका आत्माभिमान देखकर मेरी छाती गर्वसे फूल उठी है, किन्तु साथ ही दारुण अपमानके

मारे मैं मरी जा रही हूँ। एक तो वह वीर-प्रसवा क्षत्राणी, जिसने ऐसी वीर-बालाको जन्म दिया, और एक मैं जिसने तेरे जैसे कुलांगारको उत्पन्न किया! धिक्कार है मेरे पुत्र प्रसव करनेको! अच्छा होता जो वन्ध्या होती अथवा तेरी जगह ईंट-पत्थर प्रसव करती जो मकानोंके तो काम आते। अस्तु, जो होना था सो हो चुका। किन्तु ठहर, मैं तेरा जीवन समाप्त कर देना चाहती हूँ। बहू कायर-पत्नी नहीं कहलाना चाहती, तो मैं भी कायर-पुत्रको जीवित रखना नहीं चाहती।"

क्रोधके आवेशमें वीर-माता कटार निकालकर मारना ही चाहती थी, कि यशवन्तसिंह रोकर पैरोंपर गिर पड़े। फिर तलवार निकालकर प्रतिज्ञा की—"माता! जबतक मैं जीवित रहूँगा, युद्धमें रहूँगा, युद्धसे कभी विमुख नहीं होऊँगा। जबतक शत्रुओंका नाश नहीं कर लूँगा कभी सुखसे न बैठूंगा।"

जून १९२८ ई०

# सेवकका कर्त्तव्य

मेवाड़-केसरी महाराणा प्रताप मौतके शिकंजेमें जकड़े हुए थे। वह लोहेके कटघरेमें फँसे हुए शेरकी भाँति रोग-शय्यापर पड़े छटपटा रहे थे। अस्फुट वेदनाके चिह्न उनके मुखसे भली भाँति प्रकट हो रहे थे। आँखोंके कोनेमें छिपे हुए आँसू मौन-वेदनाका संदेश दे रहे थे। वीर-चूड़ामणि महाराणा प्रतापने पूर्वजोंकी बनाई हुई गगनचुम्बी अट्टालिकाओंको छोड़कर पीछोला सरोवरके किनारेपर कई एक झोपड़ियाँ बनवाई थीं। उन्हीं कुटियोंमें अपने समस्त सरदारोंके साथ राणाजी अपना राजर्षि-ज़ीवन व्यतीत करते थे। आज अन्तकालके समय भी उन्हींमें-से एक साधारण कुटीमें रुग्ण-शय्यापर लेटे हुए क्रूरकालकी बाट जोह रहे थे। इतनेमें ही प्रचण्ड वेगसे शरीरको कम्पायमान करती हुई एक साँस राणाजीके मुँहसे निकली। समीपमें बैठे हुए उनके जीवनके सखा, मेवाड़के सामन्त और सरदार, उनकी इस मर्मान्तिक वेदनाको देखकर काँप उठे। शालुम्ब्रा-सरदार कातर होकर रुँधे हुए स्वरमें बोले--"अन्नदाता! इस अन्तिम समयमें आपको ऐसी क्या चिन्ता है? किस दारुण दुखके कारण आप छटपटा रहे हैं? आपका यह दीर्घ निःश्वास हमारे हृदयमें तीरकी तरह लगा है। यदि कोई अभिलाषा है, तो कृपा करके कहिए, हम सब आपकी इस अन्तिम इच्छाको जीवनके अन्त समयतक अवश्य पूर्ण करेंगे।"

मेवाड़का वह टिमटिमाता हुआ दीपक शालुम्ब्रा सरदारके आश्वासन-रूपी तेलको पाकर फिर प्रज्वलित हो उठा। महाराणा प्रताप अपने शरीरकी पूर्ण शक्ति लगाकर बड़े कष्टसे बोले--"प्यारे सखा! पूछते हो मुझसे, क्या कष्ट है? मेरे भोले सरदार! इतने भोलेपनका प्रश्न! मेरी मातृ-भूमि चित्तौड़ जो मेरे पूर्वजोंकी क्रीड़ास्थली थी, जिसके लिए मुसकराते हुए उन्होंने अपने प्राणोंकी आहुतियाँ दीं, उसे मैं यवनोंके चंगुलसे

नहीं छुड़ा सका, मैं अपने प्यारे देशवासियोंको चित्तौड़की पवित्र भूमिपर स्वतन्त्र विचरते हुए न देख सका; यह क्या कम कष्ट है? यही दारुण वेदना मेरे प्राणोंको रोके हुए है।"

शालुम्ब्रा-सरदार मस्तक झुकाकर बोले—"श्रीमान्! आपकी यह पवित्र अभिलाषा अवश्य पूर्ण होगी। आप किसी प्रकारकी चिन्ता न करके एकाग्रचित्तसे भगवान्का स्मरण करिये..."

शालुम्ब्रा-सरदारके वाक्य पूर्ण होनेतक महाराणा प्रतापका विषाद-पूर्ण पीला मुँह गम्भीर हो गया, वह बीचमें ही बात काटकर बोले—

"ओह शालुम्ब्रा-सरदार, मुझे वाक्य-पटुतामें न फँसाओ। मुझे इस समय धर्मोपदेशकी आवश्यकता नहीं। देश परतन्त्र रहे, और मैं इस अन्त समयमें भगवान्का स्मरण करके परलोक सुधारूँ! छिः! कैसी वाक्य-विडम्बना है? मेरे मित्र! याद रक्खो, जो इस लोकमें परतंत्र हैं, वह परलोकमें भी परतंत्र रहेंगे। जो व्यक्ति अपने देशवासियों-को दुःख-सागरमें बिलखते देखकर अकेला मोक्ष पाना चाहता है, वह न तो मोक्ष पाता है, न पानेके योग्य है। त्रिशंकुकी तरह उसको बीचमें ही लट-कना पड़ता है। यदि मेरे नरकमें रहनेसे भी मेरा देश स्वतंत्र हो सकता है तो मैं नरककी दुस्सह वेदना सहन करनेको प्रस्तुत हूँ। बोलो, बोलो, क्या कहते हो? शपथ करो कि इन विदेशियोंका विध्वंस करके मातृ-भूमिको स्वतंत्र कर देंगे।"

सामन्त और सरदार व्यग्र हो उठे, राणाजीकी यह अभिलाषा क्योंकर पूर्ण होगी? जीवनभर लड़ते हुए भी जिसे अपना न कर सके, उसे अब कैसे स्वतंत्र कर सकेंगे? तब भी सन्तोषके लिए आश्वासन देते हुए बोले—"भारत-सम्राट्! आपकी यह अभिलाषा वीरोचित है। आप विश्वास रखिये, श्री बापजीराव (युवराज अमरसिंह) आपकी इस अंतिम कामनाको श्री एकलिंगजीकी कृपासे अवश्य पूर्ण करेंगे।"

वीर-शिरोमणि महाराणा प्रताप चुटीले सांपकी तरह फुफकार कर बोले—"अमर चित्तौड़को तो क्या स्वतंत्र करेगा, वह रहे-सहे मेवाड़के गौरवको भी खो बैठेगा। उसके आगे मेवाड़की पवित्र भूमि म्लेच्छोंके पाद-प्रहारसे कुचली जायगी।"

समस्त सरदार एक स्वरसे बोल उठे—"अन्नदाता! ऐसा कभी न होगा।"

दीप-निर्वाण होनेके पूर्व एक बार प्रज्वलित हो उठता है। उसीप्रकार राणाजी शक्ति न रखते हुए भी आवेशमें कहने लगे—"मैं कहता हूँ, ऐसा अवश्य होगा। युवराज अमरसिंह हमारे पितृ पुरुषोंके गौरवकी रक्षा नहीं कर सकेगा। वह यवनोंसे युद्ध न करके मेवाड़की कीर्त्ति-रूपी स्वच्छ चादरपर विलासिताका स्याह धब्बा लगा देगा..."

कहते-कहते उनका गला रुँध गया। सरदारके दो घूँट पानी पिलानेके पश्चात् क्षीण स्वरसे बोले—"एक समय कुमार अमरसिंह उस नीची कुटीमें प्रवेश करनेके समय सिरकी पगड़ी उतारना भूल गया था। इस कारण सिरकी पगड़ी द्वारके निकले हुए बाँसमें लगकर नीचे गिर पड़ी। अमरसिंहने इस कुटीके महत्त्वको कुछ भी न समझा और दूसरे दिन मुझसे कहा कि यहाँपर बड़े-बड़े महल बनवा दीजिए।"

युवराज अमरसिंहके बाल्यकालकी गाथा कहते हुए राणाजीका पीत-मुख और भी गम्भीर हो गया। उन्होंने फिर एक लम्बी साँस ली और बोले—"इन कुटियोंके बदले यहाँ रमणीय महल बनेंगे। मेवाड़की दुरवस्था भूलकर अमर यहाँपर अनेक प्रकारके भोग-विलास करेगा। उससे इस कठोर व्रतका पालन नहीं होगा। हा! अमरसिंहके विलासी होनेपर वह गौरव और मातृभूमिकी वह स्वाधीनता भी जाती रहेगी, जिसके लिए मैंने बराबर २५ वर्ष तक वन और पर्वत-पर्वतपर घूमकर वनवासका कठोर व्रत धारण किया। जिसको अचल रखनेके लिए सब भाँतिकी सुख-

सम्पत्तिको छोड़ा। शोक है कि अमरसिंहसे इस गौरवकी रक्षा न होगी। वह अपने सुखके लिए उस स्वाधीनताके गौरवको छोड़ देगा और तुम लोग, उसके अनर्थकारी उदाहरणका अनुसरण करके मेवाड़की पवित्र और धवल कीर्त्तिमें कलंक लगा दोगे।"

महाराणाका वाक्य पूरा होते ही समस्त सरदार मिलकर बोले—"क्षमा, अन्नदाता! महाराज! हम लोग बप्पारावलके पवित्र सिंहासनकी शपथ खाकर कहते हैं कि जबतक हममें-से एक भी जीवित रहेगा, उस दिनतक कोई तुरक मेवाड़की भूमिपर अधिकार नहीं पा सकता। जब तक मेवाड़ भूमिकी स्वाधीनता पूर्ण भावसे प्राप्त न कर लेंगे, तबतक इन्हीं कुटियोंमें हम लोग रहेंगे।"

सरदारोंकी वीरोचित शपथ सुनकर हिन्दू-कुल-भूषण वीर-चूड़ामणि राणा प्रतापके नयन झरोखोंसे आनंदाश्रु झलकने लगे। वह नेत्र विस्फारित करते हुए "भारत माताकी जय", "मेवाड़ भूमिकी जय" इतना ही कह पाये थे, कि उनकी आत्मा स्वर्गासीन हो गई। मेवाड़वासी दहाड़ मारकर रोने लगे, मेवाड़ अनाथ हो गया।

× × ×

वीर-केसरी प्रतापके स्वर्गासीन होनेपर युवराज अमरसिंहको राघववंशीय सूर्यकुल-भूषण बप्पारावलके पवित्र सिंहासनपर बैठनेका सौभाग्य प्राप्त हुआ। महाराणा अमरसिंहमें असाधारण गुण थे। उन्होंने अपने शासन-कालमें मेवाड़में कई आदर्श सुधार किये, किन्तु, स्वेच्छाचारिता और विलासिता दो ऐसे अवगुण हैं, जो मनुष्यके अन्य उत्तम गुणोंपर भी पर्दा डाल देते हैं। दुर्भाग्यसे राणा अमरसिंह भी प्लेग, हैज़ेके समान उड़कर लगनेवाली विलासितारूपी बीमारीसे न बच सके। वे दिन-रात आमोद-प्रमोदमें रहने लगे। उनके पूर्वज क्या थे, इस समय मातृ-भूमि कैसे संकटमें है, भारतीय आर्य-ललनाओंकी कैसी दुरवस्था है, इस बातकी

न तो उन्हें कुछ ख़बर ही थी, और न कुछ चिन्ता। वे दिन-रात महलोंमें पड़े हुए चापलूसोंके साथ अनेक क्रीड़ाएँ किया करते। जो झूठ बोलनेमें, बात बनानेमें, मायाचारी करनेमें, जितना सिद्धहस्त होता, वह उतना ही प्रेम-पात्र बन सकता था। सच्चे देश-भक्त, वीर और आनपर मरमिटने-वाले उनके यहाँ घमण्डी और पागल समझे जाने लगे। संसारमें क्या हो रहा है, इसकी उनको तनिक भी पर्वाह नहीं थी। ऐसे ही दुर्दिनोंमें उचित अवसर जान जहाँगीरने मेवाड़पर आक्रमण कर दिया। मातृ-भूमिपर संकट आया देख, कुछ वीर-सैनिकोंका हृदय धक-धक करने लगा। उनके नेत्रोंके सामने भविष्यमें आनेवाले संकट चल-चित्रके समान मूर्त्ति बनकर नाचने लगे। ऐसे संकटके समय भी राणाजी विलासितामें डूबे हुए, अपने चापलूस मित्रोंके साथ आमोद-प्रमोदमें मस्त हैं, मेवाड़-रक्षक आज भी कायरोंकी भाँति ज़नानेमें घुसे हुए हैं। इन्हीं बातोंको देखकर वह मुट्ठीभर राजपूत विकल हो उठे। उनकी हृदय-तन्त्री कर्त्तव्य-पालन करनेके लिए बार-बार प्रेरित करने लगी। शालुम्ब्रा सरदार वीर चुण्डावत-को राणा प्रतापकी कही हुई बात इस समय बिलकुल ठीक जँचने लगी। इसी समय उन्हें अकस्मात् प्रतापके सामने की हुई प्रतिज्ञा याद हो आई। वह मेवाड़के वीर सैनिकोंकी एक टोली बनाकर राणाजीके महलोंमें जा पहुँचे। चुण्डावत सरदारकी उग्र मूर्त्ति देखकर राणाजी सहम गये, तब भी वे हँसकर बोले—"कहिये शालुम्ब्रा सरदार! इस समय कैसे पधारे?" राणा अमरसिंहके इस व्यंग्य भरे प्रश्नसे चुण्डावत सरदार कुछ कट-से गये, वह कड़ककर बोले—

"देशपर आपत्तिकी घनघोर घटा छाई हुई है, यवनेश अपनी असंख्य सेना लेकर मेवाड़पर चढ़ आया है; फिर भी आप पूछते हैं कि इस समय कैसे पधारे? विजेताओंके अत्याचारसे लाखों युवतियाँ विधवा हो जायँगी, उनका बलपूर्वक शील नष्ट किया जायगा। हमारे धार्मिक मन्दिर पृथ्वीमें

समतल कर दिये जाएँगे। मेवाड़की कीर्ति लुप्त हो जायगी। सब कुछ जानते हुए भी मेवाड़-नरेश! यह अनभिज्ञता कैसी?"

चुण्डावत-सरदारके उक्त मर्मान्तिक वाक्य राणाजीके हृदयमें लगे तो, किन्तु व्यर्थ! उनकी क.म; वासनाने, विद्वत्ता-वीरता, स्वाभिमान, मनुष्यता, सभीपर पर्दा डाल रक्खा था। वे सरदारको टालनेकी ग़रज़से बोले—"तब मैं क्या करूँ?"

"आप क्या करें! राणा संग्रामसिंहने क्या किया था? राणा लक्ष्मण-सिंहके बारह पुत्रोंने क्या किया था? वीर जयमल और पत्तेने क्या किया था? और आपके यशस्वी पिताने क्या किया था? जो उन्होंने किया, वही आप कीजिये। जिस पथका अवलम्बन उन्होंने किया, उसीका अनु-सरण आप भी कीजिए।"

"मैं व्यर्थका रक्तपात करके अपने हाथोंको कलंकित नहीं करना चाहता।"

"अच्छा, आप रक्त-पात न कीजिए, परन्तु अपना ही रक्त बहाइए।"

"इसका तात्पर्य?"

"यही कि आपकी विलासिता और अकर्मण्यतासे जो मेवाड़वासी अनुत्साही हो गये हैं—उनके हृदयकी वीरता शुष्क हो गई है—वह आपके रक्त-संचारसे फिर हरी-भरी हो जायगी!"

"तो क्या मैं मर जाऊँ?"

"हाँ, जो युद्ध नहीं करना चाहता—अहिंसक है—वह मातृभूमिके ऋणसे उऋण होनेके लिए स्वयं उसकी बेदीपर बलि हो जाय।"

"कोई आवश्यकता नहीं, चुण्डावत सरदार! इस समय तुम यहाँसे चले जाओ।"

"मैं नहीं जा सकता"—इतना कहकर क्रोधमें भरे हुए चुण्डावत सरदार-ने सामने लगे हुए बिल्लोरी आइनेको पत्थर मारकर तोड़ डाला और

सैनिकोंको आज्ञा दी कि कर्त्तव्य-विमुख राणाजीको घोड़ेपर बिठाओ। आज हम फिर एक बार लोहा बजाकर अपनी मातृ-भूमिका मुख उज्ज्वल करेंगे! राणा प्रतापके समक्ष की हुई प्रतिज्ञा आज सार्थक करेंगे।

सैनिकोंने राणाजीको बलपूर्वक घोड़ेपर बिठा दिया। राणाजी क्रोधके आवेशमें चुण्डावत सरदारको राजद्रोही, विश्वासघाती, उद्दण्ड आदि अनेक उपाधियाँ वितरण करने लगे। सैनिकों और सरदारोंका इस ओर ध्यान ही नहीं था। वे सब बड़े चावसे झूमते हुए राणाजीको घेरे हुए रण-क्षेत्रकी ओर चल दिये। मार्गमें चलते हुए राणाजीकी मोह-निद्रा दूर हुई। उन्हें चुण्डावत सरदारका यह कार्य उचित जान पड़ा। उन्हें अपनी अकर्मण्यतापर पश्चात्ताप होने लगा। वे सरदारको सम्बोधन करके बोले—"शालुम्ब्रा सरदार! वास्तवमें आज तुमने वह वीरोचित कार्य किया है, जिसकी याद सदैव बनी रहेगी। तुमने मुझे विलासिताके अँधेरे कूपसे निकालकर मेवाड़का मुख उज्ज्वल किया है। इसके लिए मेवाड़ तुम्हारा कृतज्ञ रहेगा। अब तुम देखोगे, प्रतापका पुत्र, बप्पारावलका वंशधर कहलाने योग्य है अथवा नहीं? आज रण-क्षेत्रमें इसकी परीक्षा होगी।"

शालुम्ब्रा सरदार हाथ जोड़कर बोले—"राणाजी! यदि कुछ अपराध हुआ है तो क्षमा कीजिए। स्वामीको कुपथसे निकालकर सुमार्ग पर लाना सेवकका कर्त्तव्य है; मैंने कोई नया कार्य नहीं किया, केवल सेवकने अपना कर्त्तव्य पालन किया है।"

× × ×

राणा अमरसिंह अपने वीर सैनिकोंको लेकर जहाँगीरकी सेनापर बाज़की तरह झपट पड़े और अपने अतुल पराक्रम-द्वारा जहाँगीरका मान मर्दन कर दिया। थोड़े दिनों बाद अमरसिंहने चित्तौड़गढ़को मुग़ल बादशाहकी पराधीनतासे मुक्त कर लिया। इस प्रकार राणा प्रतापकी अंतिम अभिलाषा पूर्ण हुई।

**मार्च १९३३ ई०**

# वीर नारी

युवतीने क्रोधके वेगको रोककर कहा--"कविजी ! कविता फिर भी रची जायगी, इस समय अपनी बहनकी इज्ज़त बचाओ।"

यह कवि बीकानेर महाराज रायसिंहके भाई थे। जब बीकानेर-नरेशने अपनी लड़की अकबरको दी, तो इन्होंने उनका तीव्र प्रतिवाद किया और वे लड़नेके लिए तैयार हो गये। इसपर वे आगरेमें नज़र क़ैद कर लिये गये। इन्हें कविता करनेका व्यसन था। अकबर बादशाह इनकी कविता चावसे सुनता था। हर समय इन्हें यही एक धुन रहती थी। इनका नाम पृथ्वीराज था। अन्यमनस्क भावसे बोले--"क्यों, क्या हुआ ? प्राणप्रिये ! इस समय मुझे क्षमा करो, मुझे एक समस्या-पूर्त्ति करनी है, इसलिए..."

युवती--(बात काटकर) तो साफ़ क्यों नहीं कहते, कि इस समय चली जा, नहीं तो कविता अच्छी न बन सकेगी।

पृथ्वी--अच्छा, यही समझ लो।

युवती--मैं ख़ूब समझ चुकी हूँ। यदि यही अकर्मण्यता न होती, तो आपको इसप्रकार दासत्व-वृत्ति स्वीकार नहीं करनी पड़ती। देशके ऊपर आपत्तिकी घनघोर घटा छाई हुई है, सगी बहनका सतीत्व नष्ट हो रहा है, और आप कविता करने बैठे हैं। धिक्कार है आपकी कविताको, फिटकार है आपकी बुद्धिको, लानत है आपकी सूझको !

पृथ्वी--तो क्या कविता करना छोड़ दूँ ?

युवती--अवश्य !

पृथ्वी--ध्यान रहे, संसारमें सब वस्तु मिट सकती हैं, परन्तु कृति नहीं मिटती।

युवती—मैं सौगन्धपूर्वक कहती हूँ कि संसारमें सब कुछ मिट सकता है, परन्तु कुलमें लगा हुआ कलंक कभी नहीं मिटता।

पृथ्वी—कवितासे सैनिकोंके हृदयमें वीर-भाव पैदा होते हैं। चन्दबरदाईका नाम उसकी कविताके कारण अमर हो गया है।

युवती—हाँ, यदि कवितामें हृदयके भाव हों, और स्वयं कवि भी अपने कथनानुसार कर्मवीर हो तब न? जब लोगोंको यह मालूम होगा कि यह कृति उस अकर्मण्यकी है, जो परतंत्रताके बन्धनमें जकड़ा हुआ था, जो अपनी बहनका सर्वनाश आँखोंसे देखता रहा, तब वह आपकी कृतिका उपहास करेंगे। चन्दबरदाईका नाम कविताके कारण नहीं, उसकी वीरताके कारण अमर है।

पृथ्वी—साहित्य और संगीतसे रहित मनुष्य पशु है।

युवती—यदि किसी घरमें आग लगी हो, तो उसके निवासियोंको गाते-बजाते देखकर तुम क्या कहोगे?

पृथ्वी—मूर्ख कहूँगा, और क्या?

युवती—क्यों? गाना तो कोई बुरी चीज़ नहीं।

पृथ्वी—बुरी चीज़ नहीं, किन्तु उस समय उसकी आवश्यकता नहीं। समयपर ही सब कार्य अच्छे लगते हैं।

युवती—बस, आपके कथनानुसार फ़ैसला हो गया। कविता करना बुरा नहीं, किन्तु इस समय उसकी आवश्यकता नहीं।

पृथ्वी—इसका तात्पर्य?

युवती— यही कि आप क्षत्रिय हैं। भारतमाताको इस समय वीर-पुत्रोंकी आवश्यकता है। आप ही सोच लें, यदि आज वीर राजपूत समस्यापूर्त्तिमें लगे रहें, तो फिर देशकी समस्याको कौन हल करेगा?

पृथ्वी—तो तुम क्या चाहती हो?

युवती—यही कि देशसेवाके व्रतमें केसरिया बाना पहनकर शत्रुओं-

का संहार करो। आज इनके अत्याचारोंसे भारत-माता रुदन कर रही है, स्त्री-बच्चोंकी गर्दनोंपर निर्दयतापूर्वक छुरी चलाई जा रही है, वीर ललनाओंका बलपूर्वक शील नष्ट किया जा रहा है। अतएव इस समय कविता करना योग्य नहीं। प्रतापका साथ दो, प्राणनाथ! प्रताप-जैसे बनो!

कहते-कहते युवतीका गला रुँध गया। वह अब अपनेको अधिक न सम्भाल सकी। लज्जा, घृणा, मानसिक सन्ताप आदिने उसे बोलनेमें असमर्थ कर दिया। वह अपने पतिके पाँवोंमें पड़कर फूट-फूटकर रोने लगी। युवतीके रुदनमें कुछ बेबसीका ऐसा अंश था कि पृथ्वीराजका कठोर हृदय भी पिघल गया और वह उत्सुकतासे उसके दुःखका कारण पूछने लगे।

× × ×

जिस समय यवन बादशाह अकबरके हाथोंमें भारतवर्षके शासनकी बागडोर थी, उस समय वीर-चूड़ामणि प्रतापको छोड़कर प्रायः सभी राजे अपनी स्वाधीनता खोकर, पूर्वजोंकी मान-मर्यादाको तिलांजलि देकर दासत्व-वृत्ति स्वीकार कर चुके थे। जोधपुरका राजा उदयसिंह अपनी बहन जोधाबाईका और आमेरके राजा मानसिंह अपनी बहनका सम्बन्ध बादशाहसे करके राजपूत-जैसे उज्ज्वल कुलमें कलंक लगा चुके थे। महाराणा प्रतापके छोटे भाई शक्तसिंह भी घरेलू झगड़ोंके कारण अकबरसे जा मिले थे। इन्हीं शिशोदिया-वीर शक्तसिंहकी कन्या बीकानेरके राजकुमार पृथ्वीसिंहको व्याही थी। शक्तसिंह यद्यपि इस समय "घरका भेदी लंका ढावे" इस कहावतके निशाने बन रहे थे, किन्तु उनकी कन्याके हृदयमें मातृभूमिके प्रेमका अंकुर फूट निकला था। वह क्षत्राणी थी, उसे अपने कुलकी मान-मर्यादाका पूरा ध्यान था। उसके कुलकी असंख्य वीरांगनाएँ जीते-जी आगमें कूदकर मरी हैं, रण-क्षेत्रमें शत्रुओंका रक्त बहाकर राजपूती शान दिखा गई हैं, इत्यादि बातोंका उसे पूरा ज्ञान था। वह भी अपने पतिके साथ आगरेमें रहती थी। अकबर अपनी कामवास-

नाएँ तृप्त करनेके लिए अनेक यत्न करता रहता था। अपनी विलासिताके लिए वह आगरेके क़िलेमें महीनेमें एक बार मीना बाज़ार लगवाता था। उसमें केवल स्त्रियोंके जानेकी आज्ञा थी। राजपूत और मुसलमान व्यापारियोंकी स्त्रियाँ अनेक देशोंके शिल्पजात पदार्थ लाकर उस मेलेमें कारबार किया करती थीं। और राज-परिवारोंकी स्त्रियाँ वहाँ जाकर मनमानी सामग्री मोल लिया करती थीं। पाखण्डी अकबर भी भेश बदले हुए वहाँ जाता था और किसी-न-किसी सुन्दर युवतीको अपने षड्यंत्रमें फाँस लिया करता था। एक समय पृथ्वीराजकी पत्नी किरन भी उक्त मीना बाज़ारकी सैर करने गई। अकबरने इसे धोखेसे भुलावा देकर महलोंमें बुला लिया। किरन अकबरके पैशाचिक भावको ताड़ गई, लपककर उखेड़में बैठ बादशाहको दे मारा और कमरसे एक छुरा निकाल बादशाहकी छातीपर बैठ सिंहनीकी तरह गरजकर बोली—"ईश्वरके नामसे शपथ करके कह कि और किसी अबलाके शील नष्ट करनेकी इच्छा नहीं करूँगा। कह, शपथ कर, नहीं तो यह तीक्ष्ण छुरी अभी तेरे हृदयके रुधिरसे स्नान करेगी।" कायर अकबर प्राणोंकी भिक्षा माँगने लगा, उसने तत्काल वीर-बालाकी आज्ञाका पालन किया। वीर-नारी किरनने भी अकबरको जीवन-दान दिया।

इसी घटनासे घायल सिंहनीकी तरह जब किरन अपने मकानपर आई, तब वहाँ पृथ्वीराजको कविता करते देख वीर-बालाका क्रोधरूपी समुद्र उमड़ आया और उसी आवेशमें अपने पतिको उसके क्षत्रियोचित कर्त्तव्यका ज्ञान करानेके लिए झूठ-मूठ अपनी ननदका नाम ले दिया। शिशोदिया राज-कन्याओंने हमेशा धर्मके लिए जान दी है। उन्होंने कभी अपने उज्ज्वल कुलमें कलंक नहीं लगने दिया। यही कारण है कि उस समय जिसको शिशोदिया राज-कुमारी ब्याही जाती थी, वह मारे गर्वके फूल उठता था, लोग उसके भाग्यकी सराहना करते थे। चित्तौड़ राजकुमारी पटरानी रहेगी,

उसीकी सन्तान राज्यकी उत्तराधिकारिणी होगी, इन शर्तोंपर वे ब्याही जाती थीं। इसी वीर-बाला किरनने महाराणा प्रतापका सन्धि-पत्र जो अकबरके पास आया था, उसके उत्तरमें अपने पति पृथ्वीराजसे वीरोचित शब्दोंमें एक पत्र लिखवाया था, जिसे पढ़कर महाराणा प्रताप फिर अपने खोये हुए धैर्यको प्राप्त कर सके थे।

**वीर-सन्देश, १९२८ ई०**

# आशाशाहकी वीरमाता

आशाशाहकी वीरमाताका नाम ऐतिहासिक विद्वानोंको ज्ञात नहीं। वह क़ीमती मोतीकी भाँति अन्तस्थलमें छिपा हुआ है, फिर भी उसकी प्रखर आभा संसारको बलात् अपनी ओर आकर्षित कर रही है। अपने जीवनमें उसने क्या-क्या लोकोपयोगी और वीरोचित कार्य किये, उसका निर्मल चरित्र और कोमल स्वभाव कितना बढ़ाचढ़ा था, वह सब कुछ अन्धकारमें विलीन हो गया है। तो भी उसके जीवनका केवल एक कार्य ही ऐसा है जो हमारी आँखें खोलता है और उसकी मनोवृत्तिपर काफ़ी प्रकाश डालता है। पूर्व युगमें सर्व साधारणके विषयमें कुछ लिखा जाय, ऐसी भारतमें प्रथा ही नहीं थी। केवल राजे-महाराजाओंके गीत गाये जाते थे। यही कारण है कि हम इस वीर-माताके लोकोत्तर कार्योंसे अनभिज्ञ हैं।

इस देवीने हिन्दू-कुल-तिलक महाराणा प्रतापके पिता उदयसिंहकी—जब कि वह निरा बालक था—प्राण-रक्षा की थी। उस निराश्रयको अपने कुटुम्बका मोह छोड़कर आश्रय दिया था। यही कारण है कि राणा उदयसिंहके सम्बन्धमें लिखते हुए टॉड् साहबको अपने राजस्थानमें प्रसंगवश इस देवीका उल्लेख भी दो लाइनोंमें करना पड़ा है।

चित्तौड़के राज्यासनपर बैठते ही दासी-पुत्र बनवीर[1]का हृदय बदल गया। उसे बे पिये ही दो बोतलका नशा रहने लगा। स्वार्थपरता कृतज्ञताको धर दबाती है; लोभ दयाको स्थिर नहीं रहने देता। जो बनवीर विक्रमाजितको गद्दीसे उतारकर राज्य-प्राप्त करना घोर पाप सम-

---

[1]यह बनवीर दासी-पुत्र था और उदयसिंहका रिश्तेमें चाचा लगता था। राणा संग्रामसिंहके स्वर्गासीन होनेपर उसके पुत्र क्रमशः रत्नसिंह और विक्रमाजित मेवाड़के अधीश्वर हुए, किन्तु विक्रमाजित अयोग्य था, इसलिए मेवाड़-हितैषी सरदारोंने विक्रमाजितको हटाकर बालक उदयसिंहके बालिग़ होनेतक बनवीरको चित्तौड़के राज्यासनपर अभिषिक्त कर दिया था।

झता था, वही बनवीर राज्यासनपर बैठते ही सदा निष्कंटक राज्य करते रहनेकी कूटनीति सोचने लगा। वह राज्यके यथार्थ उत्तराधिकारी बालक उदयसिंहको अपने पथमें काँटा समझकर उसे मिटा देनेके लिए क्रूर रात्रिकी बाट जोहने लगा। धीरे-धीरे रात्रि हो गई। कुमार उदयसिंहने भोजनादि करके शयन किया। उनकी धाय बिस्तरेपर बैठ सेवा करने लगी। कुछ विलम्बके पीछे रणवासमें घोर आर्त्तनाद और रोनेका शब्द सुनाई आने लगा। इस शब्दको सुनकर पन्ना धाय विस्मित हुई। वह डरसे उठना ही चाहती थी, कि इतनेमें ही वारी (नाई) राजकुमारकी जूठन आदि उठानेको वहाँ आया और भय-विह्वल भावसे कहने लगा—"बहुत बुरा हुआ, सत्यानाश हो गया, बनवीरने राणा विक्रमाजितको मार डाला।" धायका हृदय काँप गया, वह समझ गई कि निष्ठुर-हृदय बनवीर केवल विक्रमाजितको ही मारकर चुप न होगा, वरन् उदयसिंहके मारनेको भी आवेगा। उसने तत्काल बालक उदयसिंहको जिसकी अवस्था इस समय १५ वर्षकी थी, किसी युक्तिसे बाहर निकाल दिया और उसके पलंगपर उसी अवस्थाके अपने पुत्रको सुला दिया। इतनेमें ही रक्त-लोलुपी पिशाच-हृदय बनवीर आ पहुँचा और बालक उदयसिंहको खोजने लगा। तब पन्ना धायने इस रक्त-लोलुपको अपने पुत्रकी ओर संकेत कर दिया, उस चाण्डालने उसीको राजकुमार समझ उसके कोमल हृदयमें खंजर भोंक दिया। बालक सदैवको सो गया। पन्ना धायने अपने स्वामीके हितार्थ अपने बालकका बलिदान करके उफ़ तक न की। अपने पुत्रके मारे जानेपर पन्ना धाय महलोंसे निकलकर उदयसिंहके पास जा पहुँची। आगे टाड् साहब लिखते हैं कि कुमारको साथ लेकर पन्ना धायने वीरवाघजीके पुत्र सिंहरावके पास जाकर रहनेकी प्रार्थना की, बनवीरके भयसे उसने राजकुमारकी रक्षा करना स्वीकार नहीं किया और अत्यन्त शोकयुक्त होकर बोला—"मैं तो बहुतेरा चाहता हूँ कि राजकुमारकी रक्षा करूँ, परन्तु बनवीर इस बातको जानकर वंश सहित मेरा संहार कर डालेगा। मुझमें

इतनी सामर्थ्य नहीं कि उसका सामना करूँ।" इसके उपरान्त पन्ना देवलको छोड़कर डुंगरपुर नामक स्थानमें गई और वहाँके रावल ऐशकर्ण (यशकर्ण) के पास राजकुमारको रखना चाहा, परन्तु उसने भी भयके मारे राजकुमारको नहीं रक्खा। तदुपरान्त विश्वासी और हितकारी भीलोंके द्वारा रक्षित हो आरावलीके दुर्गम पहाड़ और ईडरके कूट मार्गोंको लाँघकर, कुमारको साथ लिये हुए पन्ना कुंभलमेरु-दुर्गमें पहुँची। यहाँ पर पन्नाकी बुद्धिमानीसे काम हो गया। देपुरा गोत्र-कुलमें उत्पन्न हुआ आशा-शाह देपुरा नामक एक जैन उस समय कुंभलमेरुमें क़िलेदार था। पन्नाने उससे मिलना चाहा। आशाशाहने प्रार्थना स्वीकार करके विश्राम-गृहमें पन्नाको बुलाया। वहाँ पहुँचते ही धात्रीने बालक उदयसिंहको आशाशाहकी गोदमें बिठाकर कहा--"अपने राजाके प्राण बचाइए", परन्तु आशाशाहने अप्रसन्न और भीत होकर कुमारको गोदसे उतारना चाहा। आशाकी माता भी वहींपर थी। पुत्रकी ऐसी कायरता देखकर उसको फटकारते हुए उपदेशपूर्ण शब्दोंमें बोली[1]--

"आशा! क्या तू मेरा पुत्र नहीं है? क्या मैंने तुझे व्यर्थमें पालपोस-कर इतना बड़ा किया है? धिक्कार है तेरे जीवनको! क्या ही अच्छा होता जो तू मेरे उदरसे जन्म ही न लेता, तेरे भारसे पृथ्वी बोझों मरती है। जो मनुष्य विपत्तिमें किसीके काम नहीं आता, निरपराधियों और बेकसों-को अत्याचारियोंके चंगुलसे सामर्थ्य रहते हुए भी नहीं बचा सकता, निरा-श्रयोंको आश्रय नहीं दे सकता, ऐसे अधमको संसारमें जीनेका अधिकार नहीं। आ, जिन हाथोंसे लोरियाँ गा-गाकर तुझे इतना बड़ा किया, आज उन्हीं हाथोंसे तेरा जीवन समाप्त कर दूँ।"

इतना कहकर वह भूखी शेरनीकी भाँति, आशाशाहपर झपट पड़ी

---

१--टाड् राजस्थान द्वि० खं० अ० ९ पृ० २४५-४६।

और चाहती थी कि ऐसे नराधम, भीरु, कायर और अधर्मी पुत्रका गला घोट दे, कि आशाशाह अपनी वीर-माताके पाँवोंमें गिर पड़ा। उसकी भीरुता हिरन हो गई। वह घुटने टेक अश्रुबिन्दुओंसे अपनी वीर-माताके चरण-कमलोंका अभिषेक करने लगा। वह मातृ-भक्त गद्-गद कण्ठसे बोला—"माँ! तुम्हारा पुत्र होकर भी मैं यह भीरुता कर सकता था? क्या सिंहनी-पुत्र शृगालके भयसे अपने धर्मसे विमुख हो सकता है? क्या प्राणोंके तुच्छ मोहमें पड़कर मैं शरणागतकी रक्षा न करके अपने धर्मसे विमुख हो सकता था? मेरी अच्छी अम्मा! क्या वास्तवमें तुम्हें यह भ्रम हो गया था?"

आशाशाहके वीरोचित शब्द सुनकर वीर-माताका हृदय उमड़ आया, वह उसके सिरपर प्यारसे हाथ फेरने लगी। आशाशाह माताका यह व्यवहार देखकर मुसकराकर बोला—"माँ यह क्या? कहाँ तो तुम मेरा जीवन समाप्त कर देना चाहती थीं और कहाँ......."

वीर-माता बात काटकर बोली—"बेटा, क्षत्राणिओंका अद्भुत स्वभाव होता है। वह कर्त्तव्य-विमुख पुत्र या पतिका मुँह देखना नहीं चाहतीं, किन्तु कर्त्तव्य-परायणकी वह बलाएँ लेती हैं, उनके लिए मिट जाती हैं।"

वीर आशाशाहने कुमार उदयसिंहको अपना भतीजा कहके प्रसिद्ध किया और उदयसिंहके युवा होनेपर आशाशाहने अन्य सामन्तोंकी सहायतासे चित्तौड़का सिंहासन उसे दिला दिया। जबकि मेवाड़के बड़े-बड़े सामन्त, राज्यसे बड़ी-बड़ी जागीर पानेवाले चित्तौड़के यथार्थ उत्तराधिकारी कुमार उदयसिंहको शरण न दे सके, तब एक जैन-कुलोत्पन्न महिलाने जो कार्य किया वह अवश्य ही सराहने योग्य है। आज भी इस सभ्यताके युगमें जब कि हर प्रकारकी शिकायतोंके लिए न्यायालय खुले हुए हैं, राजद्रोहीको शरण देनेवाला दण्डनीय होता है, तब उस ज़मानेमें जब कि राजा ही सर्वे-सर्वा होता था, वह बिना किसी अदालतके अपनी इच्छानुसार मनुष्योंके प्राण-हरण कर सकता था, तब ऐसे संकटके समय भी उस महिलारत्नने जो कार्य कर दिखाया वह अभिनन्दनीय है।

नवम्बर १९३२ ई०

# भामाशाह

स्वाधीनताकी क्रीड़ास्थली वीरप्रसवा मेवाड़भूमिके इतिहासमें राणाप्रतापके साथ भामाशाहका नाम सदैव अमर रहेगा। इतिहासप्रसिद्ध हल्दीघाटीके युद्धमें वीर भामाशाह और उसका भाई ताराचन्द भी लड़ा था[1]। २१ हज़ार राजपूतोंने असंख्य यवन सेनाके साथ युद्ध करके स्वतन्त्रताकी वेदीपर अपने प्राणोंकी आहुति दे दी, किन्तु दुर्भाग्य कि वे मेवाड़को यवनों-द्वारा पददलित होनेसे न बचा सके। समस्त मेवाड़पर यवनोंका आतंक छा गया। युद्ध-परित्याग करनेपर राणा प्रताप मेवाड़का पुनरुद्धार करनेकी प्रबल आकांक्षाको लिये हुए वीरान जंगलोंमें भटकते फिरते थे। उनके ऐशो-आराममें पलने योग्य बच्चे, भोजनके लिए उनके चारों तरफ़ रोते रहते थे। उनके रहनेके लिए कोई सुरक्षित स्थान न था। अत्याचारी मुग़लोंके आक्रमणोंके कारण बना-बनाया भोजन कई बार राणाजीको छोड़ना पड़ा था। इतनेपर भी आनपर मिटनेवाले समर-केसरी प्रताप विचलित नहीं हुए। वह अपने पुत्रों और सम्बन्धियोंको प्रसन्नतापूर्वक रणक्षेत्रमें अपने साथ रहते हुए देखकर यही कहा करते थे कि राजपूतोंका

---

१—हल्दीघाटीका यह विख्यात युद्ध १८ जून सन् १५७६ ईस्वीको एक घड़ी दिन चढ़े आरम्भ हुआ था और उसी दिन सायंकालतक समाप्त हो गया था। (चाँद, वर्ष ११, पूर्ण संख्या १२२, पृष्ठ ११८) और अब हर्ष है कि कुछ वर्षोंसे ज्येष्ठ शुक्ला ७ को इस स्वतन्त्रता बलिदान-दिवसकी पवित्र स्मृतिमें कुछ कर्मवीरोंने वहाँ मेलेका आयोजन करके किसी कविके निम्नलिखित उद्गारोंकी पूर्ति की है।

शहीदोंके मज़ारोंपर जुड़ेंगे हर बरस मेले।
वतनपर मरनेवालोंका यही बाक़ी निशां होगा॥

जन्म ही इस लिए होता है। परन्तु उस पर्वत-जैसे स्थिर मनुष्यको भी आपत्तियोंके प्रलयंकारी झोकोंने विचलित कर दिया। एक दफ़ा जंगली अन्नके आटेकी रोटियाँ बनाई गईं और प्रत्येकके भागमें एक-एक रोटी—आधी सुबह और आधी शामके लिए—आई। राणा प्रताप राजनीतिक पेचीदा उलझनोंके सुलझानेमें व्यस्त थे, वे मातृभूमिकी परतंत्रतासे दुःखी होकर गर्म निःश्वास छोड़ रहे थे कि इतनेमें लड़कीके हृदयभेदी चीत्कारने उन्हें चौंका दिया। बात यह हुई कि जंगली बिल्ली छोटी लड़कीके हाथसे रोटीको छीनकर ले गई; जिससे वह मारे भूखके चिल्लाने लगी। ऐसी-ऐसी अनेक आपत्तियोंसे घिरे हुए, शत्रुके प्रवाहको रोकनेमें असमर्थ होनेके कारण, वीरचूड़ामणि प्रताप मेवाड़ छोड़नेको जब उद्यत हुए, तब भामाशाह राणाजीके स्वदेश-निर्वासनके विचारको सुनकर रो उठा।

हल्दीघाटीके युद्धके बाद भामाशाह कुम्भलमेरुकी प्रजाको लेकर मालवेमें रामपुरेकी ओर चला गया था। वहाँ भामाशाह और उसके भाई ताराचन्दने मालवेपर चढ़ाई करके २५ लाख रुपये तथा २० हज़ार अशर्फ़ियाँ दण्ड-स्वरूप वसूल कीं, इस संकटावस्थामें उस वीरने देशभक्तिसे तथा स्वामिभक्तिसे प्रेरित होकर, कर्नल जेम्सटॉडके कथनानुसार, राणा प्रतापको जो धन भेंट किया था, वह इतना था कि २५ हज़ार सैनिकोंका १२ वर्ष तक निर्वाह हो सकता था। इस महान् उपकार करनेके कारण महात्मा भामाशाह मेवाड़के उद्धारकर्त्ता कहलाये[1]। भामाशाहके इस अपूर्व त्यागके संबंधमें भारतेन्दु बाबू हरिश्चद्रजीने लिखा है—

> जा धनके हित नारि तजै पति,
> पूत तजै पितु शीलहिं खोई।
> भाई सों भाई लरै रिपु से पुनि,
> मित्रता मित्र तजै दुख जोई।

---

१—देखो टाड् राजस्थान, जि० १, पृ० २४९।

**ता धन को बनिया ह्वै गिन्यो न,**
**दियो दुख देश के आरत होई।**
**स्वारथ अर्य्य तुम्हारोई है,**
**तुमरे सम और न या जग कोई॥**

देशभक्त भामाशाहका यह कैसा अपूर्व स्वार्थ-त्याग है? जिस धनके लिए कैकेयीने रामको १४ वर्षके लिए वनवास भेजा, जिस धनके लिए पाण्डव और कौरवोंने १८ अक्षौहिणी सेना कटवा डाली, जिस धनके लिये बनवीरने बालक उदयसिंहकी हत्या करनेकी असफल चेष्टा की, जिस धनके लिए मारवाड़के कई राजाओंने अपने पिता और भाइयोंका संहार किया, जिस धनके लिए लोगोंने मान बेचा, धर्म बेचा, कुल-गौरव बेचा, साथ ही देशकी स्वतंत्रता बेची; वही धन भामाशाहने देशोद्धारके लिए प्रतापको अर्पण कर दिया। भामाशाहका यह अनोखा त्याग धनलोलुपी मनुष्योंकी बलात् आँखें खोलकर उन्हें देशभक्तिका पाठ पढ़ाता है।

भारमलके[1] स्वर्गवास होनेपर राणा प्रतापने भामाशाहको अपना मंत्री नियत किया था हल्दीघाटीके युद्धके बाद जब भामाशाह मालवेकी ओर चला गया था, तब उसकी अनुपस्थितिमें रामा सहाणी महाराणाके प्रधानका कार्य करने लगा था। भामाशाहके आनेपर रामासे प्रधानका कार्य-भार लेकर पुनः भामाशाहको सौंप दिया गया। उसी समय किसी कविका कहा गया प्राचीन पद्य इस प्रकार है—

**भामो परधानो करे रामो कीधो रद्द।**[2]

भामाशाहके दिये हुए रुपयोंका सहारा पाकर राणा प्रतापने फिर बिखरी हुई शक्तिको बटोरकर रण-भेरी बजा दी, जिसे सुनते ही शत्रुओं-के हृदय दहल गये, कायरोंके प्राण-पखेरू उड़ गये, अकबरके होश-हवास

---

१--भामाशाहका पिता।
२--राजपूतानेका इतिहास, तीο खंο, पृο ७४३।

जाते रहे। राणाजी और वीर भामाशाह अस्त्र-शस्त्रसे सुसज्जित होकर जगह-जगह आक्रमण करते हुए यवनों-द्वारा विजित मेवाड़को पुनः अपने अधिकारमें करने लगे। पं० झाबरमल्लजी शर्मा सम्पादक दैनिक हिन्दू संसारने लिखा है—"इन धावोंमें भी भामाशाहकी वीरताके हाथ देखनेका महाराणाको खूब अवसर मिला और उससे वे बड़े प्रसन्न हुए[1]।"

"...इसी प्रकार महाराणा अपने प्रबल पराक्रान्त वीरोंकी सहायतासे बराबर आक्रमण करते रहे और संवत् १६४३ तक चित्तौड़ और माण्डलगढ़को छोड़कर समस्त मेवाड़पर फिरसे उनका अधिकार हो गया। इस विजयमें महाराणाकी साहस-प्रधान वीरताके साथ भामाशाहकी उदार सहायता और राजपूत सैनिकोंका आत्म-बलिदान ही मुख्य कारण था। आज भामाशाह नहीं है, किन्तु उसकी उदारताका बखान सर्वत्र बड़े गौरवके साथ किया जाता है।"

"प्रायः साढ़े तीन-सौ वर्ष होनेको आये, भामाशाहके वंशज आज भी भामाशाहके नामपर सम्मान पा रहे हैं। मेवाड़-राजधानी उदयपुरमें भामाशाहके वंशजको पंच-पंचायत और अन्य विशेष उपलक्षोंमें सर्वप्रथम गौरव दिया जाता है। समयके उलट-फेर अथवा कालचक्रकी महिमासे भामाशाहके वंशज आज मेवाड़के दीवानपदपर नहीं हैं और न धनका बल ही उनके पास रह गया है। इसलिए धनकी पूजाके इस दुर्घट समयमें उनकी प्रधानता, धन-शक्तिसम्पन्न उनकी जाति-बिरादरीके अन्य लोगोंको अखरती है। किन्तु उनके पुण्यश्लोक पूर्वज भामाशाहके नामका गौरव ही ढाल बनकर उनकी रक्षा कर रहा है। भामाशाहके वंशजोंकी परम्परागत प्रतिष्ठाकी रक्षाके लिए संवत् १६१२ में तत्सामयिक उदय-

**१—श्री ओझाजीने भी लिखा है—महाराणा भामाशाहकी बड़ी ख़ातिर करता था और वह दिवेरके शाही थानेपर हमला करनेके समय भी राजपूतोंके साथ था। राजपूतानेका इतिहास, पृ० ७४३।**

पुराधीश महाराणा सरूपसिंहको एक आज्ञापत्र निकालना पड़ा था, जिसकी नकल ज्यों-की-त्यों इस प्रकार है :——

"श्री रामोजयति

श्रीगनेशजीप्रसादात् श्रीएकलिंगजी प्रसादत्

भालेका निशान

(सही)

स्वस्तिश्री उदयपुर सुभसुथाने महाराजाधिराज महाराणाजी श्री सरूपसिंघजी आदेशात् कावड़्या जेचन्द कुनणो वीरचन्दकस्य अप्रं थारा बड़ा वासा भामो कावड़्यो ई राजम्हे साम ध्रमासु काम चाकरी करी जी की मरजाद ठेठसू य्या है म्हाजना की जातम्हे बावनी तथा चौका को जीमण वा सीगपूजा होवे जीम्हे पहेली तलक थारे होतो हो सो अगला नगर सेठ बेणीदास करसो कर्यो अर बेदर्याफत तलक थारे न्हीं करबा दीदो अबारू थारी सालसी दीखी सो नगे कर सेठ पेमचन्दने हुकम की दो सो वी भी अरज करी अर न्यात म्हे हकसर मालम हुई सो अब तलक माफक दसतुरके थे थारो कराय्या जाजो आगासु थारा वंस को होवेगा जी के तलक हुवा जावेगा पंचाने वी हुकम करदीय्यो है सो पेली तलक थारे होवेगा। प्रवानगी म्हेता सेरसीध संवत् १६१२ जेठसुद १५ बुधे।"[1]

इसका अभिप्राय यह है—"भामाशाहके मुख्य वंशधरकी यह प्रतिष्ठा चली आती रही, कि जब महाजनोंमें समस्त जाति-समुदायका भोजन आदि होता, तब सबसे प्रथम उसके तिलक किया जाता था, परन्तु पीछेसे महाजनोंने उसके वंशवालोंके तिलक करना बन्द कर दिया, तब महाराणा स्वरूपसिंहने उसके कुलकी अच्छी सेवाका स्मरण कर इस विषयकी जाँच कराई और आज्ञा दी कि महाजनोंकी जातिमें बावनी (सारी जातिका

---

१—हिन्दू-संसार दीपावली अंक कार्तिक कृ० ३० सं० १९८२ वि०।

भोजन) तथा चौकेका भोजन व सिंहपूजामें पहलेके अनुसार तिलक भामाशाहके मुख्य वंशधरके ही किया जाय। इस विषयका परवाना वि० सं० १९१२ ज्येष्ठ सुदी १५ को जयचंद कुनणा वीरचन्द कावड़ियाके नाम कर दिया, तबसे भामाशाहके मुख्य वंशधरके तिलक होने लगा।"

"फिर महाजनोंने महाराणाकी उक्त आज्ञाका पालन न किया, जिससे महाराणा फतहसिंहके समय वि० सं० १९५२ कार्तिक सुदी १२ को मुकदमा होकर उसके तिलक किये जानेकी आज्ञा दी गई।"[1]

वीर भामाशाह! तुम धन्य हो!! आज प्रायः साढ़े तीन-सौ वर्षसे तुम इस संसारमें नहीं हो, परन्तु, यहाँके बच्चे-बच्चेकी ज़बानपर तुम्हारे पवित्र नामकी छाप लगी हुई है[2]। जिस देशके लिए तुमने इतना बड़ा

---

१ राजपूतानेका इतिहास, पृ० ७८७-८८।

२ मेवाड़का अमूल्य और अप्राप्य ऐतिहासिक ग्रन्थरत्न 'वीरविनोदमें' जिसको कि मुझे सौभाग्यसे मान्य ओझाजीके यहाँ देखनेका ज़रा-सा अवसर मिल गया था पृ० २५१ पर लिखा है कि--

"भामाशाह बड़ी जुरअतका आदमी था। यह महाराणा प्रतापसिंहके शुरू समयसे महाराणा अमरसिंहके राज्यके २॥-३ वर्ष तक प्रधान रहा। इसने ऊपर लिखी हुई बड़ी-बड़ी लड़ाइयोंमें हज़ारों आदमियोंका ख़र्च चलाया। यह नामी प्रधान संवत् १६५६ माघ शुक्ल ११ (हि० १००९। ता० ९ रजब ई० १६०० ता० २७ जनवरी)को ५१ वर्ष और ७ महीनेकी उमरमें परलोकको सिधारा। इसका जन्म संवत् १६०४ आषाढ़ शुक्ल १० (हि० ९५४ ता० ९ जमादियुल अव्वल ई० १५४७ ता० २८ जून) सोमवारको हुआ था। इसने मरनेके एक दिन पहले अपनी स्त्रीको एक बही अपने हाथकी लिखी हुई दी और कहा कि इसमें मेवाड़के खज़ानेका कुल हाल लिखा हुआ है। जिस वक़्त तकलीफ़ हो यह बही उन महाराणाकी नज़र करना। यह ख़ैरख़्वाह प्रधान इस बहीके लिखे कुल ख़ज़ानेसे

आत्म-त्याग किया था, वह मेवाड़ पुनः अपनी स्वाधीनता प्रायः खो बैठा है, परन्तु फिर भी वहाँ तुम्हारा गुण-गान होता रहता है। तुमने अपनी अक्षयकीर्त्तिसे स्वयंको ही नहीं, किन्तु समस्त जैन-जातिका मस्तक ऊँचा कर दिया है। निःसन्देह वह दिन धन्य होगा, जिस दिन भारतवर्षकी स्व-तंत्राके लिए जैन-समाजके धन-कुबेरोंमें भामाशाह-जैसे सद्भावोंका उदय होगा।

× × ×

जिस नररत्नका ऊपर उल्लेख किया गया है, उसके चरित्र, दान आदिके सम्बन्धमें ऐतिहासिकोंकी चिरकालसे यही धारणा रही है। किन्तु हालमें रायबहादुर महामहोपाध्याय पं० गौरीशंकर हीराचन्दजी ओझाने अपने राजपूतानेके इतिहास तीसरे खण्डमें 'महाराणा प्रतापकी सम्पत्ति' शीर्षकके नीचे महाराणाके निराश होकर मेवाड़ छोड़ने और भामाशाहके रुपये देनेपर फिर लड़ाईके लिए तैयारी करनेकी प्रसिद्ध घटनाको असत्य ठहराया है।

इस विषयमें आपकी युक्तिका-सार 'त्यागभूमि' के शब्दोंमें इस प्रकार हैं —

"महाराणा कुम्भा और साँगा आदि-द्वारा उपार्जित अतुल सम्पत्ति अभीतक मौजूद थी, बादशाह अकबर इसे अभीतक न ले पाया था। यदि यह सम्पत्ति न होती तो जहाँगीरसे सन्धि होनेके बाद महाराणा अमर-सिंह उसे इतने अमूल्य रत्न कैसे देता? आगे आनेवाले महाराणा जगत-सिंह तथा राजसिंह अनेक महादान किस तरह देते और राजसमुद्रादि अनेक

---

**महाराणा अमरसिंहका कई वर्षों तक खर्च चलाता रहा। मरनेपर इसके बेटे जीवशाहको महाराणा अमरसिंहने प्रधान पद दिया था। वह भी खैर-ख्वाह आदमी था। लेकिन भामाशाहकी सानीका होना कठिन था।"**

बृहत्-व्ययसाध्य कार्य किस तरह सम्पन्न होते ? इसलिए उस समय भामाशाहने अपनी तरफ़से न देकर भिन्न-भिन्न सुरक्षित राजकोशोंसे रुपया लाकर दिया।"

इसपर 'त्यागभूमि' के विद्वान् समालोचक श्री हंसजीने लिखा है—

"निःसन्देह इस युक्तिका उत्तर देना कठिन है, परन्तु मेवाड़के राजा महाराणा प्रतापको भी अपने खज़ानोंका ज्ञान न हो, यह माननेको स्वभावतः किसीका दिल तैयार न होगा। ऐसा मान लेना महाराणा प्रतापकी शासन-कुशलता और साधारण नीतिमत्तासे इनकार करना है। दूसरा सवाल यह है कि यदि भामाशाहने अपनी उपार्जित सम्पत्ति न देकर केवल राजकोशोंकी ही सम्पत्ति दी होती, तो उसका और उसके वंशका इतना सम्मान, जिसका उल्लेख श्री ओझाजीने पृ० ७८८ पर किया है[1], हमें बहुत संभव नहीं दीखता। एक खज़ांचीका यह तो साधारण-सा कर्त्तव्य है कि वह आवश्यकता पड़नेपर कोशसे रुपये लाकर दे। केवल इतने मात्रसे उसके वंशधरोंकी यह प्रतिष्ठा (महाजनोंके जाति-भोजके अवसरपर पहले उसको तिलक किया जाय) प्रारंभ हो जाय, यह कुछ बहुत अधिक युक्ति-संगत मालूम नहीं होता[2]।"

इस आलोचनामें श्रद्धेय ओझाजीकी युक्तिके विरुद्ध जो कल्पना की गई है, वह बहुत कुछ ठीक जान पड़ती है। इसके सिवाय मैं इतना और भी कहना चाहता हूँ कि यदि श्री ओझाजीका यह लिखना ठीक भी मान लिया जाय कि महाराणा कुम्भा और साँगा आदि-द्वारा उपार्जित अतुल सम्पत्ति प्रतापके समयतक सुरक्षित थी—वह खर्च नहीं हुई थी, तो वह सम्पत्ति चित्तौड़ या उदयपुरके कुछ गुप्त खज़ानोंमें ही सुरक्षित रही होगी।

---

१—सम्मानकी वह बात इसी लेखमें पृ० १६७-१६८ और १७० में उक्त इतिहास-से उद्धृत कर दी गई है।

२—त्यागभूमि, वर्ष ३, अंक ४, पृ० ४४५।

भले ही अकबरको उन खज़ानोंका पता न चल सका हो, परन्तु इन दोनों स्थानोंपर अकबरका अधिकार तो पूरा हो गया था; और ये स्थान अकबरकी फौजसे बराबर घिरे रहते थे, तब युद्धके समय इन गुप्त खज़ानोंसे अतुल संपत्तिका बाहर निकाला जाना कैसे संभव हो सकता था? और इसलिए हल्दीघाटीके युद्धके बाद जब प्रतापके पास पैसा नहीं रहा, तब भामाशाहने देश-हितके लिए अपने पाससे—खुदके उपार्जन किये हुए द्रव्यसे—भारी सहायता देकर प्रतापका यह अर्थ-कष्ट दूर किया है; यही ठीक जँचता है। रही अमरसिंह और जगतसिंह-द्वारा होनेवाले खर्चोंकी बात, वे सब तो चित्तौड़ तथा उदयपुरके पुनः हस्तगत करनेके बाद ही हुए हैं और उनका उक्त गुप्त खज़ानोंकी संपत्तिसे संभव है, तब उनके आधारपर भामाशाहकी उस सामयिक विपुल सहायता तथा भारी स्वार्थ-त्यागपर कैसे आपत्ति की जा सकती है? अतः इस विषयमें ओझाजीका कथन कुछ युक्तियुक्त प्रतीत नहीं होता, और यही ठीक जँचता है कि भामाशाहके इस अपूर्व-त्यागकी बदौलत ही उस समय मेवाड़का उद्धार हुआ था, और इसी लिए आज भी भामाशाह मेवाड़ोद्धारकके नामसे प्रसिद्ध हैं[1]

---

**१—यह अंश १ मार्च १९३० को लिखा गया जो कि १९३३ में मेरी राजपूतानेके जैनवीर नामक पुस्तकमें छपा था। इस पुस्तककी प्रस्तावना श्री ओझाजीने लिखी थी और मेरे आग्रह करनेपर भी इस अंशके विरुद्ध एक शब्द भी उन्होंने नहीं लिखा था।**

**—गोयलीय**

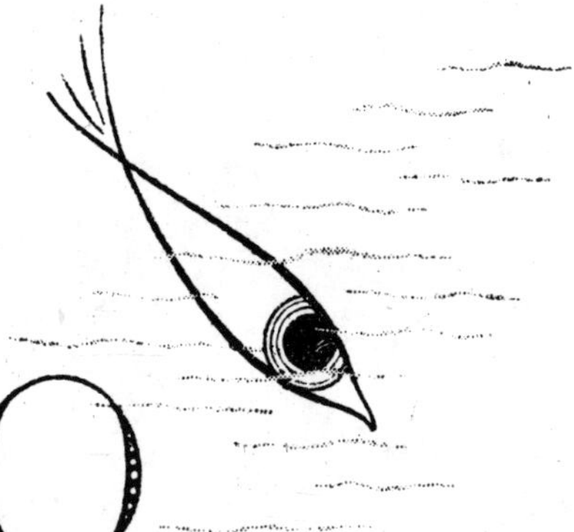

# हिये की आँखों से जो देखा

# भाई-बहन

इधर भाई दूल्हा बनकर ससुराल गया, उधर बहिन भरी जवानीमें विधवा हो गई। भाईके हाथका कँगना खुलने भी न पाया था कि बहनकी चूड़ियाँ टूट गईं। इधर नववधूकी माँग भरी जा रही थी, उधर बहनके सुहागकी माँग आगई। भाईका गठबन्धन बाँधा जा रहा था, बहनका गठबन्धन प्रस्थान कर रहा था। भाई सुबकती हुई दुल्हनको बिदा कराके ला रहा था, बहन डकारती हुई अपने दूल्हाको बिदा कर रही थी। एक ही डालके दो फूल विधिके विधानसे पृथक्-पृथक् हास्य और शोकमें लीन थे।

**कली कोई जहाँपर खिल रही थी।**
**वहीं एक फूल भी मुर्झा रहा था॥**

**--जिगर**

इधर भाई दुल्हनको लेकर आया, उधर बहन निराश्रित होकर आश्रय खोजती चिरवैधव्य लिये आगई। भाईसे बहनकी ओर देखा न गया। वह हाय करके रह गया। उसकी युवकोचित अभिलाषाएँ सिमट कर रह गईं।

एक रोज़ दबे पाँव अँधेरेमें दुल्हनके कमरेमें प्रवेश किया तो दुल्हन सकुचाकर रह गई। वह लाज और ग्लानिसे सिहर उठी। तो भी साहस बटोरकर बोली--

"बहन आँखोंमें आँसू लिये फिरे, और आपकी आँखोंमें काम छलके? तुम्हें सती-तेजकी सौगन्ध, मेरे हाथ न लगाना। आत्म-विस्मृत होनेके लिए आपको बाजार पड़ा है।"

उत्तरमें दुल्हनने नारी-कंठ सुना--"लाडो रानी! मैं हूँ अभागी! भाईने बरबस मुझे धकेल भेजा है। न आती तो आत्म-हत्यापर उतारू थे।"

दुल्हन प्यारकी बातोंसे बहनका दुख भुलाने लगी। पर, बहन भाई-भाभीके इस मौन संकल्पको समझनेका प्रयत्न करती रही। २५ वर्ष ननद-भावज एक साथ सोईं, बैठीं, हँसी और रोईं। मगर भाईने दुल्हनका गोरा या काला मुँह भी न पहचाना। बहन वैधव्यको याद करके एक दिन भी न रोई। ४५ वर्षकी आयुमें बहन अपने सतयुगी भाई-भावजको छोड़कर स्वर्गासीन हुई।

तब दो बर्ष बाद भावजने एक पुत्र जना। जिसने युवा होकर शेरके आक्रमणपर उसकी पीठपर चढ़कर उसका गला दाबकर मार डाला। लोगोंने सुना तो बोले—"लव-कुश दोनों भाइयोंने कलियुगमें एक ही शरीरमें जन्म लिया है।" शायद वह युवक स्वयं अथवा उसकी सन्तान अम्बाले या हिसार ज़िलेके किसी गाँवमें अभीतक जीवित है।

१९५० ई०

# इज़्ज़त बड़ी, या रुपया ?

दिल्लीकी एक प्रसिद्ध सर्राफ़ेकी दुकानपर ४०-५० हज़ार रुपयोंकी गिन्नियाँ गिनी जा रहीं थीं कि एक उचटकर इधर-उधर हो गई। काफ़ी तलाश करनेपर भी नहीं मिली। उस दुकानपर उनका कोई ग़रीब रिश्तेदार भी बैठा हुआ था। संयोगकी बात कि उसके पास भी एक गिन्नी थी। गिन्नी न मिलते देख, उसने मनमें सोचा कि शायद अब तलाशी ली जायगी। ग़रीब होनेके नाते मुझीपर शक जायगा। मेरे पास भी गिन्नी हो सकती है, यह किसीको यक़ीन नहीं आयगा। गिन्नी भी छीन लेंगे और बेइज़्ज़त भी करेंगे। इससे तो बेहतर यही है कि गिन्नी देकर इज़्ज़त बचा ली जाय।

ग़रीबने यही किया। जेबमें-से गिन्नी चुपके-से निकालकर ऐसी जगह डाल दी कि खोजनेवालोंको मिल गई। गिन्नी देकर वह ख़ुशी-ख़ुशी अपने घर चला आया। बात आई-गई हुई।

दीवालीपर दावात साफ़ की गई तो उसमेंसे एक गिन्नी निकली। गिन्नीको दावातमें-से निकलते देख लाला साहब बड़े क्रुद्ध हुए—"रुपयोंकी तो बिसात ही क्या, यहाँ गिन्नियाँ इधर-उधर रुली फिरती हैं, फिर भी रोकड़बहीका जमा-ख़र्च ठीक मिलता रहता है। हद्द हो गई इस अन्धेरकी।"

रोकड़िया परेशान कि यह हुआ तो हुआ क्या? इतनी सचाई और लगनसे हिसाब रखनेपर भी यह लाँछन व्यर्थमें लग रहा है। सोचते-सोचते उसे उस रोज़की घटना याद आई। क़ाफ़ी देर अक़्लसे कुश्ती लड़नेपर उसे ख़याल आया कि कहीं वह गिन्नी उचटकर दावातमें तो नहीं गिर गई थी। तब वह गिन्नी मिली कैसे? शायद उस ग़रीबने अपने पाससे डालकर खुजवा दी हो। यह ख़याल आते ही वह स्वयं अपनी इस मूर्खतापर हँस पड़ा—"भला उसके पास गिन्नी कहाँसे आती? उसके बड़ोंने भी कभी

गिन्नियाँ देखी हैं जो वह देखता? और शायद कहींसे झाँप भी ली हो तो वह इतना बूढ़ू कब है जो उसे हमें दे देता?"

जब कल्पनाने साथ नहीं दिया तो यह उलझा हुआ विचार लाला साहबके सामने पेश किया गया। लाला साहब सब समझ गये। उनका रिश्तेदार ग़रीब तो ज़रूर है, पर विश्वस्त और बाइज़्ज़त है, यह वह जानते थे। अतः लाला साहब उसके पास गये और वास्तविक घटना जाननी चाही तो काफ़ी टालमटोलके बाद उसने ठीक स्थिति समझा दी। लाला साहब गिन्नी वापिस करने लगे तो बोला—

"भैया साहब, मैं अब इसे लेकर क्या करूँगा? मेरी उस वक्त आबरू रह गई यही क्या कम है? आबरूके लिए ऐसी हज़ारों गिन्नियाँ क़ुर्बान। मेरे भाग्यमें गिन्नी होती तो यह घटना ही क्यों घटती? मुझे सन्तोष है कि कि मेरी बात रह गई। रुपया तो हाथका मैल है, फिर भी इकट्ठा हो सकता है, पर इज्ज़त-आबरू बह जानेपर फिर वापिस नहीं आती।"

उक्त घटना सुनकर हमारे एक परिचित महाशय बोले—"अजी साहब, एक इसी तरहकी घटना हम आप-बीती सुनाते हैं:—

"हमारे पिताजीके एक मित्र हमारे ज़िलेमें रहते हैं। वे जब किसी मुक़दमेके सम्बन्धमें या सामान ख़रीदनेको शहर आते हैं तो हमारे यहाँ ही ठहरते हैं। एक रोज़ उनका पत्र आया कि 'जिस चारपाईपर मैं सोया था, अगर वहाँ लाल रंगका अँगोछा मिले तो सम्भालकर रख लेना' अँगोछा तलाश किया गया, मगर नहीं मिला। वे जाड़ोंके बिस्तरोंमें सोये थे और जाड़े ख़त्म होनेसे वह ऊपर टाँड़पर रख दिये गये थे। सिर्फ़ एक अँगोछेके लिए घरभरके इतने बिस्तरे उठाकर देखनेकी ज़रूरत नहीं समझी गई। और अँगोछा नहीं मिलनेकी उन्हें सूचना भिजवा दी गई। बात आई-गई हुई। वे हमेशाकी तरह हमारे यहाँ आते-जाते रहे।

दिवालीपर मकानकी सफाई हुई और जाड़ोंके बिस्तरे धूपमें डाले गये तो उनमें-से लाल अँगोछा धमसे नीचे गिरा। खोलकर देखा तो दस हज़ारके नोट निकले। हम सब हैरान कि यह इतने नोट कहाँसे आये, किसने यहाँ छिपाकर रखे। सोचते-सोचते ख़याल आया कि हो-न-हो यह रुपये उनके ही होंगे। इस अँगोछेमें रुपये थे, इसीलिये तो उन्होंने अँगोछा तलाश करके रखनेको लिखा था सिर्फ़ अँगोछेके लिए वे क्यों लिखते? मैं उनके पास रुपये लेकर गया और उलहना देते हुए बोला—"चाचाजी! आप भी ख़ूब हैं, इतनी बड़ी रक़मका तो ज़िक्र भी नहीं किया, सिर्फ़ अँगोछा सम्भालकर रख लेनेको लिख दिया और हमारे मना लिख देनेपर भी आपने कभी इशारा तक नहीं किया। बताइये, कोई नौकर ले गया होता, टाँडपर चूहे काट गये होते, तो हमारा तो हमेशाको काला मुँह बना रहता।"

चचा हँसकर बोले—"भाई, जितनी बात लिखनेकी थी, वह तो लिख ही दी थी। मेरा ख़याल था कि तुम समझ जाओगे कि कोई-न-कोई बात ज़रूर है। वर्ना दो आनेके पुराने अँगोछेके लिए दो पैसेका कार्ड कौन ख़राब करता? और रुपयोंका ज़िक्र जान-बूझकर इसलिए नहीं किया कि अगर कोई उठा ले गया होगा तो भी तुम अपने पाससे दे जाओगे। अपनी इस असावधानीके लिए तुम्हें परेशानीमें डालना मुझे इष्ट न था।"

**अनेकान्त, अप्रैल १९४८ ई०**

# पापी मन

मोण्टगुमरी जेलमें मेरा एक साधु-स्वभावी व्यक्तिसे परिचय हुआ। ब-मुश्किल पाँच फ़ुटका क़द और चेहरा-मुहरा भी बस यों ही, देख कर हँसी आती थी। पर जब सुना कि ग्रेजुएट हैं, साहित्य, इतिहास, राजनीति और अन्तर्राष्ट्रीय परिस्थितिका भी काफ़ी ज्ञान रखते हैं, गीतापर भी विवेचन करते हैं, एक प्रसिद्ध नेताके पर्सनल सेक्रेटरी रहे हैं, तब उनसे परिचयमें आनेका कौतूहल प्राप्त हुआ और हर्ष है कि मेरे हृदयमें उत्तरोत्तर उनके लिए आदरके भाव जमते ही गये। हम सब उन्हें 'लालाजी' कहा करते थे।

शुरू-शुरूकी बात है, हम अभी एक-दूसरेके परिचयमें पूरे तौरसे नहीं आये थे कि लालाजीने एक पत्र बाहर भेजनेके लिए हिन्दीमें लिखा। जेलमें तीन महीनेमें एक कार्ड लिखनेको मिलता है, पर हमें जवाबी पत्र मिलने और उनको लिखकर भेजनेकी रियायत मिली हुई थी। जेलमें प्रत्येक पत्र अधिकारियों-द्वारा पढ़े जानेपर हमको मिलता तथा डाकमें डाला जाता था। हममें-से बहुत-से हिन्दीमें पत्र लिखते थे और जेल-अधिकारी हिन्दी न जाननेके कारण हम लोगोंमें-से एक-दूसरेसे पढ़वा लेते थे। लालाजीने भी पत्र हिन्दीमें लिखा था, अतः वह मुझसे पढ़वाया गया। पत्र किसी महिलाके नाम था। मैं नहीं चाहता था कि मैं उसे पढ़ूँ। मैं वैसे ही किसी दूसरेके पत्र पढ़ना सभ्यताके विरुद्ध समझता हूँ, उसपर भी वह महिलाके नाम था। अतः पहले तो मैंने ज़रा टालमटूल की, पर यह सोचकर कि न पढ़ूँगा तो जेलवालोंको पत्रपर शक होगा, न जाने वह फिर किससे पढ़वायें अथवा पत्र डाकमें भेजे ही नहीं। मन ही मन पत्र पढ़ना प्रारंभ किया। पत्र जेल-अधिकारियोंको सुनाकर पढ़नेकी ज़रूरत नहीं थी। वे तो केवल हमसे इतना विश्वास चाहते थे कि पत्रमें ऐसी-वैसी गवर्नमेण्ट या जेलके ख़िलाफ़

बात लिखी न चली जाये और पत्रमें ऐसी कोई बात नहीं है, यह विश्वास दिलानेपर वे सन्तोष कर लेते थे। और सच बात तो यह है कि हमने शायद ही विश्वासघात किया हो। यद्यपि पत्र ज़ोरसे पढ़नेका उनकी ओरसे आदेश नहीं था, पर मन ही मन समूचे पत्र पढ़नेका स्वाँग तो खेलना पड़ता ही था, ताकि उनका विश्वास बना रहे। लालाजीने किसी महिलाको सम्बोधित करके आगे लिखा था––"तुम अब जीवन पर्य्यन्त ब्रह्मचर्यपालन करनेकी भावना रखती हो, यह पढ़कर मुझे हर्ष हुआ।" इससे आगे पत्र पढ़ना मेरे अन्तःकरणने अस्वीकृत कर दिया। इतनी गोपनीय बात पढ़ लेना और वह भी ऐसे व्यक्तिकी, जिसे मैं आदरकी दृष्टिसे देखता हूँ, मेरे कायर मनसे नामुमकिन था। पत्रमें राजी-खुशीके अलावा और कुछ नहीं है, यह कहकर मैंने वह पत्र लेटरबक्समें डालनेको दे दिया।

पत्र तो चला गया, पर मेरे पापी मनमें हलचल मचा गया। यह पत्र लालाजीने अपनी स्त्री, बहन या पुत्री आदिमें-से किसको लिखा कुछ समझमें नहीं आया, क्योंकि नामसे पहले केवल 'प्रिय' लिखा हुआ था और यह विशेषण स्त्री, बहन और पुत्री सबके लिये इस्तेमाल हो सकता था। अतः यह समझमें न आया कि यह लिखा किसको है? फिर भी है तो कोई लालाजीकी आत्मीय न? तब क्या लालाजी-जैसे देवता पुरुषके घरमें भी अभीतक व्यभिचारका ताण्डव था? हृदयमें एक आँधी-सी उठ खड़ी हुई। मैंने ऐसा पत्र क्यों पढ़ा, जिसके पढ़नेसे मेरे हृदयमें किसीके प्रति सद्भावनाएँ कम हों। मुझे काफ़ी पश्चात्ताप-सा हुआ, पर मेरे छिद्रान्वेषी कलुषित हृदयने यह बात मज़बूतीसे पकड़ ली। जितना ही मैं उसे भुलानेका प्रयत्न करता, लालाजीको देखते ही वह बात उतनी ही हरी हो जाती।

आठ-नौ माहके बादकी बात है, बैरिकमें बन्द हो जानेपर रात्रिको हस्बदस्तूर मेरे स्थानपर गोष्ठी जमी हुई थी। उस निटल्ले वक्तमें अच्छी-

बुरी दुनिया भरकी सभी बातें होती थीं। मनोरंजन हो रहा था कि मैंने दूर बैठे हुए एक साथीकी ओर इशारा करते हुए हँसानेकी नीयतसे कहा—"देखो, यह अपने मनमें सोचता होगा कि—ये लोग भी कैसे......।" वाक्य मेरे मुँहसे पूरा निकला भी न था कि लालाजीने मुझसे धीरेसे कहा—"देखो, हमारे बारेमें कोई कुछ सोचे या न सोचे, पर हमें दूसरेके मनमें क्या है, यह नहीं सोचना चाहिए। हमारे लिए सोचनेको और बहुत-सी बातें हैं। हमारे बारेमें कोई क्या सोचता है और क्या कहता है, इसकी फाइल हम क्यों बनायें। अपने जीवन-पथमें हमें बहुत-सी उपयोगी बातें सोचनी पड़ती हैं। फिर क्यों न हम वही बातें सोचें जो हमें अपने लक्ष्यतक निष्कण्टक पहुँचा दें। हमें तनिक भी हलके बना देनेवाले विचार अपने पास भी नहीं फटकने देने चाहिएँ, और तुमसे तो मैं ऐसी मनोवृत्तिकी क़तई आशा नहीं रखता था।"

लालाजीने अपने मनकी बात किन शब्दोंमें और किस ढंगसे कही, यह तो अब याद नहीं, पर भाव यही थे। मेरे ऊपर घड़ों पानी पड़ गया। फिर उन्होंने ज़रा औरोंको भी सुनी जाने लायक आवाज़में कहा—"देखो, बुरी बान पड़ते देर नहीं लगती। प्रारम्भमें नदीका उद्गम अत्यन्त सूक्ष्म होता है, पर धीरे-धीरे वही महान् रूप धारण कर लेता है। बटके वृक्षका बीज भी शुरूमें बहुत छोटा होता है, परसमय पाकर वही विशाल बन जाता है। साँपका ज़रा-सा विष मनुष्यके एक रोम-छिद्रमें प्रवेश होकर सारे शरीरमें फैल जाता है, उसी तरह पाप वासनाएँ, खोटी आदतें, कलुषित भावनाएँ प्रारम्भमें प्लेगके कीड़ेकी तरह दृष्टि-अगोचर होती हैं। यह भेड़ बनकर आती हैं पर शरीरमें प्रवेश करते ही रौद्र रूप बना लेती हैं। व्याघ्रसे बच जाना सरल, पर गो-मुखी व्याघ्रसे बचना ही बुद्धिमत्ता है। पाप भी गो-मुखी व्याघ्र है। साँपके चिकनेपन और आगकी चमकसे जैसे बालक आकर्षित होता है, वैसे ही प्रारम्भमें इनका सौम्यरूप देखकर मनुष्य

भुलावेमें आ जाता है। बहुत ही संयम और सतर्कतासे रहा जाय तभी इनके विषैले प्रभावसे बचा जा सकता है।'' कुछ ऐसे ही शब्दोंमें लालाजीने मुझ छिद्रान्वेषीको समझाते हुए आगे कहा––

''मुझमें भी अनेक खोटी आदतें न जाने कब और कहाँसे चिमट गई हैं। हम अपनी ऐसी बहुत-सी कुटेवोंको भी नहीं जान पाते, जिनके कारण हमारे मित्र, पड़ोसी और कुटुम्बी हमसे तंग रहते हैं, जो हमें जनताकी दृष्टिमें हलका, उपहासयोग्य और घृणित बनाती हैं। हम जिन्हें हार समझकर चिमटाये रहते हैं, वह हमारे काट खानेको साँप होती है। कहनेको तो देखिये बहुत मामूली-सी आदत हैं, परन्तु मुझे इसने एक बार बहुत-ही नीचा दिखाया। आपने नोट किया होगा कि मैं बातचीतके दौरानमें––'समझे कि नहीं,' अक्सर कहता हूँ। यद्यपि मेरा यह तकिया कलाम अब बहुत कुछ कम हो गया है, फिर भी पूरी तरहसे अभी नहीं छूटा है। मैं एक बार महात्मा गांधीजीसे मिलने गया। दस मिनटकी बात-चीतमें मैंने दसों बार ''समझे कि नहीं'' प्रयोग किया और महात्माजी भी ''जी समझ रहा हूँ'' उत्तरमें कहते रहे। मुझे अपनी इस उद्दण्डताका तनिक भी ज्ञान न हुआ। महात्माजीसे मिलकर बाहर आये तो साथीने व्यंग्य करते हुए कहा––''ओ हो! अब तो आप महात्माजीको भी समझानेकी क्षमता रखते हैं।'' मैंने अचकचाकर पूछा तो उन्होंने मेरे तकियाकलामकी बात कही। उस समय मुझे कितनी लज्जाका अनुभव हुआ, मैं आपको बता नहीं सकता।''

फिर बोले––''देखो दुनिया हमें भला कहती है, इसीसे अपनेको भला समझकर हमें भूल नहीं जाना चाहिए। दुनियाका क्या है? भलेको बुरा और बुरेको भला कहते हुए उसका बिगड़ता क्या है? पतिव्रता सीताको वह कलंक लगा सकती है और वेश्याको वह मंगलामुखी कह सकती हैं। इसलिए हमें अपने अन्तर्चक्षुसे देखना चाहिए कि हम क्या हैं? कहीं हम आपेमें भूलकर स्वयं तो धोखा नहीं खा रहे हैं। दुनिया हमारा आदर

करती है, केवल इसीलिए तो हमें महात्माके पदपर नहीं बैठ जाना चाहिए। महात्मा पदपर तो हम तभी आसीन हो सकेंगे, जब अन्दर छिपे हुए चोरको निकाल बाहर कर सकेंगे। दुनिया हमारे अन्दरके अवगुणोंको चाहे न देख सके, पर यह चैतन्य-स्वरूप ज्ञानमयी आत्मा तो सब कुछ देखती है। यह तो उस छिपी हुई ग्लानिके आगे नहीं पनप सकती। इसके विकासके लिए उस दुर्गन्धको निकालना अत्यन्त आवश्यक है।"

"मुझे ही देखो न! मैं रोज़ाना ज्ञानकी बातें बघारता हूँ, पर जितना कहता हूँ उसका सौवाँ हिस्सा भी अपनेको नहीं बना पाता। मुझसे तो मेरी पत्नी ही हज़ार दर्जे श्रेष्ठ है। इसी हफ़्तेमें उसके दोनों भाई भरी जवानीमें मर गये। एक बी० ए० की और दूसरा वैद्यककी अन्तिम परीक्षा देकर घर आया था, ७ रोज़में मामूली बुखारमें दोनों चल बसे। मैंने सुना तो रुलाई आ गई, पर पत्नीका पत्र आया है, जिसके पढ़नेसे मालूम होता है वह संसारकी मोह-मायासे बहुत ऊँची हो गई है।"

कहते हुए उनका गला भर आया, उन्होंने वह पत्र मेरे सामने डाल दिया। पत्रमें भाइयोंकी मृत्युके बारेमें दिलासा देनेके बाद लिखा था—
"जीवनधन! समझते हो, मैं आपका जेल-जीवन, कृश शरीर और वह फटे-पुराने कपड़े देखकर घबरा जाऊँगी, इसीसे तो मुझे जेलमें दर्शनार्थ आनेकी आपने अनुमति नहीं दी। आपकी अनुमति नहीं है तब नहीं आऊँगी। पर, प्राणनाथ! मैं स्वयं वीर न सही, वीर-पत्नी तो हूँ। जिसका पति देश-सेवाके लिए जेलकी यन्त्रणाएँ सह रहा है, वह घबरायगी क्यों? उसके लिए तो मुख ऊँचा करनेका समय ही अब आया है। जहाँ देश-सेवाके लिए बिलखते बच्चोंको छोड़कर नारियाँ जेलमें जा रही हैं, वहाँ आप मुझे क्या इतनी गई-बीती समझते हैं कि मैं स्वयं तो जेल न गई, पर अपने पतिके जेल-प्रवासपर भी दुःखी रहूँगी?" आगे लिखा था—

"सर्वस्व! सुना है गांधी-अर्विन समझौता हो गया तो सब राज-

नैतिक क़ैदी छोड़ दिये जाएँगे। तब आप भी जेल-मुक्त होंगे। इस उपलक्षमें क्या आप मुझे एक उपहार देंगे? मैं आपसे इस अवसरपर दामन फैलाकर ब्रह्मचर्यकी भीख माँगती हूँ। जहाँ आपने देशके लिए इतना कष्ट सहा, वहाँ मेरे लिए इतना त्याग और सही। भगवान्की दयासे बाल-बच्चे भी हैं अब क्यों अधिक गुलाम उत्पन्न किये जाएँ। मेरी आन्तरिक अभिलाषा है कि हम अब ब्रह्मचर्यसे रहकर लोक-सेवामें हाथ बटायें। क्या आप जेलसे ब्रह्मचर्यका व्रत लेकर आयेंगे? प्राणनाथ, मेरे मनकी अन्तिम साध पूरी करो......।"

पत्र आगे न पढ़ा गया। जैसे कलेजेमें किसीने घूँसा मार दिया। अरे छिद्रान्वेषी पापी मन! इसी साध्वीके प्रति तुझमें मैल भरा हुआ था! प्रायश्चित्त स्वरूप माँ कहकर उसे मन ही मन प्रणाम किया।

**वीर, १३ जनवरी १९४० ई०**

# बिहारीलाल

भाई बिहारीलाल[1] उन बलबटेरोंमें-से थे, जो सन् ३०में गांधीकी आँधीमें उखड़कर किनकिलावका नारा लगाते हुए मोण्टगुमरी जेलमें आ पड़े थे। मैं भी उन दिनों उसी ख़ैराती होटलमें रोटियाँ तोड़ रहा था। यारोंसे मालूम हुआ कि दिल्लीसे एक और जत्था आया है और उनके साथ एक बुद्धू भी आ फँसे हैं। मनुष्यका स्वभाव प्रायः विनोदी होता है। इस ससुराल-प्रवासमें एक-न-एक विनोदी जीव फँसा ही रहता था। दस-पन्द्रह रोज़से कुछ इनका अभाव खटका ही था, कि भगवान्‌ने जेलका फाटक खोल मनकी मुराद पूरी की।

बान बटनेको बैठे ही थे कि यारोंके मजमेंमें बिहारीलाल भी आ धमके। शक्लो-शबाहत देखने क़ाबिल, अल्लाह मियाँने ख़ुद अपने हाथोंसे शायद इन्हें गढ़ा था। चाल इनकी चीना औरतसे भी शोख़ी भरी। हँसीमें अजीब बाँकपन। आँखें अलबत्ता छोटी, गोल और चुन्धी थीं, पर हँसनेमें कुछ ऐसी खिलती थीं, कि देखते बनती थीं। नारियल-जैसे सिरपर नहा-धोकर जब आप तेल चुपड़ लेते थे, तो मक्खियाँ मुबारकबाद देने आती थीं। लोग उन्हें ठेकेदार कहते थे; परन्तु मैंने उनका नाम मिस छछूँदर फिट किया। अपना अनोखा नाम संस्कार होते देख बिहारीलाल खिल-खिलाकर हँस पड़े। यारोंका उत्साह बढ़ गया। उँगली पकड़ते ही

---

[1] बिहारीलाल विनोदी स्वभावके थे। उनसे इसी तरहका विनादी व्यवहार था। अतः उसी विनोदी ढंगपर यह घटना लिखी गई थी और यह हंसमें (शायद सन् ३३ में) प्रकाशित हुई थी। पाठकोंको इस स्तम्भमें लिखनेका यह ढंग शायद अखरेगा, इसके लिए मैं मजबूर हूँ, क्योंकि जो घटना जैसी हो, उसे वैसी ही भाषामें लिखना मुझे उपयुक्त मालूम हुआ।

पहुँचा पकड़नेकी दावत मिली। फिर तो शनैः शनैः तीतर, कबूतर, बटेर, गिरगट, मेंढक आदि कितने ही लाड़-प्यारके नामोंसे सम्बोधित होने लगे। और तारीफ़ तो यह है कि उपर्युक्त नाम सुनकर उन्हें एक प्रकारका आह्लाद ही होता था। उस समय तो इन सब उपनामोंका एक श्लोक भी बन गया था; पर अब अक़्लपर ज़ोर देनेपर भी नहीं सूझ पड़ता और नया लिखनेमें असलियतका लुत्फ़ जाता है।

गाँधी-अर्विन समझौतेमें सारे बलबटेर उड़ गये, बिहारीलाल फँसे रह गये। ख़ुशक़िस्मतीसे उनके सत्संगका लाभ उठानेका मुझे भी दो-तीन यारोंके साथ रहनेका मौक़ा मिल गया। भीड़ छट जानेपर असली जौहर देखनेका अवसर मिला। प्रातःकाल उठे और हज़रत सन्ध्यापर बैठ गये, कितने ही उपसर्ग किये जाते, पर टससे-मस न होते, अलबत्ता मुसकराते ज़रूर रहते। हज़रत सन्ध्यापरसे उठे, कि यार लोग उनके हिस्सेकी दाल-तरकारी पहले ही चट कर जाते, मगर आप रूखी रोटी ही टमर-टमर निगल जाते और इस अन्दाज़से, गोया नूरजहाँ बेगम नाश्ता कर रही हों। रोटी ठूँस लेनेके बाद सबसे पहले अपना बान बट लेते, फिर बारी-बारीसे सबका हाथ बटाते। दोपहरको दलिया और चने आते, तो हज़रतकी नीयत सबके हिस्सेको चट कर जानेकी रहती, पर यह दाँव रोज़ नहीं चल पाता। यही उनकी दैनिक-चर्या थी।

अब हमारी भलमनसाहत मुलाहिज़ा फर्माइये। हज़रतके सोते हुए कानमें पानी डाल देना, मुँहपर स्याही उँडेल देना, भँवें पाउडर लगाकर साफ़ कर देना, पायजामेका इज़ारबन्द काट देना, कपड़े भिगो देना, बिस्तरे छिपा देना, चलते हुए खोपड़ीपर चपत कस देना, एक-दूसरेको धक्का दे देना, अपने पास बुलाकर पहले मीठी-मीठी बातें करना, फिर दुतकार देना, और उनके कुढ़नेपर खिलखिलाकर हँस पड़ना, यह हमारा दैनिक कृत्य था।

दर्याफ़्त करनेपर मालूम हुआ कि आप मेरठ ज़िलेके किसी गाँवमें भंग वग़ैरहकी ठेकेदारी करते थे, इसीलिए आप ठेकेदार सम्बोधनपर बड़े अधिकारपूर्वक बोलते थे। पिकेटिंगके ज़मानेमें आपके यहाँ भी धरना दिया गया। एक रोज़ रातको दो स्वयंसेवक आये और इनसे भोजन देने और रातको वहीं पड़ रहनेके लिए प्रार्थना करने लगे। तब आपने फ़र्माया—"ससुरो, हमारे यहाँ ही पकेटिंग करो और हमींसे रोटी और सोनेकी जगह माँगो! चलो निकलो यहाँसे। तुम्हारी ऐसी-तैसी!"

स्वयंसेवकोंने भविष्यमें धरना न देनेका विश्वास दिलाया, तब आपने प्रेमपूर्वक भोजन बनाकर खिलाया और उन्हें अपनी चारपाई सोनेको देकर स्वयं ज़मीनपर पड़ रहे। सवेरा होते ही स्वयंसेवक उठे और बड़े इत्मीनानसे आपकी ही दुकानपर धरना देने बैठ गये। इस कलियुगमें उपकारकी ऐसी मिट्टी पलीद होते देख आपको वैराग्य-सा हो गया और दुकान बन्द करके आप दिल्ली भाग गये और यहोंसे मोण्टगुमरी—जिसे हम ख़राती होटल या ससुराल कहा करते थे—फेंक दिये गये।

देहाती होनेसे आपकी भाषा भी बड़ी ऊबड़-खाबड़ थी। क़ैंचीको कंच्ची, सिविलसर्जनको सलेटसर्जन, वालिण्टियरको बलबटेर, इन्कलाबको किनकलाब या ऐनकलाब, मिठाईको मठियाई, पिकेटिंगको पकेटिंग कहकर हमारे पेटोंमें बल डालते रहते थे।

स्वराज्य क्या है, यह उन्हें मालूम न था। राष्ट्रीय संग्राम क्यों छिड़ा हुआ है, जेल लोग किसलिए जा रहे हैं, गान्धी किस बलाका नाम है, इसका उनके सींगको भी पता न था, और सच बात तो यह है कि उनके मौज़ी दिमाग़में इन सब बातोंके रखनेकी गुंजाइश ही न थी।

उनकी दिव्य दृष्टिमें धर्मोंमें श्रेष्ठ धर्म आर्य-समाज और शास्त्रोंमें शास्त्र सत्यार्थ प्रकाश था। इन्हींकी अक्सर दुहाई देते थे, बात-बातमें इन्हींका हवाला देते थे। अपने हस्ताक्षर भी कर लेते थे, यह तो मुझे इस समय याद नहीं

पर सत्यार्थप्रकाश उन्हें कण्ठस्थ था। ज़रा देरसे सोकर उठे, और उन्होंने, इसे उक्त ग्रन्थराजसे कुटेव सिद्ध कर डाला। खाना खाते समय ज़रा हँसे नहीं कि सत्यार्थप्रकाशका हण्टर पड़नेमें चूक नहीं होती। ज़रा मज़ाक़ किया और उन्होंने उसे व्यभिचार प्रमाणित किया। ग़रज यह है कि सोते-उठते, खाते-पीते, उनके इस बेमौसमी उपदेश पीते-पीते हमारे पेट बढ़ गये। पर उन्हें रहम न आया। रात्रिको ज़रा साँस लेनेका अवकाश मिलता, जी चाहता कि तफ़रीहकी बातें करें कि आप बीचमें कूद पड़ते। वही अपनी राम-कहानी। फ़िज़ूल बैठे क्या करते हो, सन्ध्या क्यों नहीं कर लेते। सन्ध्या नहीं आती है, तो आओ भजन ही गावें। और लगते फिर पंचम स्वरमें आलापने।

यार लोग तो इस मौक़ेके लिए उधार खाये बैठे ही रहते थे। एक कहता––"बड़े भाईकी स्वर-लहरी तो देखिये, कट्टो गिलहरी भी झेंप जाय।" दूसरा कहता––"अमाँ स्वरको क्या, गलेके लोचको देखिये, गोया बुढ़िया नानी चक्की पीस रही हो।" कोई कहता––"अजी, तरुन्नम, तो देखिए, बैशाखनन्दन भी चीं बोले।" कोई कहता––"शायरी तो मुलाहिज़ा फ़र्माइए, तुलसी, सूर स्वर्गमें बैठे अपना सिर धुन रहे होंगे।"

यारोंके बढ़ावेमें उन्हें कुछ अजीब लुत्फ़ आता था। यही गायन फिर नृत्यमें परिवर्तित हो जाता। यह नाच भारतकी कौन-सी प्राचीन नृत्य-कलाका द्योतक है, यह तो हम नहीं जानते थे; किन्तु हम इसे मेंढक-नृत्य कहते थे।

छः माहके बाद उन्हें उस खैराती होटलसे धक्के मिले, तो मुँह लटकाये हुए सीधे दिल्ली आये और यहीं हवन-सामग्री और भजनोंकी किताबें फेरीमें बेचकर चैनकी बंसी बजाने लगे।

बिहारीलालके दस माह बाद हम भी दुत्कार दिये गये। अपना-सा मुँह लेकर हम भी दिल्ली चले आये। सिरपर झेंप सवार थी, कि कोई

देख न ले किसीको ख़बरतक न की। अँधेरे-अँधेरेमें घर पहुँचे; पर न जाने कौन शैतान कानों-कान कह आया कि आवारा मालपर चीलकी तरह मजमा टूट पड़ा। इनमें अपने-पराये, सगे-सम्बन्धी, यार दोस्त सभी थे। पहले प्रश्नोंकी बौछार हुई, फिर सहानुभूति प्रदर्शित की गई, फिर तारीफ़ों-के पुल बाँधे गये, जिन्हें सुनकर मेरी छाती मारे आत्म-गौरवके फूली जाती थी, जी चाहा कि कह दूँ, कि जबतक स्वराज्य न मिलेगा, घर पानी तक न पीऊँगा, और चल दूँ सीधा अभी जेलको; पर मनोभाव जब्त कर गया।

आत्म-प्रशंसा सुननेसे अभी जी भरा भी न था कि उपदेशोंकी करारी चपतें मुँहपर पड़ने लगीं। एक बोले—"दो सालमें शरीरका ढेर कर लिया, घर बर्बाद हो गया सो अलग, क्या आया हाथमें? मुफ़्तमें सत्यानाश कर लिया।"

दूसरे बोले—"ख़ैर, अब जो हुआ सो हुआ, अब आइन्दाके लिए कान पकड़ लो। तुम्हारे एकके न होनेसे कुछ बनता-बिगड़ता नहीं है।"

तीसरे अत्यन्त नज़दीकी बोले—"भाई, तुम्हारा क्या बिगड़ा, मज़ेमें जेलमें जा बैठे, हमें न देखो रोते-रोते आँखें सुजा लीं और काया मट्टी हो गई, सो मुफ़्तमें।"

इसी प्रकार उतार-चढ़ावकी कई रोज़तक बातें सुननेको मिलीं। ५-६ रोज़ बाद बिहारीलालने सुना, तो दौड़े हुए आये। देखते ही दिल बाग़-बाग़ हो गया। मनमें सोचा जेलकी हरकतोंको दुहराकर यह मुझे शर्मिन्दा ज़रूर करेगा। मगर बिहारीलाल बिहारीलाल थे। बातें करते हुए हाथीकी तरह झूम रहे थे, चलते समय मेरे आगे साठ रुपयेके नोट रख दिये। मैंने हैरानीसे पूछा—"बड़े भाई! यह क्या?" वह बोले—"सवा दो सालमें घर आया है, यहाँ क्या खत्ती गढ़ी हुई है, जिसे तू खायगा। ८-६ महिनेमें यही जोड़ पाया हूँ, यह तेरे निमित्तके ही हैं।"

मेरे इनकार करनेपर बोला—"दिल्लीवाली शेखी तो रहने दे। डर मत, मैं माँगूंगा नहीं, तेरे लिए ही जोड़कर रक्खे हैं।"

न मालूम अपनी देहाती जबानमें बड़े भाई क्या-क्या बकते रहे; पर मैं उस समय अपने मनमें रो रहा था। बड़ी मुश्किलसे उनके रुपये लौटाये। नोट उन्होंने अण्टीमें लगा लिये; पर जिस उमंगसे वह मेरे पास आये थे, उस उमंगसे वापिस नहीं गये। उनकी इस उदासीका कारण स्पष्ट था, पर मैं विवश था।

मुसीबतज़दासे मिलने, सहानुभूति प्रदर्शित करने तो बहुत आते हैं; पर बिहारीलाल-जैसे बिरले ही आते हैं। न मालूम अब बिहारीलाल कहाँ हैं। मुद्दतोंसे दर्शनों तकको भटक गया। आज पुरानी स्मृति उभर आनेपर दिलकी भड़ास क़ागज़पर ही बखेरकर पूरी कर रहा हूँ।

**वीर, २० जनवरी १९४० ई०**

# भाई-भाई

मोण्टगुमरी जेलमें हमारी बैरिकपर एक पीली वर्दीवाला मुसलमान नम्बरदार तैनात था। वह पाँचों वक़्त नमाज़ पढ़ता और बाक़ी टाइममें क़ुरान। शक्लो-शबाहतसे भलमनसाहत टपकती थी और सचमुच था भी वह ऐसा ही। उम्र लगभग ५०-५५ की होगी। २० सालकी सज़ा पूरी करनेमें ५-६ महिने बाक़ी रहे थे। उसे देखकर कभी ख़याल आता कि न जाने किस भलेमानसने इस ईसामसीहकी भेंड़को दूसरेके भुलावेमें क़ैद किया है ? इस बछियाके ताऊसे क्या गुनाह बना होगा ? और कभी ख़याल आता अजी, ऐसे ही भोली-भाली शक्लवाले क़हर ढाते हैं। इन जैसोंका वह आलम है कि 'हो जाएँ खून लाखों, लेकिन लहू न निकले', कुछ-न-कुछ हरकत की होगी तभी तो हज़रत धर लिये गये, वर्ना किसका सिर फिरा है जो नमाज़ अदा करते और क़ुरान पढ़ते हुए इन्हें पकड़ता ? एक बार उससे पूछा भी तो हँसकर टाल दिया बताया नहीं।

उसी जेलमें उन दिनों उसका छोटा भाई भी क़ैद था। अनेक जेलोंमें पृथक्-पृथक् रहते हुए सौभाग्यसे वे दोनों वहाँ मिल गये थे। दोनों एक-दूसरेसे बहुत फ़ासलेपर रहते थे, पर कभी-कभी मिलन हो जाता था। छोटे भाईसे पूछा तो वह बोला—"मेरी नालायक़ीसे यह सज़ा भुगत रहा है। मैंने एक आदमीको क़त्ल कर दिया था, जब पुलिस मेरी तलाशमें आई तो इसने खुद क़ुसूर तस्लीम कर लिया। भाईको फँसते देख मैंने अपना गुनाह क़ुबूल कर लिया। पुलिसने मुझे भी थाम लिया। मगर यह न माना और अदालतमें भी अपनेको ही मुजरिम साबित करनेकी कोशिश की। मैं अपनेको क़ातिल कहता था और यह अपनेको। आख़िर अदालतसे हम दोनोंको २०-२० सालकी सज़ा हुई।"

मैंने पूछा, "तुम दोनोंने अपराध क्यों स्वीकार किया ? एकने मंज़ूर

कर लिया था तो दूसरा चुप रहता ताकि वह बीवी पैठ
तो कर पाता।"

रिश

वह बोला—"बाबू! मैं तो गुनहगार था ही, इस
फँसते देख मैं कैसे चुप रहता? मैंने खुद अपना फ़ेल
कर लिया ताकि बेक़सूर भाई बच जाय। मगर वह न
बोला—"जब छोटा भाई फाँसी चढ़ जायगा तब मैं ही जीकर
करूँगा?"

मैंने कहा—"उसे अपनी स्त्रीका तरस न आया, उसके रोकेसे भी न रुका।"

छोटा भाई बोला—"बाबू! औरत तो पराये घरकी होती है, उसके रोकनेसे वह क्या रुकता? भाई फिर भी भाई है। संसारकी सब न्यामतें मयस्सर हो सकती हैं, लेकिन सगा भाई कहाँ मिल पाता है? उसके इसी ख़यालने उसे मजबूर कर दिया। बाबू! यह मेरा बड़ा भाई ऐसा शील स्वभाव है कि फ़रिस्तोंमें भी मिलना मुश्किल है।"

अशिक्षित और जंगली भी इतनी भावुकता और जीवनमें प्यार लिये फिरते हैं यह पहली बार मुझे अनुभव हुआ।

१९५० ई०

# सुन्दर हलालख़ोरी

तिकी हलालखोरी (भंगिन) है। आयु ५० के लगभग और नाम है "सुन्दर"। दिल्लीमें रहते हुए मुझे ३० वर्ष हुए, तभीसे वह मुझे ती है। मुझे बचपनसे देखा है और आयुमें माँके बराबर है, इसलिए ह हमेशा मेरा आधा नाम लेकर बोलती है और वही मुझे अच्छा मालूम होता है और अब जब कभी वह लाड़-प्यार या बड़प्पनके ख़यालसे मेरा पूरा नाम लेती है तो मुझे वह अच्छा मालूम नहीं होता। और मैं कह देता हूँ—पहला ही नाम ठीक है, वह हँसने लगती है।

जब छोटा था, तब कहती—"मेरा जुध्या भगवान् करे खूब कमाए।" जब कमाने लगा तो कहने लगी—"मेरे जुध्याका ब्याह हो!" ब्याह हुआ तो बच्चेके लिए दुआएँ माँगने लगी। बच्चा भी हो गया, पर उसकी दुआओंकी सीमा नहीं, बढ़ती ही जा रही हैं।

वह भंगिन है, जिजमानोंकी मंगल-कामना करना उसका काम है। इन्हीं बातोंके एवज़में तो हम लोगोंके यहाँ से उनका भरण-पोषण होता है। यह ख़याल आम लोगोंका है और कह नहीं सकता, मेरा भी पहले यह ख़याल था, या नहीं।

जेल चला गया तो माँके रोज़ानाकी तरह रोटी और माहवारी पैसे देनेपर लेनेसे इन्कार कर दिया। माँने कहा—"जी! तुम अपना मेहनताना लो, मुझे कोई वह भूखी-नंगी थोड़े ही छोड़ गया है!" सुन्दर हलालख़ोरी आँखोंमें आँसू भरकर बोली—"वह आयेगा, तब उसीके हाथसे लूँगी।" मेरे हाथसे या माँके हाथसे लेनेकी बात नहीं थी। बात दरअस्ल उसके मनमें यह थी कि जिसका बेटा जेल चला गया है, उससे मेहनताना लेती क्या अच्छी लगूँगी?

जेलसे आया, तब माँने सुन्दर हलालख़ोरीकी बात कही। साथ ही

यह भी कहा कि मकान मालिकने (जो अपने जातिके ही थे) तेरे ज... ही किराया बढ़ा दिया था।

मकान-मालिककी बात अनसुनी-सी करके सुन्दर हलालखोरीके इस त्यागकी बात कई बार सुनी। सोचा, मेरे पास क्या है, जो उसे इस मेहरबानीकी एवज़में दे सकूँ।

जो बन सका वह दिया, तो माथेपर तीन बार चढ़ाया ज़मीनको चुचकारा। दामन फैलाकर दुआएँ दीं और कहा—"मुबारक आजका दिन, जो अपने जुध्याके हाथसे मुझे यह लेहना नसीब हुआ।"

मेरा ब्याह हुआ तो माँने तीहल दी। तीहल लेकर फूली न समाई। पहनकर सारे मुहल्लेको दिखाई—"मेरे जुध्याकी ससुरालसे यह तीहल मेरे वास्ते आई है।"

जिस मकानमें वह कमाने आती थी, वह मैंने बदल लिया है, फिर भी जब कभी मिल जाती है तो देखकर हरी हो जाती है। मैं सोचता हूँ, इन अछूतोंमें भी इतना त्याग, इतना स्नेह कहाँसे आया? कहीं हम उच्च कहलानेवालोंके गुण तो इन्होंने नहीं छीन लिये?

**वीर, ४ मई १९४० ई०**

# एक चोरकी आत्म-कथा

जवानीका आलम, मदभरी आँखें, चेहरेपर दो चुल्लू खून, सुता हुआ कसरती जिस्म और उसपर पुश्तैनी पेशा चोरी। न कमानेकी फ़िक्र, न नौकरीकी चिन्ता, न घाटेका डर। आठों पहर चैनकी बंसी बजती थी, अल्हड़ जवानी आदमीको भुनगा समझती थी! कांधेपर लाठी लेकर चलता तो बे पिये दो बोतलका नशा रहता! जिस घरमें घुस जाता ख़ाली हाथ न लौटता। नाकामयाबी किसे कहते हैं, यह कभी न जाना! हमारी क़ौमके लोग पुलिसके फंदेमें फँसते तो मैं हँसता और कहता इन गावदियोंको हमारी दिलेर क़ौममें पैदा होनेकी ज़रूरत भी क्या थी? माँ लाड़से कहती—"मेरे बेटेके तो पाँवसे लच्छमी लगी रहती है, बुज़ुर्गोंकी आन चली आती है इसलिए मजबूरन इधर-उधर जाता है वर्ना दौलतमन्द तो यहाँ आकर इसकी जूतियोंमें दौलत पटक जाएँ।" बीवी कहती—"मेरा शौहर तो बादशाह है, यह काम तो तफ़रीहन करता है। बादशाह जंगलोंमें शिकारको जाते हैं, मेरा दूल्हा शहरमें शिकार करता है! बादशाह और मेरे शौहरमें कुछ फ़र्क़ थोड़े ही है?"[1]

एक रोज़की बात—चाँद अपने पूरे शबाबपर था। अठखेलियाँ करता हुआ, इश्क़का दम भरता हुआ, सितारोंको गुदगुदाता हुआ, फूलोंको मुसकराता हुआ, बच्चोंको सुखकी नींद सुलाता हुआ, किसीकी दुआएँ लेता हुआ, किसीको तसल्ली देता हुआ और किसीको मचलता हुआ देखकर,

---

[1] एक बार रेलमें सफ़र करते हुए मेरे एक साथीकी एक बूढ़े बूचे आदमी-से भेंट हुई। साथीने ताज्जुबसे पूछा—"कहिये हजरत! ये कान किसीने उखाड़ लिये हैं या अल्लाहमियाँ बनाते हुए ही भूल गये? उस देहाती बूचेने बहुत हील-हुज्जतके बाद जो घटना बयान की, वह ज्यों-की-त्यों केवल अपनी भाषाका जामा पहनाकर पेश कर रहा हूँ। —गोयलीय

किसीको तड़पता हुआ देखकर एक अजीब बाँकपनके साथ वह गुलशने-आसमानपर सैर कर रहा था!

उसकी वोह फबन, वोह निखार, वोह शोख़ी भरी चाल मेरे कलेजेमें उतर गई। हाथमें लाठी ली और चल दिया, गाँवसे बाहर चाँदके साथ-साथ! हम चोरोंके लिये अँधेरी रात क़ीमती होती है। चाँदनी रातमें घरसे बाहर नहीं निकलते। इसलिए घरसे चलते वक़्त माँने हैरानीसे देखा, बीवीने आँखों ही आँखोंमें कहा—"क्या आज पिये हुए हो, देखते नहीं चाँदनी छिटकी हुई है, ऐसेमें भी क्या कभी बाहर जाना होता है?" मैंने कहा—"मैं कमाईको थोड़े ही जाता हूँ, यूं ही ज़रा गाँवके बाहर सैर कर आऊँ, अभी आया ज़रा-सी देरमें।"

एक अँगड़ाई ली और चल दिया गाँवसे बाहर चाँदका खुला रूप जी भरकर देखनेको। वोह सुनसान रात, वोह थकी-माँदी राह, वोह सोया हुआ रेत वे खड़े हुए पेड़, मुझे आगे बढ़नेसे न रोक सके। मैं आगे बढ़ता ही गया, मैं चुपचाप चलता ही गया। यकायक रास्तेसे ज़रा-सी दूरीपर कुछ देखकर ठिठका और पास जाकर देखा तो हैरान रह गया।

उस सुनसान वीरान मैदानमें एक साफ़-सुथरी जगहमें सफ़ेद चादर बिछाये एक देहाती नौजवान अपनी हसीना बीबीके साथ बेमलाल सोया हुआ था। जैसे शेर अपनी मादाके साथ बेख़ौफ़ लेटा हुआ हो। शायद वह अपनी बीबीको कहीं ले जा रहा था और रास्तेमें रात हो जानेसे बीबीके थक जानेकी वजहसे वहीं आराम करने लगा था।

दिल चाहता था कि इसी तरह उस जोड़ेको देखता रहूँ। इस उघड़ी शराबको आँखोंसे पिऊँ। उस हुस्नो-इश्ककी ज़ाहिरा तस्वीरको जी चाहता था, किसीको खबर न होने दूँ और कलेजेमें छिपाकर रख लूँ। वोह अल्हड़ जवानी, वोह बनावटसे दूर देहाती हुस्न और उसपर यह क़यामत कि उस

सन्नाटेके आलममें किस शानसे सोये हुए हैं, न किसीका ख़ौफ़, न किसीकी परवाह !

अफ़सोस ! वोह नशा, वोह बेख़ुदी क़ायम न रही ! नाज़नीनके जिस्मपर चाँदीके ज़ेवर देखते ही पुश्तैनी आदतने तुर्शीका काम किया। सब नशा हिरन हो गया। सोचा, क्यों न लगे हाथ इसके ज़ेवर उतार लूँ, सैर भी की और कमाई भी। ख़यालको अमली जामा पहनाया गया। जिस्मपर जो दो-चार चाँदीके ज़ेवर थे, उतारते देर न लगी। नाककी नथ उतारनेको ज्यों ही मैंने हाथ बढ़ाया कि उस नाज़नीने मेरी कलाई पकड़ ली और बोली—"भले मानस ! तुझे मर्द किसने बनाया, किसी जोड़ेको सोते हुए चुपचाप देखते हुए तुझे शर्म न आई और उसपर भी इतनी हिम्मत कि ज़ेवर भी उतार डाले ! मेरी भलमनसाहत तो देख, कि चुपचाप मैं सब देखती रही और तुझे मना न किया ! अब तेरी इतनी जुरअत कि मेरे सुहागकी निशानी जो बची है उसे भी लेना चाहता है। मजबूरन मुझे बोलना पड़ा। अगर अपनी जानकी ख़ैर चाहता है तो नथ उतारना तो दरकिनार मेरा सब ज़ेवर रखकर चुपचाप चला जा।"

कलाई उसने छोड़ दी और उसी तरह इत्मीमानसे लेटी रही। मेरी ज़िन्दगीमें यह पहला वाक़या था। लमहे भरको उस औरतकी इस दिलेरी पर मैं सकते-सेमें आ गया। फिर मेरी ग़ैरतने मुझे चुटकी ली—"इसी विर्तेपर मर्द बना फिरता है ! औरतने हाथ पकड़ लिया तो ज़ेवर देकर क्या पुश्तैनी जवाँमर्दीको आज अलविदा कहेगा ?"

पुश्तैनी जवाँमर्दीको दाग़ लगाना मुझे मंज़ूर न था ! दुबारा नथ-पर हाथ रख दिया ! इस बार वह उठ बैठी और लपककर मेरे दोनों कान पकड़ लिये और झुँझलाकर बोली—"क्यों रे जानवर ! तू अपनी हरकतसे बाज़ न आया, मैं चुपचाप रही तो तैंने निरा मोमका ही हमें समझा। ख़बरदार जो ज़रा भी हिलनेकी कोशिश की, वर्ना कान उखेड़ लूँगी"।

यह सब उसने इस शानसे कहा जैसे माँ बच्चेको धमकाती है, या शैतान बालक कुत्तेके पिल्लेको।

मेरी जवानी यह कब बर्दाश्त करती कि मैं कान पकड़वाये बैठा रहूँ और वह भी एक औरतसे। चाहा कि कान छुड़ा लूँ और मियाँ-बीबी दोनोंको घसीटकर डाल दूँ, किसी कुएँ-तालबमें ताकि इन्हें मालूम हो, शेरके कान पकड़नेकी क्या सजा होती है?

मगर मेरी उस चाहकी कै कौड़ी उठती? कान तो उस औरतके हाथमें थे। औरतके हाथमें क्या यूँ कहिये शिकंजेमें कसे हुए थे। कान छुड़ानेकी काफ़ी कोशिश की, मगर सब बेकार। आखिर जिस्मकी सारी ताक़त लगाकर कान छुड़ानेको ज़ोर लगाया तो कान तो छूट गये, मगर उसके हाथसे नहीं, मेरी कनपटीसे। मैं बूचा हो गया।

इस छीना-झपटीमें उसके शौहरकी भी नींद उचाट हो गई। उसने मेरा यह बेहाल देखा तो खिल-खिल हँसने लगा। सबब मालूम होनेपर बोला—"पागल! तुझे किस शामतने इधर भेज दिया, तू यह नहीं जानता कि जो इस सुनसान जंगलमें इसतरह सोये हुए हैं, वे क्या निरे दूध बताशे होंगे? मर्द होकर एक औरतसे कान उखड़वा लिये, यह तूने अच्छा नहीं किया। मर्द होनेके नाते मुझे खुद शर्म आ रही है, यह अब चाहे जब ताना दे लिया करेगी, कि मैं मर्दोंके कान उखाड़ लेती हूँ। तेरी यह बुज़दिली मुझे हमेशा खटक देगी।"

उस वक़्तकी मैं अपनी कैफ़ियत क्या बयान करूँ? मेरा ग़रूर पानी-पानी होकर आँखोंसे टपक रहा था। दिल चाहता था कि ज़मीन फट जाये तो उसमें समा जाऊँ। मेरी जवाँमर्दी भीगी बिल्ली बनी हुई थी। उस रोज़ पुश्तैनी पेशेको हमेशाके लिए खैरबाद कहा और मजदूरी करके पेट भरनेका फ़ैसला किया। खुदाका शुक्र है कि उस बातको ३० वर्ष होनेको आये और मैं अपने फ़ैसलेपर क़ायम हूँ।

**वीर, १३ अप्रैल १९४० ई०**

# हियेकी आंख कब खुलती है

जून १६५० के 'निगार' में "जहाँगीर एक शिकारीकी हैसियतसे" एक लेख प्रकाशित हुआ है, जिसमें जहाँगीर बादशाहकी डायरी-से शिकार सम्बन्धी विवरण उद्धृत किये गये हैं। उस डायरीके दो अंश यहाँ दिये जा रहे हैं। बादशाह जहाँगीर लिखता है--

"एक बार मेरे ज़हनमें यह बात आई कि शुरूसे इस वक़्ततक जितने जानवर मैंने शिकार किये हैं, उनकी फ़ेहरिस्त बनाई जाय। चुनांचे मैंने अख़बारनवीसोंको हुक्म दिया और उन्होंने जो फ़ेहरिस्त बनाई, उससे मालूम हुआ कि बारह सालकी उम्रसे आजतक २८५३२ सिर शिकार किये हुए जानवरोंके मेरे सामने पेश किये गये।"

आगे इन मारे हुए जानवरोंके नामोंकी तालिका दी हुई है, जिसके उद्धरणकी हम आवश्यकता नहीं समझते। अन्तिम आयुमें जहाँगीरने शिकार न खेलनेकी प्रतिज्ञा कर ली थी। वह प्रति[illegible] क्यों [illegible] गई, इस वाक़येका बयान वह इस प्रकार करता है--

"मेरे बेटे शाहजहाँका महबूब (अत्यन्त चहेता, प्यारा) बेटा 'शुजा' जिसने नूरजहाँ बेगमकी आग़ोशमें परवरिश पाई थी, और जो मुझे जानसे ज़्यादा अज़ीज़ (प्रिय) था बीमार हुआ। बहुत इलाज हुआ, लेकिन कोई फ़ायदा नहीं हुआ तो मैंने बारगाहे-रब्बुलअज़त (दयालु ईश्वरके दरबार) में दुआ (प्रार्थना) की। उस वक़्त मुझे ख़याल आया कि सत्रह साल क़ब्ल मैंने ख़ुदासे अहद (वायदा) किया था कि जब मेरी उम्र ५० से मुमतादज़ हो जायगी तो मैं शिकार छोड़ दूँगा और मैं किसीकी जान न लूँगा। और सोचा कि मुमकिन है इस अहदके पूरा करनेसे शुजा अच्छा हो जाय। चुनांचे मैंने इसपर अमल किया और शुजा अच्छा हो गया।"

जहाँगीरकी उक्त डायरी पढ़ते हुए मुझे अपने जीवनकी कई घटनाएँ

स्मरण हो आई। ऊँट जब पहाड़के पाससे गुज़रता है तभी उसे अपनी तुच्छताका आभास होता है। हज़रते-इन्सान धन-यौवन, बल, पराक्रम, बुद्धि और सत्ताके अभिमानमें इतना अन्धा हो जाता है कि उचित-अनुचित उसे सुझाई नहीं सूझता। जब उसे क़ुदरतकी ओरसे ठोकर लगती है, तभी उसके हियेकी आँख खुलती है।

सन् १९३१के जाड़ोंके दिन थे। मोण्टगुमरी जेलमें मैं भी अन्य सत्याग्रहियोंके साथ बन्दी था। यहाँका जेलर अपने अत्याचारों और क्रूर स्वभावके कारण पंजाबभरमें प्रसिद्ध था। क़ैदियोंपर कम्बल डलवाकर उनकी हड्डी-हड्डी तुड़वा देना, गुदामें मिर्चें भरवा देना, गन्दे हौज़में डुबकियाँ लगवा देना, उसका अदना करिश्मा था। उसका आतंक ऐसा था कि बड़े-बड़े जवाँमर्द क़ैदी उसके नामसे काँपते थे। ये दो भाई थे। बड़ा मुलतान जेलका और छोटा मौण्टगुमरी जेलका दरोग़ा था। सिक्ख सत्याग्रहियोंपर बड़े भाईने मुलतानमें वह ज़ुल्म किये कि चारों ओर त्राहि-त्राहि मच गई। शास्त्रोंमें वर्णित नरकका दारोग़ा उसके समक्ष हेच मालूम होने लगा। आख़िर एक घटनासे उसकी आँखें खुलीं।

उसकी माँ अक्सर अपने गाँववाले मकानमें रहती थी। ग्रामीण रिवाजके अनुसार वह भी शौचादिके लिए खेतोंमें जाया करती थी। बेटेकी करतूतोंसे गाँवमें भी क्षोभ फैलता जा रहा था। देशद्रोहीकी माँसे भी लोग मन-ही-मनमें घृणा करने लगे थे। तभी एक रोज़ किसीने हिक़ारत भरे स्वरसे कड़कती हुई आवाज़में कहा—"बुड्ढी! इस टट्टीको उठाले वर्ना ठीक नहीं होगा।"

बुढ़ियाकी हालत इस आवाज़को सुनकर वैसी ही हुई जैसी कि जय-जयकारके नारे सुननेके अभ्यस्त नेताओंकी स्थिति काले झण्डे दिखानेपर होती है। बुढ़िया रोबीले स्वरमें बोली—"ओ रे छोकरे, तू क्या बकता है?"

"मैं बकता नहीं, हुक्म देता हूँ, अन्यथा यह तेरे मुँहमें भर दी जायगी।

औरत समझकर तुझसे कुछ नहीं कहा जा रहा है। वर्ना जैसे तैंने साँप जने हैं, जी चाहता है तेरा मुँह कुचलकर रख दूँ।"

बुढ़िया मौक़ेकी नज़ाक़तको समझ गई। चुपचाप टट्टी अपने आँचलमें बाँधकर वह सीधी मुलतान अपने बेटेके पास पहुँची। ज़ालिम बेटा माँकी इस हालतको देखकर सिहर उठा, और आइन्दा इस तरहके ज़ुल्म न करनेकी प्रतिज्ञा की।

छोटे भाईकी हियेकी आँखें खुलनेका माजरा इस प्रकार है—सन् १६३१ के जाड़ोंका सोमवार था। परेडका दिन था। हम सब खड़े हुए थे और जेल सुपरिण्टेण्डेण्ट मुआयना कर रहा था। मेरी सीटके ठीक सामने सरदार शेरसिंहकी सीट थी। उसके सामनेसे सुपरिण्टेण्डेण्ट और उसका काफ़िला गुज़रा तो वह खड़े होनेके बजाय लेट गया। उसका लेटना था कि हम सबमें बेचैनी फैल गई, कि लो भई, बैठे-बिठाये नागहानी मुसीबत नाज़िल हुई। हमारे मस्तिष्कमें अभी यह विचार आया ही था कि जेलर फ़ौरन मुड़ा और घबराकर बोला—"देखो-देखो इसको कोई तकलीफ़ मालूम होती है।" देखा तो वह बेहोश था। उसे जल्दीसे हॉस्पिटल भिजवाया गया। हम लोग जेलरके इस अभूतपूर्व सद्व्यवहारसे चकित थे। मगरमच्छके आँसू सुने थे, देखे नहीं थे कि वह स्वयं ही बोला—"मेरी जिन्दगीमें आज यह पहला वाक़या है कि मुझे ग़ुस्सेके बजाय रहम आया। अच्छा हुआ यह कुछ रोज पेश्तर बेहोश न हुआ, वर्ना इसकी हड्डियाँ तुड़वा दी गई होतीं।"

मैं पूछना ही चाहता था कि "क़िबला ! आपकी ज़िन्दगीमें यह यकायक इन्क़लाब कैसे हुआ" कि वह ख़ुद ही एक ठण्डी सांस भरकर बोला—"हम दोनों भाइयोंके एक भी बच्चा नहीं है। एक भांजा है उसीको औलादकी तरह पाला-पोसा है। १५-२० रोज़से मियादी बुख़ारमें मुब्तिला है। हज़ार इलाज कर लिये लेकिन दिनपर दिन हालत ख़राब होती जा रही

है। अब मैं समझता हूँ कि और भी मेरे बच्चेकी तरह बीमार होते होंगे। मेरी तरह और लोगोंको भी सदमा पहुँचता होगा। आप दुआ कीजियें कि मेरा बच्चा अच्छा हो जाय। मैं क़सम खाता हूँ कि अब ता-हयात किसी पर जुल्म न तोड़ूँगा।"

इस जेलमें मेरे सामने इसके डिप्टी जेलरने एक क़ैदीकी गुदामें खूँटा ठोंक दिया था, जिससे उसकी तत्काल मृत्यु हो गई। राजनैतिक बन्दियों-की गवाहियाँ देनेपर जब वह बन्दी होकर जेलमें आया तो पाँवोंमें पड़ता था, काली गऊ बनकर क्षमा कर देनेको गिड़गिड़ाता था। परन्तु बन्दी होनेसे पूर्व क़ैदियोंकी खाल उधड़्वा देना मामूली बात समझता था।

अप्रैल १९४१ की बात है मुझे दिल्लीसे डालमियानगर आये ५-७ रोज़ हुए थे। न नौकरीका कोई निश्चय हुआ था न रहनेको क्वार्टर ही मिला था। गेस्टहाउसमें ठहरा हुआ मुफ़्ती रोटियाँ तोड़ रहा था। इन दिनों चीनी मिलका सीज़न था। अतः मन बहलावके लिए केन काफ़िस जाना शुरू कर दिया था। न मुझे अपने कार्यका पता था न बैठनेके लिए कोई स्थान नियत था। फिर भी १००-५० आदमी सलाम करने लगे थे। कुछ बेकार, नौकरी लगवा देनेकी प्रार्थना करते थे। कुछ अस्थायी नौकरीवाले स्थायी नौकरी दिला देनेकी मिन्नतें करते थे। कुछ ख़ासे पढ़े-लिखे बाबू मुझे सर और हुज़ूर कहकर बोलने लगे थे। इन सब बातों-का परिणाम यह हुआ कि मैं अपनेको 'सर' और 'हुज़ूर' तो नहीं, पर कुछ-न-कुछ समझने ज़रूर लगा। किसीको नमस्तेका जवाब ज़रा-सा सिर हिलाकर, किसीको मुसकराकर, किसीको एक हाथ उठाकर देता और किन्हींको जवाब ही न देता। स्वरमें अधिकारकी-सी बू आने लगी, चाल-में गम्भीरता आ गई। तभी एक करारी चपत मुँहपर लगी।

जहाँसे ईख मिलको जाती है, मैं वहाँसे गुज़र रहा था कि एक आदमी-ने दो गन्ने चूसनेके लिए उठा लिये। मैंने देखते ही कहा—"क्यों बे!

तूने यह गन्ने क्यों उठाये?" उसने वे गन्ने गिरा दिये और चलता बना। मैं ८-१० क़दम ही आगे बढ़ा हूँगा कि मनने, धिक्कारा—"गोयलीय! ५-७ रोज़में ही इतना परिवर्त्तन? क्या हो गया है तुझे?" तत्काल उस आदमीको पुकारकर कहा—"अच्छा अब तो ले जा, आइन्दा ऐसी हरकत न करना।" इस आवाज़में सहृदयताकी नहीं, एक मह्रबानीकी-सी पुट मिली हुई थी और वह भी अधिकारको मिश्रणके साथ।

उसने फिर वे गन्ने नहीं उठाये और बग़ैर पीछे मुड़े ही वह सीधा चला गया। मैं कुछ झेंपा-सा, कुछ क्लान्त-सा गेस्टहाउस पहुँचा तो वहाँ चपरासीने तार दिया जिसमें लिखा था—

"चिल्डरन इल, कम इमीजेटली"

दिल्ली पहुँचा तो दोनों लड़के सख़्त बीमार मिले। महिने भरकी दौड़-धूपमें एक बचा, दूसरा चलता हुआ। यह मैं जानता हूँ गन्नेसे इस घटनाका कोई सम्बन्ध नहीं है। तार तो इस घटनासे दो रोज़ पहले चल दिया था और बच्चे एक सप्ताह पूर्व बीमार पड़ चुके थे। पर, न जाने मेरा दिल क्यों यह कहता है कि तेरे वाक्यमें अभिमान न होता और केवल कर्त्तव्यवश तैंने ईख लेनेसे मना किया होता, तो वह भी बच जाता।

१९५० ई०

# काजरकी कोठरीमें भी बेदाग़

मियाँ ऊधमसिंह कचहरीमें मुंशी हैं, और हमारे एक मजिस्ट्रेट मित्रके मातहत काम करते हैं। १२० रु० मासिक वेतन पाते हैं। ऐसे पेशेमें होते हुए भी, जो रिश्वतख़ोरीके लिए बदनाम है, बल्कि जिसमें रिश्वत लेना और देना नियम-सा बन गया है, मियाँ ऊधमसिंहकी ईमानदारी ज़िलेभरमें प्रसिद्ध है। किसीने आजतक उनको एक पैसा रिश्वत लेते नहीं सुना। इसपर तारीफ़ यह कि काममें भी ज़िलेका कोई अहलकार उनका मुक़ाबला नहीं कर सकता। एक दिन शामको अदालत समाप्त होनेपर गवाहोंको सफ़र-ख़र्च देते समय किसी गवाहने उनका बटुआ उचका लिया। बटुवेमें दो-सौके लगभग रुपये थे। यह रक़म सरकारी जुर्मानेकी वसूलीकी थी और अगले दिन सरकारी ख़ज़ानेमें जमा करानी थी। बटुवेको हरचन्द तलाश किया गया; परन्तु वह न मिलना था, और न मिला। जो आठ-दस गवाह ख़र्चा ले गये थे, बटुआ निसन्देह उन्हीं-में-से एकने चुराया था। हमारे मजिस्ट्रेट मित्रको जब इस घटनाका पता लगा तो उन्हें यह चिन्ता हुई कि ऊधमसिंह-जैसा ग़रीब आदमी इस सरकारी रक़मको जमा कैसे कर सकेगा। वह बेचारा नागहानी मुसीबत और परेशानीमें फँस जायगा। मुंशीजीके स्वाभिमानको चोट न पहुँच जाय, इस भयसे उनकी सहायता भी नहीं की जा सकती थी। आख़िर एक हल सुझा ही गया। वहीं कचहरीमें ४-५ आफ़िसर्सने आपसमें अपनी जेबोंसे २०० रु० एकत्र किये और मुंशीजीको इस सहायताका आभास न मिल जाय, इस ख़यालसे ज़ाहिरामें थानेदारको बुलाकर आदेश दिया कि अपराधीकी तुरंत खोज की जाय। मियाँ ऊधमसिंहको इस आदेशका पता लगा तो हाथ बाँधकर बोले—"हज़ूर, अपना आदेश वापिस ले लें। अपराधी-की खोज कैसे होगी? दोष तो उन आठ-दस गवाहोंमें-से शायद एकका

होगा, परन्तु पुलिस उन सबको व्यर्थमें तंग करेगी। मैं नहीं चाहता कि मेरे कारण किसीको कष्ट पहुँचे। यह रक़म मैं अपने पाससे सरकारी खज़ानेमें भर दूँगा। यह रुपये मेरे भाग्यके होते तो जाते ही क्यों?" बहुत ज़ोर देनेपर भी मियाँ ऊधमसिंह पुलिसकी मार्फ़त अपराधीकी खोज करानेके लिए सहमत न हुए। केवल इसलिए २०० रु० की चुपचाप चपत खा ली कि किसी निरपराध मनुष्यपर उनके कारण कहीं कुछ अत्याचार न हो जाय।

मार्च १९५१ ई०

# आत्म-विश्वास

जेलमें मलेरिया बुखार किसीको न आजाय, इस ख़यालसे प्रत्येक क़ैदीको जबरन क़ुनैन-मिक्सचर पिलाया जाता था। उन दिनों विलायती दवासे मुझे परहेज़ था। अतः जब वे मेरी ओर आये, तब मैंने दवा पीनेसे क़तई इन्कार कर दिया। कुछ लिहाज समझिये या आत्म-विश्वास समझिये, सिपाहियोंने मुझे जबरन दवा नहीं पिलाई, किन्तु यह अवश्य कहा कि दवा न पीनेकी सूचना हमें साहब (सुपरिण्टेण्डेण्ट जेल) को अवश्य देनी होगी और फिर आपपर काफ़ी सख़्ती होगी और दवा भी पीनी होगी। सिपाहियोंकी सूचनापर साहब मेरे पास आया और दवा न पीनेका कारण पूछा। मैंने दवा पीनेमें अपनी असमर्थता प्रकट की तो बोला:—"यदि बीमार पड़ गये तब?" मेरे मुँहसे अनायास निकल पड़ा—"यदि बीमार हो जाऊँ तो आप कड़ी-से-कड़ी सज़ा दे सकेंगे।" साहब ऑलरायट कहकर चला गया? किन्तु सज़ाकी पूरी अवधितक मुझे दवाकी तनिक भी आवश्यकता न पड़ी। बुख़ार, खांसी, ज़ुकाम, क़ब्ज़ वग़ैरह मुझे कुछ भी नहीं हुआ। इतने अर्सेमें एक भी तो शिकायत नहीं हुई। जब कि अन्य साथी दो-तीन माहमें ही जेलसे बीमारियोंका पुंज बनकर निकलते थे।

अनेकान्त, जून १९३९ ई०

# घाटेका सौदा

हमारे एक सुपरिचित मिस्टर ज.... एक बड़ी कम्पनीमें प्रधान व्यवस्थापकके प्रतिष्ठित पदपर आसीन हैं। अत्यन्त कर्त्तव्यशील, कार्यदक्ष और सज्जन पुरुष हैं। बड़े ठाटसे रहते हैं। पिछले दिनों उनके घरमें चोरी हो गई। जेवर, नक़द, सब कुछ जाता रहा। अनुमानतः ३० हज़ारका धक्का लगा। उनकी कम्पनीके मालिकको जब इस चोरीका पता लगा तो उसने उन्हें बुलाकर सब वृत्तान्त पूछा। मालिक इनके कामसे हर प्रकारसे प्रसन्न और सन्तुष्ट था। इस भारी नुक़सानको सहन करना इनके लिए अत्यन्त कठिन होगा यह सोचकर मालिकने ३०,०००रु० का चेक काटकर इनके हाथमें थमा दिया और कहा—"मिस्टर ज.... तुम्हारा नुक़सान मैं अपना नुक़सान समझता हूँ। हानिकी पूर्त्ति-स्वरूप यह भेंट तुम मेरी ओरसे स्वीकार करो।" मिस्टर ज....ने चेक लौटाते हुए अतीव विनम्रतासे कहा—"श्रीमन्! मैं आपका बहुत आभारी हूँ। चेक जो लौटा रहा हूँ इसे आप मेरी धृष्टता न समझें। मैं जानता हूँ कि इस भारी नुक़सानको आसानीसे बरदाश्त करनेकी क्षमता मुझमें नहीं है, परन्तु मैं घाटेका सौदा करना नहीं चाहता। चेक देनेमें जो अनुग्रह और सहानुभूति आपने मेरे प्रति दर्शाई है, उसका मूल्य ३०,००० रु० से कहीं अधिक है। इस चेकको लेकर मैं उस पूँजीको परिमित करना नहीं चाहता।"

मालिक यह जवाब सुनकर दंग रह गया। इसे संयोग समझो या पुरस्कार, कुछ ही महिनोंमें मिस्टर ज....के वेतन और पदमें आशातीत तरक्क़ी हुई।

मार्च १९५१ ई०

# पंचायती सत्कार

दिल्लीके पहाड़ी-धीरज बाज़ारमें एक कहार चाट बेचा करता था। एक रोज़ ४-५ वर्षकी आयुका एक लड़का अपने घरसे दो गिन्नियाँ धेले समझकर उठा लाया। एक गिन्नी किसी फेरीवालेको देकर उससे चने लिये और दूसरी गिन्नीकी इस कहारके यहाँसे चाट ली। चाटवाला उस वक़्त घर गया हुआ था। उसके ७-८ वर्षके लड़केने भी उसे धेला ही समझा। जब चाटवाला आया तो लड़का बोला--"चाचा, यह नया धेला तो हम लेंगे।"

चाटवाला गिन्नी देखकर घबराया, उसने पासके दुकानदारको बुलाकर लड़केसे सब माजरा सुना और गिन्नी उस दुकानदारके पास अमानतन रख दी, ताकि वास्तविक मालिकके पास वह पहुँचा दी जाय। और गिन्नी यथास्थान भेज भी दी गई। मुझे जब इस घटनाका पता चला तो मैं उस ग़रीब चाटवालेकी इस ईमानदारीसे बहुत प्रभावित हुआ और मैंने यह विवरण पत्रोंमें प्रकाशित करा दिया।

पत्रोंमें छपनेके दो-तीन रोज़ बाद वह चाटवाला मेरे पास आया और कृतज्ञता-भरे स्वरमें बोला--"एक गिन्नीसे हुज़ूर क्या पूरा पड़ता। आपने जो मुझे इज़्ज़त दिलाई है, उसके आगे करोड़ोंकी दौलत हेच है। अख़बारोंमे यह ख़बर छपनेपर हमारी बिरादरीकी पंचायत हुई, जिसमें मुझे बुलाकर शाबाशी दी गई और कहा गया कि तैंने अपनी ज़ातकी इज़्ज़त बढ़ाई है।" हुज़ूर आपकी बदौलत मेरी इतनी इज़्ज़त हुई, आपका किस मुँहसे उपकार मानूँ।

मैंने कहा--"इतने ग़रीब होते हुए भी जो तुमने आदर्श उपस्थित किया है, उसे जनताके सामने रखना एक लेखकके नाते मेरा फ़र्ज़ था। तुम्हारी ईमानदारी इससे भी ज़्यादा इज़्ज़त पानेकी अधिकारी है।"

**फ़रवरी १९५१ ई०**

# विमल भाई

मेरे एक अत्यन्त स्नेही साथी हैं, जिन्हें कुछ लोग 'खब्ती भाई' कहते हैं, कुछ लोग उन्हें सनकी समझते हैं और कुछ समझदार दोस्तोंका फ़तवा है कि इनके मस्तिष्कका एक पेंच ढीला है।

मेरा इनसे सन् १६२५ से परिचय है। इन २५ वर्षोंमें समीप-से-समीपतर रहनेपर भी मुझे इनमें ख़ब्त और सनकका आभासतक नहीं मिला, फिर भी मैं हैरान हूँ कि हे सर्वज्ञ! क्या ये आपके ज्ञानमें भी ख़ब्ती और सनकी झलके हैं?

गोरा शरीर, किताबी चेहरा, आँखें बड़ी और रसीली, चौड़ी पेशानी, मझोला क़द, सुडौल कसरती ज़िस्म, शरीरपर स्वच्छ और धवल खादीकी मोहक पोशाक, चाल-ढालमें मस्ती और स्फूर्ति। एफ० ए० तक शिक्षा, भले और प्रतिष्ठित घरमें जन्म, बातचीतमें आकर्षण, राष्ट्रीय विचारों और लोकसेवी भावनाओंसे ओतप्रोत। महात्मा गाँधीसे किसीका दिल दुखा हो, परन्तु इनसे असम्भव। फिर भी दोस्तोंके दायरेमें मज़हक़ाखेज़ बने हुए हैं और उसपर तुर्रा यह कि बुरा माननेके बजाय फूलकी तरह खिलते रहते हैं।

एक रोज़ मैं और एक मेरे साहित्यिक मित्र विमल भाईकी चर्चा कर रहे थे और उनपर फ़ब्तियाँ कसनेवालोंपर छींटे उड़ा रहे थे कि समीप ही बैठा हुआ उनका ११-१२ वर्षका छोटा भाई पढ़ते-पढ़ते बेसाख़्ता बोला—"हाँ-हाँ वह ख़ब्ती है सनकी है; मैं शर्त बदकर कहता हूँ।"

अब हमारी क्या सामर्थ्य थी जो बात काटते। एक तो छोटा, दूसरे शर्त बदनेको तैयार। फिर भी हिम्मत बाँधकर पूछ ही बैठे—"हुज़ूरको उसमें क्या ख़ब्त दिखाई देता है?"

वह एक अजीब-सा मुँह बनाकर बोला—"एक ख़ब्त। अजी भाई

साहब ! वह सरसे पैरतक ख़ब्त ही ख़ब्तसे ढका हुआ है। जिस मुर्दनी-में कुत्ते न झांके वहाँ इन्हें देख लीजिये। सुबह-शाम हज़रतके हाथमें ऐरे-ग़ैरे नत्थूख़ैरोंके लिए दवाओंकी शीशियाँ रहती हैं, ख़ुदके पाँवमें साबुत जूतियाँ नहीं और उस रोज़ दुकान बेचकर उस.....नादिहन्दको दो हज़ार रुपये दे दिये, जिससे पठान भी तोबा माँग चुके हैं। उस रोज़ स्कूलसे आते हुए यारोंने उन्हें बनानेके ख़यालसे कहा--

"बड़े भाई, आज तो ईखका रस पिलवाओ।" थोड़ी देरमें क्या देखते हैं कि हम ८-१० साथियोंके लिए ईखके रसके बजाय सन्तरेके रसके गिलास आ रहे हैं। हमने ख़िलाफ़ तवक्क़ह देखकर पूछा--"बड़े भाई, यह क्या तकल्लुफ़ ?" फ़र्माया--"आप लोग कब बार-बार पिलानेको कहते हैं।"

"रस पी चुकनेपर हम सबकी मुश्तर्क़ा राय थी कि विमल भाई ख़ब्ती होनेके साथ-साथ बुद्धू भी हैं"।

लड़केने अपनी बात कुछ इस ढंगसे कही कि मेरे वे साहित्यिक मित्र तपाकसे बोले--हाँ यार, इनके ख़ब्तका एक ताज़ा लतीफ़ा तो सुनो--

"पुकार फ़िल्ममें किस क़दर रश है, यह तो तुम्हें मालूम ही है। विमल भाईने भी भीड़में घुसकर ४-५ फर्स्ट क्लास टिकट ख़रीद लिये। एक तो अपने लिए बाक़ीके परिचित या मुहल्लेके लोगोंके लिए, इस ख़यालसे कि कोई आये तो परेशान न हो। दर्शकोंकी भीड़ हालमें घुसी जा रही है और विमल हैं कि आनेवाले परिचितोंकी प्रतीक्षामें बाहर सूख रहे हैं; और जब राम-राम करके टिकटोंसे मुक्ति पाई तो हालमें तिल रखनेको जगह न थी। टिकट जिन साहबने लिये, उनमें-से, किसीने फ्री पास समझकर और किसीने बुरा न मान जाएँ, इस भयसे टिकटके दाम नहीं दिये। एक साहबने दाम देनेकी ज़हमत फ़र्माते हुए अठन्नी उनके हाथपर रखी और बोले--"जब हाउस फुल हो गया तो टिकटके पूरे दाम कैसे ?"

यह लतीफ़ा उन्होंने इस अन्दाज़में बयान किया कि हम लोट-पोट हो गये। रातको सोने लगा तो मुझे विमल भाईकी ऐसी कई बातें स्मरण हो आईं, जिन्हें मैं अबतक उनकी ख़ूबियाँ तसव्वुर किया करता था। अब जो दुनियाकी ऐनक लगाकर देखता हूँ तो रंग ही दूसरा नज़र आने लगा।

सन् १९३३ की बात है। मुझे ऐतिहासिक अनुसन्धानके लिए अकस्मात् उदयपुर जाना उसी रोज़ आवश्यक हो गया। मार्ग-व्ययके लिए तो रुपये उधार मिल गये, और ठहरने आदिकी सुविधा इतिहासप्रेमी बलवन्तसिंहजी मेहताके यहाँ हो गई; परन्तु पहननेके कपड़े मेरे पास क़तई नहीं थे। जेलसे आकर बैठा था। जो कपड़े थे, उनमें-से कुछ धोबीके यहाँ थे, कुछ मैले पड़े थे। स्वच्छ एक भी न था, और उदयपुर जाना उसी रोज़ अत्यन्त आवश्यक था। बड़ी असमंजस और चिन्तामें था कि यकायक विमल भाई आये और बोले—"सुना है आप उदयपुर जा रहे हैं, वहाँ आपको कई रोज़ लगेंगे। मेरे पास फालतू कपड़े तो नहीं हैं, परन्तु आप घरपर दिनभर रहें तो आपके सब कपड़े धो दूँ।" मजबूरन विमल भाईको कपड़े देने पड़े। शामको धोकर दिये तो इतने स्वच्छ कि धोबी भी देखकर शर्माये।

गत वर्ष गर्मीके दिनोंमें आपके यहाँ चोरी हो गई। जिन बिस्तरोंपर आप आराम फ़र्मा रहे थे, उनको छोड़कर नक़्द, ज़ेवर, कपड़े, बर्तन सब ले गये। लगे हाथ झाड़ू भी दे गये, ताकि सुबह उठकर सर पीटकर रोनेके अतिरिक्त आपको झाड़ू देनेकी ज़हमत न उठानी पड़े। समाचार सुना तो घबराया हुआ विमल भाईके यहाँ पहुँचा। समझमें नहीं आता था कि इस महँगी और कन्ट्रोलके ज़मानेमें अब कैसे पौन दर्जन फ़ौजका तन ढकेंगे। और हवा-पानीके अलावा क्या खाने-पीनेको देंगे। सान्त्वना देनेके लिए न कोई शब्द सूझते थे, न कोई कमबक़्त शेर ही याद आता था। इसी

उधेड़बुनमें मुँह लटकाये पहुँचा तो विमल भाई देखते ही खिल उठे, और मैं कुछ कहूँ, इससे पहले स्वयं ही बोले—

"भाई! हमारा तो सदैवके संकटसे पीछा छूट गया। यक़ीनन आजसे हमारे बुरे दिन गये और अच्छे दिन आये।"

मैंने समझा कि विपदाका पहाड़ टूट पड़नेसे विक्षिप्त हो गया है। परन्तु वह विक्षिप्त नहीं था, फिर बोला—"भाई! यह परिग्रह ही सब झगड़ोंकी जड़ है, इसीके कारण अनेक क्लेश और बाधाएँ आती हैं। अब सुख-चैन ही सुख-चैन है। रोटियाँ तो खानेको मिलेंगी ही। आधे दर्जन बच्चे हो गये, अब पत्नी ज़ेवर पहनते क्या अच्छी लगती थी? विलायती कपड़ा सब जाता रहा, अब झक मारकर स्वदेशी पहनेगी!" और फिर वही चेहरेपर फूल-सी मुसकराहट।

उठकर चला तो वहाँसे एक साहब साथ और हो लिये। फ़र्माया—"देखा आपने इनका ख़ब्त। लोगोंके घर चोरी होती है तो दहाड़ मारकर रोते हैं और एक आप हैं कि खिल-खिल हँस रहे हैं। गोया चोरी नहीं हुई, लाटरीमें हरामका रुपया हाथ लग गया है। अगर इनका बस चले तो चोरी होनेकी ख़ुशीमें दावत दे दें।"

सान्त्वना प्रकट करनेके लिए तो मुझे कोई शेर याद नहीं आया, उसकी आवश्यकता भी नहीं पड़ी, परन्तु इन साथीकी बकवासपर ग़ालिबका शेर मनमें झूमने लगा—

**न लुटता दिनको तो यूँ रातको कब बेख़बर सोता।**
**रहा खटका न चोरीका दुआ देता हूँ रहज़नको॥**

सन् १६३०के असहयोग आन्दोलनमें आपने खद्दरकी दुकान खोली। विमल भाईकी दुकानपर बाहरके व्यापारी तो तब आते, जब परिचित यारोंकी कुछ कमी होती। भीड़ लग गई, लोग हैरान कि जिसने कभी दुकान नहीं की, वह इस फर्राटेसे क्योंकर बिक्री कर रहा है? घरवाले

भी ख़ुश कि चवन्नी न सही, दुअन्नी रुपया भी मुनाफ़ा लिया तो २००-३०० रुपयेकी बिक्रीपर २५-३० तो कहीं भी नहीं गये। हमने स्वयं अपनी आँखोंसे आपकी दुकानदारीके जौहर देखे। दुकान ऐसी चली कि २-३ माहमें ही पंख निकल आये। माँने अपने ३०००रु० माँगे तो आपने एक हज़ार रुपयेकी उधारकी लिस्ट दे दी और दो हज़ार रुपये एकके नाम ऋण लिखे दिखला दिये।

माँने सर पीटकर कहा—'तैने उस ना-दिहन्दको दो हज़ार क्यों पकड़ा दिये?" फ़र्माया—"माँ, तू तो बेकारमें घबराती है, उसने मुझे क़सम खाकर २००० रु० जल्दी लौटानेको कहा है। उसे पठान तंग कर रहे थे, इसीसे उसे रुपयेकी ज़रुरत आ पड़ी थी।"

इन २५ वर्षोंमें जब-जब विमल भाईसे पूछा कि वे रुपये पटे या नहीं। तब-तब आपने बड़े विश्वासके साथ कहा—"भई, रुपये मारमें थोड़े ही हैं! बिचारा खुद मुसीबतमें है, उससे रुपयेका तक़ाज़ा करना भलमन-साहतमें दाख़िल नहीं।"

मैं इन २५ वर्षोंमें स्वयं निर्णय नहीं कर पाया कि विमलभाई ख़ब्ती हैं या जीवन्मुक्त? क्या पाठक अपनी उपयुक्त सम्मति देंगे।

**अनेकान्त, फ़रवरी १९४८ ई०**

# भिक्षुक मनोवृत्ति

बहुधा लोगोंके जीवनमें ऐसे अवसर आते हैं कि दिनभर भूखे-प्यासे रहनेसे पेट अँतड़ियोंसे लग गया है, जीभ तालूसे जा लगी है, ओठोंपर पपड़ियाँ जम गई हैं, और चलते-चलते पाँव मूसल हो गये हैं। न पासमें एक धेला है, जो चने चबाकर ही ठण्डा पानी पिया जाय, न मंज़िले-मक़सूद ही नज़र आती है। पासमें पैसे न होनेकी वजह मुफ़लिसी ही नहीं होती, आकस्मिक घटनाएँ भी होती हैं। कभी जेब कट जाती है, कभी घरसे लेकर न चले और साथियोंने रास्तेसे ही पकड़ लिया और समझा कि अभी वापिस आये जाते हैं, मगर रास्तेमें कार फेल हो गई या ताँगा पलट गया, पैदल चलनेके सिवा कोई चारा नहीं। कभी रेल्वे टिकिटके लिए १-२ पैसेकी कमी रह गई है परदेशमें किससे माँगे, कोई जान-पहचानका भी तो दिखाई नहीं देता, कि इस मुसीबतसे निजात मिले। यदि दिखाई दिया भी तो माँगनेकी हिम्मत न हुई, ओठ काँपकर रह गये। घरमें बच्चा बीमार पड़ा है, उसी रोज़ वेतन मिलनेवाला है, मगर घरमें डॉक्टरको बुलानेके लिए रुपये फ़ीसको तो कुजा, आफ़िस जानेके लिए इक्केके लिए दो पैसे भी नहीं हैं। और मनमें यह सोच ही रहे हैं कि चलो बच्चेको ही हस्पताल गोदमें ले चला जाये, ऐसे ही नाज़ुक मौक़ेपर कोई साहब आते हैं। शक्लो-शबाहतसे अच्छे-खासे जीविक़ार और भले मालूम देते हैं। हाथमें ४-५ रुपयेकी रेज़गारी भी लिये हुए हैं। कुम्भ-स्नानको जाना है, एक दो रुपयेकी जो कमी रह गई है, उसे पूरी करने चले आये हैं और इनकी धज देखिये——नाज मुद्दतसे छोड़ रक्खा है, सिर्फ़ फल-दूधपर गुज़र फ़र्माते हैं, ऐसे संयमीकी सहायता करना आवश्यक है। भांजीके भातमें २००० रु० की कसर रह गई है, एसे कारे-सवाबमें मदद करना अख़लाकी फ़र्ज़ है। अफ़ीम खानेको पैसे नहीं रहे हैं, अफ़ीम न मिली तो बिचारा जम्हाइयाँ लेते-लेते मर

जायगा, इन्सानी जान बचाना निहायत ज़रूरी है। ऐसे दुखद प्रसंगोंपर बड़ी विचित्र परिस्थिति होती है। ख़ासकर उस अवसरपर जब कि आप, ख़ुद सही मायनोंमें इम्दादके मुस्तहक़ हैं, मगर अपनी वजअ़दारीकी वजहसे आप किसीपर भी यह राज़ ज़ाहिर नहीं करना चाहते और तभी कोई आपके जाने-पहचाने साहब——किसी जल्सेके लिए, चौबेको भरपेट लड्डू खिलानेके लिए, किसी साधुके मन्दिरका कुँआ बनवानेकी हठ पूरी करनेके लिए, चिड़ीमारके चंगुलसे तोते छुड़ानेके लिए, मुहल्लेमें साँग करानेके लिए, कलकत्ते-बम्बईमें चलनेवाली मजदूर-हड़तालके लिए, देवीका परसाद बाँटनेके लिए, क़साईके हाथसे लँगड़ी गाय छुड़ानेके लिए——चन्दा माँगने आ जाते हैं। तब कैसी दयनीय परिस्थिति हो जाती है, ना करनेकी हिम्मत नहीं; देनेको कानी कौड़ी नहीं। कभी दिल चाहता है, दीवारसे टकराकर अपना सर फोड़ लें, कभी जी चाहता है, इन माँगनेवालोंपर टूट पड़ें और जो ये लाये हैं, उसे छीनकर अपना काम चलायें। मगर कुछ नहीं बन पड़ता और एक निरीह, ख़ुदग़रज, अहंकारी, रूक्षस्वभावी न जानें क्या-क्या लोगोंकी नजरों में बनकर रह जाते हैं। कुछ आप बीती अर्ज़ करता हूँ :——

सन् ३२ की दीवाली आई और चली गई, न हमारे घरमें चिराग़ जले न मिठाई आई। इस बातसे हमारे चेहरेपर न शिकन आई, न दिलमें कोई मलाल, बल्कि हक़ीक़ी मायनोंमें हमें अपनी इस बेबसीपर नाज़ था। क्योंकि यह मुसीबत दैवकी तरफ़से नहीं, हमने ख़ुद ही बुलाई थी। दीवालीसे दो-तीन रोज़ बाद माँने कहा——"बेटा! मुझे तुझसे कहना याद नहीं रहा, एक आदमी १०-१२ चक्कर लगा चुका है, न नाम बताता है, न काम, न तेरे मिलनेके वक़्तपर आता है, यूँ कई चक्कर काट चुका है।" माँ अपनी बात पूरी भी न कर पाई थी कि बोली——"देख, वही शायद फिर आवाज़ दे रहा है।"

बाहर आकर उनका परिचय पूछूँ कि वे स्वयं ही बोले—

"आप ही गोयलीयजी हैं।"

"जी, मुझी ख़ाकसारको गोयलीय कहते हैं।"

"वाह साहब! आप भी ख़ूब हैं; पचासों चक्कर लगा डाले, तब आप मिले हैं।"

मैं हैरान कि ख़ामख़ाँ झाड़ पिलानेवाले यह साहब आख़िर हैं कौन? पुलिसवाले यह हो नहीं सकते, उनकी इतनी हिम्मत भी नहीं कि इस तरह पेश आयें, कोई क़र्ज़ माँगनेवाला भी नहीं हो सकता क्योंकि यहाँ यह आलम रहा है कि—

"घरमें भूका पड़ रहे दस फाके हो जाएँ।
तुलसी भैया बन्धुके कभी न माँगन जाएँ॥"

जब तुलसी बाबा भैया-बन्धुसे माँगना वर्जित कर गये हैं, तब ग़ैरोंसे उधार माँगनेकी तो मैं बेवक़ूफ़ी करता ही क्यों? फिर भी मैंने बड़ी आजिज़ीसे न मिलनेका अफ़सोस ज़ाहिर करते हुए उनसे ग़रीबख़ानेपर तशरीफ़आवरीका सबब पूछा तो मालूम हुआ कि मेरे साथ जो जेलमें एक वालियंटियर १-२ माह रहा था, ये उनके भाई हैं। उनकी तन्दुरुस्ती ठीक न होनेकी वजहसे वे शिमले जाना चाहते हैं। लिहाज़ा मुझे उनके पहाड़ी अख़राजातके माक़ूल इन्तज़ामात कर देने चाहिएँ।

मैं तो सुनकर सन्न रह गया। पहले तो यही बड़ी मुश्किलसे समझ मे आया कि ये आख़िर ज़िक्र किन साहबका कर रहे हैं। यह जान-पहचान ठीक इसी तरहकी थी, जैसे कोई कहार दिल्लीसे डोली ख़रीदकर ले जायें और लोगोंसे कहें कि पं० नेहरू रिश्तेमें हमारे साढ़ू होते हैं, और कुरेदकर पूछनेपर बतायें कि "जिस शहरसे पण्डितजी कमला नेहरूका डोला लाये थे, वहींसे हम भी डोली लाये हैं।"

मुझे उसकी इस दीदादिलेरी, बेतकल्लुफ़ी, भीखके टूक और बाज़ार-में डकारवाली शानपर ताव तो बहुत आया, मगर घरपर आया जानकर बल खाकर रह गया और निहायत आजिज़ीसे मजबरी ज़ाहिर की। न चाहते हुए भी मुफ़लिसीकी रेखा खींची। मगर उसको यक़ीन न आया। "लोग बड़े ख़ुदगरज़ हैं, ख़ुद गुलछर्रे उड़ाते हैं, मगर दूसरोंको छट-पटाते देखकर भी नहीं सिहरते।" इसी तरहके भाव व्यक्त करते हुए वे चले गये और मैं अपनी इस बेवसीपर नादिम-सा होकर गड़ा-सा रह गया कि एक वे हैं जो स्वास्थ्य-सुधारने पहाड़ जा रहे हैं और एक हम हैं कि दम उखाड़नेवाली खांसीके लिए मुलैठी-सत भी नहीं जुटा पा रहे हैं।

कुछ घटनाएँ विरोधी भी अर्ज़ करता हूँ—

१९३३-या ३४ की बात है। यमुनामें बाढ़ आजानेसे निकटवर्ती गाँव बड़ी विपदामें आ गये थे। उन्हें भोजन, वस्त्र, दवा आदिकी अविलम्ब आवश्यकता थी। दिल्लीवाले प्राणपणसे सहायता पहुँचा रहे थे। हमारे इलाक़ेसे भी हज़ारों रुपये एकत्र हुए। हम एक कारमें आवश्यक सामान रखकर नहरके रास्तेमें पड़नेवाले गाँवोंमें गये। वहाँ दवाएँ, वस्त्र आदि बाँटते हुए एक ऐसे गाँवमें गये, जहाँ वर्षासे बहुत हानि नहीं हुई थी और बादमें मालूम हुआ कि यह ब्राह्मणोंका गाँव था। वहाँ गाँववालोंकी सलाह-से यह तय हुआ कि पूरे गाँवके लिए कम-से-कम एक सप्ताहके भोजनका प्रबन्ध फ़ौरन कर देना चाहिए और जबतक स्थिति पूर्व जैसी न हो जाय, बराबर साप्ताहिक सहायता आती रहनी चाहिए। जन-लेखाका हिसाब लगाया गया तो ८० मन गेहूँ फ़ी हफ़्ते बैठता था। गाड़ी यहाँ आकर अटकी कि ८० मन गेहूँ दिल्लीसे क्योंकर लाया जाय? कारके आने-जाने को ही ब-मुश्किल नहर-विभागसे आज्ञा मिली है। इस खतरेमें ट्रक या लारी तो किसी हालतमें भी नहीं पहुँच सकती थी।

हम लोगोंको चिन्तामें पड़े देख, गाँववाले बोले--"दिल्लीसे गेहूँ लानेकी क्या ज़रूरत है। हमारे यहाँ सबके पास गेहूँ भरा पड़ा है, दाम देकर चाहे जितना ख़रीद लो।"

हमारी हैरानीकी हद न रही, हमने कहा--"अरे भई! जब तुम्हारे पास गल्ला भरा पड़ा है, तब तुम नाहक़ हमसे क्यों लेना चाहते हो?"

वे बोले--"वाह साहब, आप जब इतनी दूर चलकर देने आये हैं, तब हम क्यों न लें, आप भी अपने मनमें क्या कहेंगे कि ब्राह्मण होकर दान लेनेसे इन्कार किया।" हमने अपनी हँसी और आवेशको रोककर कहा--"भई, हम इस वक़्त ख़ैरात करने नहीं आये, अपने भाइयोंकी मदद करने आये हैं। मुसीबतमें इन्सान ही इन्सानके काम आता है। हम दे रहे हैं, इसीसे दाता नहीं, और जो ज़रूरतमन्द ले रहे हैं, वह मँगते नहीं। यह तो सब मिलकर मुसीबतमें एक-दूसरेका हाथ बटा रहे हैं। इसीलिए गाँवमें जो सचमुच इमदादके योग्य हो उसे बुला दो, जो हमसे उसकी सहायता बन सकेगी करेंगे।"

गाँववालोंने जिस बुढ़ियाका नाम बताया, उसने मिन्नतें करनेपर भी कुछ नहीं लिया। तब वे गाँववाले स्वयं ही बोले--"आप नाहक़ परेशान होते हैं। इमदाद लेगा, तो सारा गाँव लेगा, वर्ना कोई न लेगा। अगर आप हमें न देकर, सिर्फ़ १-२ को देकर चले जायेंगे, तो सारा गाँव इन्हें हलका समझेगा, ताना मारेगा, इसी डरसे ये लोग नहीं लेते हैं और न लेंगे।"

बड़ा जी ख़राब हुआ, जिन्हें सचमुच सहायताकी ज़रूरत थी, उन्हें भी सहायता न दी जा सकी। लाचार कारमें बैठकर नहरकी पटरी-पटरी दिल्लीकी ओर वापिस जा रहे थे कि नहरके किनारे कुछ लोग औरतों-बच्चों समेत दिखाई दिये तो कार रुकवा ली। पूछनेपर मालूम हुआ कि गाँवमें पानी आ जानेसे यह लोग यहाँ आ गये हैं और ज़्यादातर किसान जाट हैं।

हमने जब इमदाद देनेकी बात उठाई तो वे लोग बातको टाल गये, दुबारा कहा तो ऐसे चुप हो गये जैसे कुछ सुना ही नहीं। फिर तनिक ज़ोर देकर कहा तो बोले—"आपकी मेहरबानी, हमें किसी चीज़की दरकार नहीं, भगवान्का दिया सब कुछ है।"

उस गाँवकी भिक्षुक मनोवृत्ति देखकर हम जो गाँववालोंके प्रति अपनी राय क़ायम कर चुके थे, वह उड़ती नज़र आई तो हमने अपनी दान-वीरताके बड़प्पनके स्वरमें तनिक मधुरता घोलते हुए कहा—"संकोच-की कोई बात नहीं, तुम्हारा जब सब उजड़ गया है, तो यह सामान लेनेमें उज्र किस बातका? यह तो लाये ही आप लोगोंके लिए हैं।"

हमारी बात उन्हें अच्छी नहीं लगी, शिष्टाचारके नाते उन्होंने कहा तो शायद कुछ नहीं, फिर भी उनके मनोभाव हमसे छिपे नहीं रहे। उन्होंने मौन रहकर ही हमपर प्रकट कर दिया कि जो स्वयं अन्नदाता हैं, वे हाथ क्या पसारेंगे? फिर भी हमारे मन रखनेको उनमें-से एक बूढ़ा बोला—"लाला, हम सब बड़े मौजमें हैं, अगर कुछ देनेकी समाई है तो उस टीलेपर हमारे गाँवका फ़क़ीर पड़ा है, उसे जो देना चाहो दे आओ। हम सब अपनी-अपनी गुज़र-बसर कर लेंगे। उसकी इमदाद हमारे बसकी नहीं।"

आखिर उस फ़क़ीरको ही आटा-वस्त्र देकर अपनी दानशीलताकी खाज मिटाई गई। कारमें सब साथी मुँह लटकाये दिल्ली वापिस जा रहे थे, हम बड़े या ये किसान, शायद इसी समस्याको सब सुलझा रहे थे।

× × ×

डालमियाँनगरमें सहारनपुरके चौ० कुलवन्तराय जैन रहते थे। ५०-५५ वर्षकी आयु होगी। ज़ीशऊर, खुशपोश और बड़ी वज़अ-क़तअके बुज़ुर्ग थे। घरके आसूदा थे, मगर व्यापारमें घाटा आ जानेसे यहाँ सर्विस

करके दिन गुजार रहे थे। मामूली वेतन और मामूली पोस्टपर काम करते थे। मेरे पास अक्सर आया करते और बड़ी तजरुबेकी बातें सुनाया करते थे। निहायत ख़ुश अख़लाक, बा-मज़ाक, नेकचलन और क़ायदे-करीनेके इन्सान थे। उनकी सुहबतमें जितना भी वक़्त सर्फ़ हुआ, पुर-लुत्फ़ रहा। हर इन्सानको घरेलू परेशानियाँ और नौकरी सम्बन्धी असुविधाएँ होती हैं, मगर २-३ सालके अर्सेमें एक बार भी ज़बानपर न लाये। मिलक्षेत्रोंमें जहाँ बैठे बिठाये, लोगोंको उत्पात सूझते रहते हैं। इंक्रीमेण्ट (वार्षिक तरक्क़ी), बोनस (नौकरीके अतिरिक्त वार्षिक भत्ता), डेज़िगनेशन पद और आफिसर्सकी शिकायतें, इनक़लाब, मुर्दाबाद और हाय-हायके नारोंसे अच्छे-अच्छोंके आसन और मन हिल जाते हैं। वहाँ उनके चेहरेपर न कभी शिकन दिखाई दी, न ज़बानपर हर्फ़े-शिकायत।

उनका इकलौता लड़का रुड़की कॉलेजमें इंजीनियरिंगमें पढ़ रहा था। शायद ८० रु० मासिक भेजने पड़ते थे। मैं जानता था यह उनके बूतेके बाहर है, उन्हें ब-मुश्किल इतना कुल वेतन मिलता था। अतः मैं समझता था कि या तो धीरे-धीरे बचे-खुचे ज़ेवर सर्फ़ हो रहे हैं या सरपर ऋण चढ़ रहा है। पूछनेकी हिम्मत भी न होती थी, पूछूँ भी किस मुँहसे?

आख़िर एक रोज़ जी कड़ा करके मैंने रास्तेमें उनसे 'डालमिया, जैन छात्रवृत्ति' लेनेके लिए कह ही दिया। सुनकर शुक्रिया अदा करके मन्दिरजी चले गये। दूसरे रोज़ घरपर तशरीफ़ लाये और फ़र्माया—"गोयलीयजी, आप मेरे बड़े शुभचिन्तक हैं, यह मैं जानता हूँ। आपने मेरा दिल दुखानेको नहीं, बल्कि नेकनीयतीसे ही मुझे यह सलाह दी है। आपकी बात टालनेकी हिम्मत न होनेकी वजहसे, मैं उस वक़्त स्वीकृति देकर चला गया। मगर फिर घर जाकर सोचा तो, बात मनमें बैठी नहीं। एक साल रह गया है, जैसे भी होगा निकल ही जायगा। इस बुढ़ापेमें क्यों ज़रासी बातपर ख़ानदानको दाग़ लगाया जाय? भला लड़का ही अपने

मनमें क्या सोचेगा? भाई गोयलीयजी! मैं छात्रवृत्ति लेकर अपने बच्चेका दिल छोटा हरगिज़ नहीं करूँगा।"

चौधरी साहब इतना स्वाभिमानका उत्तर देंगे, अगर मुझे ज़रा भी शक होता तो मैं यह ज़िक्र तक न छेड़ता। मगर अब तो तीर कमानसे निकल चुका था, निशानेपर न लगे तो तीरन्दाज़की ख़ूबी क्या? मैं तनिक अधिकारपूर्वक बोला—"चौधरी साहब, आपका साहबज़ादा फ़र्स्टक्लास फ़र्स्ट आया है, ऐसे होनहारको तो वज़ीफ़ा लेनेका पूरा हक़ है। इसमें संकोच और एहसानकी क्या बात है? यह तो उसे बतौर इनाम मिलेगा।"

मैंने समझा वार भरपूर बैठा है और चौधरी साहब अब सीधे खड़े नहीं रह सकते। मगर नहीं, उन्होंने वार भी बड़ी ख़ूबीसे काटा और मुझे पटख़ना भी ऐसा दिया कि चोट भी न लगे और हमलावरकी तारीफ़ करनेको जी भी चाहे।

फ़र्माया—"गोयलीयजी, आपका फ़र्माना बजा है, मगर बेअदबी मुआफ़, यदि होनहार लड़कोंको वज़ीफ़ेके तौरपर मिलता है, तो ग़रीब-अमीर सब लड़कोंको बिना माँगे क्यों नहीं मिलता, सिर्फ़ ग़रीब लड़कोंको ही क्यों मिलता है।"

मेरे पास इसका जवाब नहीं था, क्योंकि मैं जानता था कि असहाय विद्यार्थी भी उच्च-से-उच्च शिक्षा प्राप्त कर सकें, आर्थिक अभावके कारण उनका विकास न रुक जाय, इसी सद्भावनासे प्रेरित होकर श्रीमान् साहु शान्तिप्रसादजीने छात्रवृत्ति जारी की है।

चौधरी साहब आज संसारमें नहीं हैं, मगर उनकी वज़अदारी याद आती रहती है।

अनेकान्त, मार्च १९४८ ई०